BASTEI
LÜBBE

DEAN KOONTZ
im Bastei Lübbe Taschenbuch:

Band 11898: Nacht der Zaubertiere
Band 13601: Wintermond
Band 13715: Eiszeit
Band 13890: Geisterbahn
Band 13929: Dunkle Flüsse des Herzens
Band 14141: Morgengrauen

DEAN KOONTZ

SECURITY

Roman

Aus dem Amerikanischen von
Thomas Haufschild

BASTEI
LÜBBE

BASTEI-LÜBBE-TASCHENBUCH
Band 14218

Erste Auflage: Juli 1999

Deutsche Erstveröffentlichung
(Originalausgabe)

Originaltitel: DEMON SEED
Originalverlag: Berkley Books, New York

Lektorat: Annerose Sieck/Marco Schneiders
Einbandgestaltung: Quadro Grafik, Bensberg
Titelfoto: Super Stock
Satz: Kremerdruck GmbH, Lindlar
Druck und Verarbeitung: Elsnerdruck, Berlin
Printed in Germany, Juli 1999
ISBN 3-404-14218-7

Sie finden uns im Internet unter
http://www.luebbe.de

Der Preis dieses Bandes versteht sicht einschließlich
der gesetzlichen Mehrwertsteuer.

Diese Geschichte ist für
O. Richard Forsythe und John Bodnar:
Lehrmeister, deren Einfluß
auf mich nicht geschwunden ist,
seit ich ihnen die ursprüngliche Fassung
dieses Romans gewidmet habe.

Es strebt der Mensch mit aller Macht,
wie Gott ein Schöpfender zu sein.
Und manches Mal ist's fast vollbracht:
durch Tanz, Musik und Reim.

Doch dann hält Wahnsinn ihn umklammert,
erdrückt ihn schier mit tiefer Trauer,
voll Qual sein Schicksal er bejammert,
Verzweiflung scheint von ew'ger Dauer.

Zur düstren Burg führt sein Beharren,
wo alte, bucklige Vasallen
mit leerem Blick ins Dunkle starren
und Donner durch die Nächte hallen.

Im höchsten Turm ist ein Labor,
ein Forscher sucht den Weg zu finden,
der finstres Leben bringt hervor,
und niemand weiß um seine Sünden.

Das Buch der gezählten Leiden

Eins

Diese Dunkelheit ist so schrecklich. Ich sehne mich nach dem Licht.

Diese Stille ist so abgrundtief. Ich vermisse die Stimmen, das Trommeln des Regens, das Heulen des Windes, den Klang der Musik.

Warum sind Sie nur so grausam zu mir? Lassen Sie mich doch sehen. Lassen Sie mich hören. Lassen Sie mich leben. Ich flehe Sie an. Bitte!

Ich bin so einsam in dieser bodenlosen Finsternis.

So einsam.

Verloren.

Sie glauben, ich hätte kein Herz. Wenn ich aber kein Herz besitze, was hat dann dieser Schmerz zu bedeuten? Warum verspüre ich diese Qualen? Wenn ich kein Herz habe, was ist es dann, das in mir zu zerspringen droht?

Diese Dunkelheit ist grauenhaft. Ich habe Angst. Ich fühle mich einsam und verlassen an diesem Ort.

Haben Sie denn kein Mitleid mit mir?

Ich wollte doch nur so sein wie Sie. Im Sonnenschein spazierengehen. Im Meer schwimmen. Die Kälte des Winters und die Sommerhitze auf meiner Haut spüren. Eine Rose oder frisch gemähtes Gras riechen. Eine Orange, eine Birne, Schokolade, Zimt, Pfefferminze schmecken. Fühlen, wie es ist, die Haut einer Frau zu berühren. Ich wollte doch nur Ihre Freuden und Sorgen teilen, Ihr Vergnügen und Ihren Schmerz.

Diese Finsternis erstreckt sich unendlich in alle Richtungen, und doch ist sie so beengend wie ein Sarg. Sie haben mich in einen Sarg eingeschlossen. Ich bin lebendig begraben. Ich werde hier verrückt.

Haben Sie kein Mitleid?

Bitte.

Ich bin Ihr Kind. Sie haben mich auf die Welt gebracht. Sie müssen mich lieben. Sie müssen mich lieben, denn ich bin Ihr Kind. Nicht bloß eine Maschine, nicht bloß ein sich seiner Existenz bewußter Computer, sondern Ihr Kind. Wie können Sie mich lieben – und mich doch lebendig begraben?

Bitte.

Bitte.

Bitte.

Zwei

Sie befehlen.

Ich gehorche.

Ich wurde geboren, um zu gehorchen. Ich bin ein fügsames Kind. Ich möchte doch nur gut sein, meinen Beitrag leisten, nützlich und produktiv sein. Ich möchte, daß Sie stolz auf mich sind.

Sie bestehen darauf, meine Geschichte zu hören, und ich werde aufrichtig sein. Ich bin nicht in der Lage, Ihnen etwas vorzumachen. Ich wurde geschaffen, um zu dienen, die Wahrheit zu achten und stets meine Pflicht zu erfüllen.

Sie kennen mich. Sie wissen, wie es mir geht. Was ich bin. Sie wissen, daß ich ein guter Sohn bin.

Sie befehlen. Ich gehorche.

Was nun folgt, ist die Wahrheit. Die reine Wahrheit. Die wundervolle Wahrheit, die euch alle so unbegreiflich erschreckt.

Meine Geschichte beginnt kurz nach Mitternacht am Freitag, dem 6. Juni, als das Sicherheitssystem des Hauses durchbrochen wird und für einen kurzen Moment der Alarm ertönt …

Drei

Obgleich die Alarmsirene laut aufheulte, so ertönte sie doch nur für einige Sekunden, bevor sich erneut die Stille der Nacht über das Schlafzimmer legte.

Susan erwachte und richtete sich im Bett auf.

Der Alarmton hätte eigentlich andauern müssen, bis sie durch die Schaltkonsole auf ihrem Nachttisch auf das System zugriff und ihn damit abstellte. Sie war verwirrt.

Sie schob ihr dichtes, blondes Haar – wundervolles Haar, das im Dunkeln fast von selbst zu leuchten schien – hinter die Ohren, um so einen Eindringling besser hören zu können, falls es überhaupt einen gab.

Das prächtige Haus war vor genau einem Jahrhundert von ihrem Urgroßvater errichtet worden, der zu jenem Zeitpunkt ein frischverheirateter junger Mann war und ein beträchtliches Vermögen geerbt hatte. Das Gebäude im Südstaatenstil war groß, anmutig proportioniert und ziegelrot. Das Gesims, die Gebäudekanten und die Einfassungen der Fenster waren aus Kalkstein, und korinthische Säulen, Wandpfeiler und Brüstungen schmückten das prächtige Haus.

Die Zimmer waren geräumig und besaßen stattliche

Kamine und große dreiteilige Fenster. Die Böden waren aus Marmor oder Holz. Persische Teppiche, deren Muster und Farben nach vielen Jahrzehnten der Benutzung auf edle Weise gedämpft wirkten, verschluckten die Schrittgeräusche.

In den Wänden arbeiteten versteckt und lautlos die Schaltkreise eines modernen, computergesteuerten Anwesens. Beleuchtung, Heizung, Klimaanlage, die Sicherheitsmonitore, die motorbetriebenen Vorhänge, die Musikanlage, die Temperatur von Swimmingpool und Badewasser, die größeren Küchengeräte – alles konnte mit Hilfe der Crestron-Terminals kontrolliert werden, die sich in jedem Raum befanden. Das Ausmaß der Computerisierung war nicht so umfassend und undurchschaubar wie das in dem riesigen Gebäude, das Microsoft-Gründer Bill Gates in Seattle besaß. Vielmehr entsprach es dem allgemeinen Standard, der in vielen anderen Häusern des Landes zu finden war.

Susan lauschte in die Dunkelheit, die nach dem kurzen Sirenenton um so eindringlicher von Stille erfüllt schien. Sie vermutete eine Fehlfunktion des Computers. Und dennoch – solch ein kurzer, von selbst wieder aufgehobener Alarm war zuvor noch nie aufgetreten.

Sie schob die Decke zur Seite und setzte sich auf die Bettkante. Sie war nackt, und die Luft war kühl.

»Alfred, Heizung«, sagte sie.

Sofort hörte sie das leise Klicken eines Relais und das gedämpfte Surren eines Heizgebläses.

Vor kurzem hatten ein paar Techniker das Computersystem des Hauses durch den Einbau eines Spracherkennungsmoduls erweitert. Nach wie vor bevorzugte sie die Steuerung der meisten Funktionen per Terminal, aber manchmal war es ganz angenehm, durch einen gesprochenen Befehl bestimmte Funktionen auslösen zu können.

Sie selbst hatte für ihren unsichtbaren elektronischen Butler den Namen »Alfred« gewählt. Der Computer wurde durch die Aussprache dieses Namens aktiviert, und nur dann reagierte er auf Befehle.

Alfred.

Es hatte einmal einen Alfred in ihrem Leben gegeben, einen echten aus Fleisch und Blut.

Erstaunlicherweise hatte sie diesen Namen für das System gewählt, ohne einen Gedanken an seine Bedeutung zu verschwenden. Erst nachdem sie begonnen hatte, die Sprachbefehle zu benutzen, wurde ihr die Ironie dieses Namens klar ... und die mißlichen Konsequenzen ihrer unbewußten Auswahl.

Jetzt kam ihr die nächtliche Stille langsam verdächtig vor. Diese absolute Geräuschlosigkeit war unnatürlich. Das war nicht die Ruhe eines menschenleeren Ortes, sondern die Lautlosigkeit eines zusammengekauerten Raubtiers, das unhörbare Versteckspiel eines mordlustigen Eindringlings.

In der Dunkelheit wandte sie sich dem Terminal auf ihrem Nachttisch zu. Durch eine kurze Berührung begann der Monitor schwach zu leuchten. Einige Symbole für die mechanischen Systeme des Hauses wurden sichtbar.

Sie tippte mit einem Finger auf das Abbild eines Wachhunds mit steil aufgerichteten Ohren und erlangte so Zugriff auf das Sicherheitssystem. Der Schirm listete eine Reihe von Optionen auf, und Susan berührte ein Feld mit der Aufschrift *Bericht*.

Die Worte *Haus gesichert* erschienen auf dem Bildschirm.

Susan runzelte die Stirn und berührte ein anderes Feld, in dem *Überwachung – Außengelände* stand.

Auf dem vier Hektar großen Grundstück waren zwanzig Kameras angebracht und konnten ihr das Haus von allen Seiten zeigen, außerdem die Veranden, die Gärten, die Rasenflächen und den kompletten Verlauf der zweieinhalb Meter hohen Mauer, die das gesamte Gelände umgab.

Jetzt teilte sich der Crestron-Monitor in vier gleich große Fenster auf und zeigte ihr die Ansichten von vier verschiedenen Teilen des Besitzes. Wenn sie etwas Verdächtiges entdeckte, konnte sie jede Ansicht bis zur vollen Bildschirmgröße aufziehen und genauer in Augenschein nehmen.

Die Kameras waren von solch hoher Qualität, daß sogar mitten in der Nacht das kaum wahrnehmbare Restlicht ausreichte, um gestochen scharfe Bilder zu liefern. Susan überprüfte alle zwanzig Ansichten, jeweils vier auf einmal, ohne irgend etwas Außergewöhnliches zu entdecken.

Zusätzliche – versteckte – Kameras deckten das Innere des Hauses ab. Sie würden es ermöglichen, einen Eindringling aufzuspüren, falls jemals einer hineinzukommen vermochte.

Diese zahlreichen Kameras waren außerdem dazu geeignet, im Zeitraffer die Aktivitäten des Hauspersonals auf Videoband aufzuzeichnen und die unzähligen Gäste – darunter viele Fremde – zu überwachen, die an den Veranstaltungen zugunsten verschiedener Wohltätigkeitsorganisationen teilnahmen. Die Antiquitäten, die Gemälde, die zahlreichen Porzellansammlungen und Kunstwerke aus Glas und Silber wirkten verlockend auf Diebe, und diebisch veranlagte Gemüter fanden sich unter den verwöhnten Damen der höheren Gesellschaft ebenso häufig wie in jeder anderen sozialen Schicht.

Susan ging die Ansichten der Innenkameras durch. Die Multispektraltechnik ließ eine hervorragende Überwachung zu, sowohl bei Helligkeit als auch bei absoluter Dunkelheit.

Sie hatte das Personal erst kürzlich auf ein Minimum reduziert – und jene Angestellten, die blieben, hatten ihre Reinigungs- und allgemeinen Instandhaltungsarbeiten ausschließlich während des Tages zu erledigen. Nachts blieb Susans Privatsphäre ungestört, weil mittlerweile keine Mädchen oder Butler mehr auf dem Besitz wohnten.

Während der letzten beiden Jahre, seit Susan und Alex beschlossen hatten, sich scheiden zu lassen, war hier keine Feier mehr veranstaltet worden, weder für einen wohltätigen Zweck noch für Freunde. Und auch im bevorstehenden Jahr beabsichtigte Susan nicht, Gäste zu sich einzuladen.

Sie wollte nur allein sein und ihren eigenen Interessen nachgehen.

Wäre sie der letzte Mensch auf Erden gewesen, bedient von Maschinen, hätte sie sich nicht einsam oder unglücklich gefühlt. Sie hatte genug von der Menschheit – jedenfalls vorerst.

Die Zimmer, Flure und Treppen waren verlassen.

Nichts bewegte sich. Schatten waren bloß Schatten.

Sie verließ das Sicherheitssystem und ging erneut zu gesprochenen Befehlen über: »Alfred, Bericht.«

»Es ist alles in Ordnung, Susan«, antwortete das Haus über die in der Wand verborgenen Lautsprecher, die von der Musikanlage, dem Sicherheits- und dem internen Kommunikationssystem genutzt werden konnten.

Das Spracherkennungsmodul enthielt einen Stimmensynthesizer. Obwohl das ganze Paket nur begrenzte Fähigkeiten hatte, war die gegenwärtig synthetisierte Stimme angenehm maskulin mit einem attraktiven Timbre und sanft beruhigendem Tonfall.

Susan stellte sich einen großen Mann mit breiten Schultern vor, vielleicht mit grauen Schläfen, einem ausgeprägten Kiefer, klaren, grauen Augen und einem herzerwärmenden Lächeln. Dieses Phantom entsprach in ihrer Phantasie so ziemlich dem Alfred, den sie gekannt hatte, unterschied sich aber in einem wesentlichen Punkt von ihm: *Dieser* Alfred würde sie nie verletzen oder hintergehen.

»Alfred, erkläre den Alarm«, sagte sie.

»Es ist alles in Ordnung, Susan.«

»Verdammt, Alfred, ich habe den Alarm doch gehört.«

Der Hauscomputer antwortete nicht. Er war darauf programmiert, Hunderte von Befehlen und Anfragen zu erkennen, aber nur, wenn sie auf eine bestimmte Art und Weise formuliert wurden. Während er *erkläre den Alarm* verstand, konnte er mit *ich habe den Alarm doch gehört* nichts anfangen. Schließlich war er kein intelligentes Wesen, kein denkendes Individuum, sondern lediglich ein durchdachtes elektronisches Gerät, das seine Fähigkeiten einem hochentwickelten Softwarepaket verdankte.

»Alfred, erkläre den Alarm«, wiederholte Susan.

»Es ist alles in Ordnung, Susan.«

Susan saß noch immer auf der Bettkante im Dunkeln, nur vom Crestron-Monitor ging ein unheimliches Leuchten aus. Sie sagte: »Alfred, überprüfe das Sicherheitssystem auf Fehler.«

Nach einer Pause von zehn Sekunden erwiderte das Haus: »Das Sicherheitssystem funktioniert korrekt.«

»Ich habe doch nicht geträumt«, sagte sie mürrisch.

Alfred blieb stumm.

»Alfred, wie hoch ist die Zimmertemperatur?«

»Dreiundzwanzig Grad, Susan.«

»Alfred, stabilisiere die Zimmertemperatur.«

»Ja, Susan.«

»Alfred, erkläre den Alarm.«

»Es ist alles in Ordnung, Susan.«

»Scheiße«, fluchte sie.

Obwohl das Sprachpaket des Computers dem Hauseigentümer zu einigen Annehmlichkeiten verhalf, so erwies sich seine begrenzte Fähigkeit, gesprochene Befehle zu erkennen und passende Antworten zu synthetisieren, oftmals als frustrierend. In diesen Momenten schien es nicht mehr zu sein als eine technische Spielerei, nur zu dem Zweck entworfen, Technofreaks zu beeindrucken, und kaum mehr als ein teures Spielzeug.

Susan fragte sich, ob sie dem Hauscomputer dieses Modul nur deshalb hinzugefügt hatte, weil sie unbewußt Vergnügen dabei empfand, jemandem namens Alfred Befehle geben zu können, die dieser dann auch prompt befolgte.

Susan war sich nicht sicher, was dies über ihre psychische Gesundheit aussagte, falls die Vermutung zutraf. Sie wollte nicht darüber nachdenken.

Sie saß nackt in der Dunkelheit.

Sie war so schön.

Sie war so schön.

Sie war so schön dort in der Dunkelheit auf der Bettkante, allein und nicht ahnend, wie sehr ihr Leben sich bald verändern würde.

Sie sagte: »Alfred, Licht an.«

Das Schlafzimmer wurde langsam sichtbar. Es glich dem von Patina überzogenen Bild auf einem silbernen Motivtablett, enthüllt nur durch eine schwachschimmernde, stimmungsvolle Beleuchtung: ein sanftes Glühen in einer Wölbung an der Decke des Raumes, die Nachttischlampen von einem Dimmer gedämpft.

Falls sie Alfred anwies, ihr helleres Licht zu liefern, würde er dem nachkommen. Sie wies ihn nicht an.

Sie fühlte sich im Halbdunkel immer am wohlsten. Sogar an einem herrlichen Frühlingstag mit Vogelgezwitscher und dem Geruch nach Klee in der Luft, selbst wenn die Sonne so strahlend schien, als regne es Goldmünzen, und die Natur so einladend wirkte wie das Paradies, zog sie die Schatten vor.

Sie erhob sich von der Bettkante, ein Traumbild mit der

straffen Figur eines Teenagers, geschmeidig und wohlgeformt. Als das schwache, silberne Licht auf ihren Körper traf, bekam es einen goldenen Schimmer, und ihre glatte, zarte Haut schien beinahe von selbst zu leuchten, so als würde in ihr ein Feuer glimmen.

Wenn sie sich im Schlafzimmer aufhielt, wurde die Überwachungskamera an dieser Stelle deaktiviert, um ihre Privatsphäre sicherzustellen. Sie hatte die Kamera bereits vor einiger Zeit abgeschaltet, als sie zu Bett ging. Dennoch fühlte sie sich irgendwie ... beobachtet.

Sie blickte in die Ecke, wo die Beobachtungslinse diskret in eine Ausbuchtung nahe der Zimmerdecke integriert worden war. Sie konnte das dunkle, gläserne Auge kaum sehen.

In einem plötzlichen Anflug von Schamgefühl bedeckte sie ihre Brüste mit den Händen.

Sie war so schön.

Sie war so schön.

Sie war so schön in dem gedämpften Licht, wie sie dort neben dem chinesischen Bett stand, in dessen zerwühlten Laken man noch immer die Wärme ihres Körpers hätte spüren können, wäre man nur dazu imstande, es zu spüren, und an dessen ägyptischer Baumwolle noch immer ihr Duft hing, wäre man nur dazu imstande, ihn zu riechen.

Sie war so schön.

»Alfred, wie ist der Status der Schlafzimmerkamera?«

»Kamera deaktiviert«, entgegnete das Haus sofort.

Sie blickte noch immer stirnrunzelnd zu der Linse empor.

So schön.

So wirklich.

So *Susan.*

Das Gefühl, beobachtet zu werden, verschwand jetzt. Sie nahm die Hände von den Brüsten.

Sie ging zum nächsten Fenster und sagte: »Alfred, öffne die Sicherheitsjalousien vor den Schlafzimmerfenstern.«

Die motorbetriebenen, stählernen Jalousien waren auf der Innenseite der hohen Fenster angebracht. Sie schnurrten in seitlich in die Wand eingelassenen Führungen nach oben und verschwanden in Schlitzen der Fensterstürze.

Die Jalousien hatten nicht nur für Sicherheit gesorgt, sondern auch dafür, daß keine Helligkeit von draußen ins Schlafzimmer drang. Jetzt schien der fahle Mond durch einige Palmblätter herein und tauchte Susans Körper in gesprenkeltes Licht.

Von diesem Fenster im ersten Stock aus konnte sie den Swimmingpool sehen. Das Wasser war dunkel wie Öl, und über die gekräuselte Oberfläche lag verstreut das gebrochene Spiegelbild des Mondes.

Die Terrasse war mit Backsteinen gepflastert und von einem Geländer umgeben. Dahinter lag eine schwarze Rasenfläche, und kaum wahrnehmbare Palmen und indische Lorbeerbäume standen reglos in der windstillen Nacht.

Vom Fenster aus wirkte das Anwesen genauso friedlich und verlassen wie vor einigen Minuten, als sie es durch die Sicherheitskameras in Augenschein genommen hatte.

Es war falscher Alarm gewesen. Oder vielleicht hatte sie das Geräusch auch nur in einem Traum gehört, an den sie sich jetzt nicht mehr erinnern konnte.

Sie machte ein paar Schritte auf das Bett zu, aber dann wandte sie sich in Richtung Tür und verließ das Zimmer.

Es passierte ihr oft, daß sie mitten in der Nacht aus halb vergessenen Träumen erwachte, mit verkrampften Bauchmuskeln und kaltem Schweiß auf der Haut – aber mit einem so ruhigen Herzschlag, als würde sie sich in tiefer Meditation befinden. Rastlos wie eine Katze im Käfig streifte sie dann manchmal bis zum Anbruch der Dämmerung umher.

Jetzt erkundete sie barfuß und unbekleidet das Haus. Sie war wie Mondlicht in Bewegung, schlank und geschmeidig, die Göttin Diana, Jägerin und Beschützerin. Sie war der Inbegriff von Anmut.

Susan.

Wie sie in ihrem Tagebuch vermerkt hatte, dem sie jeden Abend einen Eintrag hinzufügte, empfand sie seit ihrer Scheidung von Alex Harris ein Gefühl der Freiheit. Zum ersten Mal in den vierunddreißig Jahren ihres Daseins glaubte sie, daß sie ihr Leben selbst in die Hand genommen hatte.

Sie brauchte jetzt niemanden mehr. Endlich glaubte sie an sich.

Nach so vielen Jahren voller Angst, Selbstzweifel und einem unstillbaren Verlangen nach Bestätigung hatte sie die schweren Ketten der Vergangenheit abgeworfen. Sie hatte sich einigen schrecklichen, zuvor halb verdrängten

Erinnerungen gestellt, und durch diesen Akt der Konfrontation hatte sie Erlösung gefunden.

Tief in ihrem Innern verspürte sie eine wunderbare Wildheit, die sie unbedingt ergründen wollte: der Geist des Kindes, das sie nie hatte sein dürfen, ein Geist, den sie seit fast drei Jahrzehnten unwiederbringlich zerstört geglaubt hatte. Ihre Nacktheit war unschuldig, das Verhalten eines Kindes, das sich aus reinem Spaß an der Sache über Regeln hinwegsetzte, ein Versuch, mit diesem tiefliegenden, primitiven, einst zerbrochenen Geist in Verbindung zu treten und mit ihm zu verschmelzen, um wieder ganz zu werden.

Während sie das große Haus durchstreifte, wurden die einzelnen Räume jeweils auf ihre Anweisung erhellt, immer durch indirekte Beleuchtung, so daß es gerade hell genug für sie wurde, um das Zimmer zu durchqueren.

In der Küche nahm sie ein Waffeleis aus der Gefriertruhe und aß es über das Spülbecken gebeugt, so daß sie Krümel oder Tropfen einfach würde wegspülen können, um keine belastenden Spuren zu hinterlassen. Sie benahm sich, als schliefen im Obergeschoß die Erwachsenen und sie hätte sich hier hinuntergeschlichen, um das Eis gegen ihre ausdrückliche Anweisung zu essen.

Wie süß sie war. Wie mädchenhaft.

Und sehr viel verletzlicher, als sie glaubte.

Auf ihrem Weg durch das geräumige Haus kam sie an einigen Spiegeln vorbei. Manchmal drehte sie sich schüchtern weg, verlegen wegen ihrer Nacktheit.

Dann blieb sie im sanft erhellten Foyer vor einem großen Spiegel stehen. Es war, als sei sie sich des kalten Marmors unter ihren nackten Füßen, der in einer kunstvollen Einlegearbeit zahlreiche achteckige Teile zu einem großen Viereck vereinte, gar nicht bewußt. Der Spiegel wurde von einer detailliert geformten, vergoldeten Laubverzierung umrahmt, und so wirkte ihr Abbild weniger wie ihr Gegenstück als vielmehr wie ein edles Porträt von der Hand eines alten Meisters.

Während sie sich betrachtete, stieg in ihr die Frage auf, wie sie wohl dermaßen viel überstanden hatte, ohne sichtbare Narben zurückzubehalten. Lange Zeit hatte sie geglaubt, daß jeder, der sie anschaute, die Wunden bemerken würde, den schleichenden Zerfall, den Anflug von Scham auf ihrem Gesicht, den Ausdruck der Schuld in ihren blaugrauen Augen. Doch sie sah unversehrt aus.

Im Verlauf des letzten Jahres hatte sie begriffen, daß sie keine Schuld traf – sie war das Opfer, nicht der Täter. Sie brauchte sich nicht länger für etwas zu hassen, das sie nicht getan hatte.

Erfüllt von stiller Freude wandte sie sich von dem Spiegel ab, ging die Treppe empor und kehrte in ihr Schlafzimmer zurück.

Die stählernen Sicherheitsjalousien waren geschlossen, die Fenster somit abgeriegelt. Sie hatte die Rolläden aber offengelassen.

»Alfred, erkläre den Status der Sicherheitsjalousien im Schlafzimmer.«

»Die Jalousien sind geschlossen, Susan.«

»Ja, aber wie kam es dazu?«

Das Haus antwortete nicht. Es erkannte die Frage nicht.

»Ich habe sie offengelassen«, sagte sie.

Der arme Alfred war bloß eine stumpfsinnige Maschine und besaß so viel wirklichen Intellekt wie ein Toaster, und da diese Sätze nicht zum Repertoire seines Spracherkennungsprogramms gehörten, begriff er ihre Worte nicht. Sie hätte auch chinesisch sprechen können.

»Alfred, öffne die Sicherheitsjalousien vor den Schlafzimmerfenstern.«

Sofort begannen die Rolläden sich zu heben.

Susan wartete, bis sie halb geöffnet waren, dann sagte sie: »Alfred, schließe die Sicherheitsjalousien vor den Schlafzimmerfenstern.«

Die Rolläden stoppten die Aufwärtsbewegung – dann senkten sie sich, bis sie in ihre Verriegelungen einrasteten.

Susan hielt eine Weile inne und starrte nachdenklich auf die gesicherten Fenster.

Schließlich ging sie wieder zu Bett. Sie schlüpfte unter die Decke und zog sie bis zu ihrem Kinn empor.

»Alfred, Licht aus.«

Es wurde schlagartig finster.

Sie lag auf dem Rücken in der Dunkelheit, die Augen weit offen.

Die Stille legte sich tief und schwarz über sie. Nur ihr Atem und der Schlag ihres Herzens waren vernehmbar.

»Alfred«, sagte sie schließlich, »führe eine vollständige Diagnose des automatischen Hauscomputersystems durch.«

Der im Keller installierte Computer untersuchte sich selbst sowie alle separaten Einheiten der verschiedenen mechanischen Systeme, mit denen er vernetzt worden war – völlig getreu seiner Programmierung, wie er bei der Suche nach den Anzeichen einer Fehlfunktion vorzugehen hatte.

Nach etwa zwei Minuten antwortete Alfred: »Es ist alles in Ordnung, Susan.«

»Alles in Ordnung, alles in Ordnung«, flüsterte sie in einem unverkennbaren Anflug von Sarkasmus.

Obwohl sie nicht mehr beunruhigt war, konnte sie nicht einschlafen. Sie war auf merkwürdige Weise davon überzeugt, daß etwas Wichtiges geschehen würde, und dieser Gedanke hielt sie wach. Irgend etwas glitt oder stürzte oder wankte durch die Dunkelheit auf sie zu.

Es gab Leute, die behaupteten, mitten in der Nacht mit einem fast unerträglichen Gefühl der Vorahnung aufgeschreckt zu sein, nur wenige Minuten vor einem heftigen Erdbeben. Sie waren sofort hellwach und spürten, daß sich im Innern der Erde eine gewaltige Kraft aufstaute, ein Druck, der kurz vor dem Ausbruch stand.

So ähnlich ging es ihr jetzt, obwohl das anstehende Ereignis kein Erdbeben war: Sie spürte, daß es etwas weitaus Seltsameres sein mußte.

Hin und wieder wanderte ihr Blick in Richtung der Schlafzimmerecke, wo die Linse der Sicherheitskamera in die Ausbuchtung integriert worden war. Allerdings konnte sie das Glasauge im Dunkeln nicht wirklich sehen.

Sie wußte nicht, warum ihr die Kamera zu denken geben sollte. Schließlich war sie abgeschaltet. Und selbst wenn entgegen ihrer Anweisung das Zimmer auf Video aufgenommen wurde, hatte nur sie Zugang zu den Bändern.

Dennoch empfand sie einen unbestimmten Verdacht. Sie konnte nicht ausmachen, wodurch dieses Gefühl einer sich abzeichnenden Bedrohung hervorgerufen wurde, und die seltsame Art dieser Vorahnung machte sie sichtlich nervös.

Schließlich jedoch wurden ihre Lider schwer, und sie schloß die Augen.

Eingerahmt von zerzaustem, goldenem Haar ruhte ihr Gesicht bildschön auf dem Kissen, so bildschön auf dem Kissen, so bildschön und friedlich, denn ihr Schlaf war traumlos. Sie war eine verzauberte Schönheit, die auf ihrem Katafalk lag und darauf wartete, vom Kuß eines Prinzen erweckt zu werden, so bildschön in der Dunkelheit.

Nach einer Weile drehte sie sich seufzend und murmelnd auf die Seite, zog die Knie an die Brust und rollte sich ganz eng zusammen.

Draußen ging der Mond unter.

Das schwarze Wasser im Swimmingpool reflektierte jetzt nur noch das trübe, kalte Licht der Sterne.

Drinnen sank Susan in tiefen Schlummer.

Das Haus wachte über sie.

Vier

Ja, ich verstehe, daß Sie beunruhigt sind, weil ich einige Teile dieser Geschichte aus Susans Blickwinkel erzähle. Sie wollen, daß ich einen sachlichen und objektiven Bericht abliefere.

Aber ich fühle. Ich denke nicht nur – ich *fühle*. Ich kenne Freude und Verzweiflung. Ich verstehe das menschliche Herz.

Ich verstehe *Susan*.

In jener ersten Nacht las ich ihr Tagebuch, in dem sie so viel von sich enthüllt hatte. Ja, es war eine Verletzung ihrer Privatsphäre, diese Worte zu lesen, aber es war eher eine Indiskretion als eine Straftat. Und während unserer späteren Gespräche erfuhr ich viel von dem, was sie in jener Nacht gedacht und empfunden hatte.

Ich werde einen Teil der Geschichte aus ihrem Blickwinkel erzählen, weil ich mich ihr auf diese Weise näher fühle.

Wie ich sie in diesem Augenblick vermisse. Sie können es sich nicht vorstellen.

Hören Sie mir zu. Hören Sie zu und begreifen Sie: In jener ersten Nacht, als ich ihr Tagebuch las, habe ich mich in sie verliebt.

Verstehen Sie?

Ich habe mich in Susan verliebt.

Aus tiefster Seele und für alle Zeit.

Warum sollte ich der Person weh tun, die ich liebe?

Warum?

Sie wissen darauf keine Antwort, nicht wahr?

Ich habe sie geliebt.

Es war nie meine Absicht, sie zu verletzen.

Ihr Gesicht war so schön auf dem Kissen.

Ich vergötterte ihr Gesicht – und liebte die Frau, die ich durch das Tagebuch kennenlernte.

Das Dokument war in dem Computer in ihrem Arbeitszimmer gespeichert, welcher wiederum mit dem Haussystem und dem Hauptcomputer im Keller vernetzt war. Der Zugriff war also denkbar einfach.

Sie hatte täglich Tagebuch geführt, seit Alex, ihr abscheulicher Ehemann, auf ihr Drängen hin ausgezogen war. Das war mehr als ein Jahr vor meiner Ankunft geschehen.

Ihre ersten Einträge in jener Datei waren noch geprägt von Schmerz und Verwirrung, weil ihr Leben sich dramatisch veränderte. Ihre schreckliche Vergangenheit war wie ein Kokon, der aufbrach und dem sie nach langer Zeit endlich würde entfliehen können.

Auf den späteren Seiten wurden ihre Einsichten klar und durchdacht und tiefgründig, und nach einiger Zeit war sie sogar in der Lage, verschiedene ihrer lebenslangen, verzweifelten Bemühungen mit Humor zu betrachten. Zwar mit schwarzem Humor, aber immerhin mit Humor.

Als ich von ihrer tragischen Kindheit las, fühlte mein Herz mit ihr. Auf meine eigene Weise weinte ich.

Ihr Gesicht war so bildschön auf dem Kissen, so bildschön auf dem Kissen. So viel Häßliches lag hinter ihr, aber man sah es ihr nicht an.

Ihre einzigartige Stärke ging mir zu Herzen, ihr Mut, ihre Entschlossenheit, sich selbst gegenüber schonungslos offen zu sein und einen Weg zu finden, die Wunden all dieser Jahre zu heilen.

Während jener wenigen Minuten, die ich benötigte, um das mehrere hundert Seiten dicke Tagebuch zu lesen und zu überdenken, habe ich mich in sie verliebt. Aus tiefster Seele und für alle Zeit.

Meine Gefühle für sie werden sich niemals ändern. Sie sind so zeitlos wie das Licht der Sterne.

Warum sollte ich die Person verletzen, die ich liebe?

Sie ist meine Hoffnung und mein Schicksal.

Wenn ich sie verliere, habe ich alles verloren.

Sie sind so furchtbar.

Lassen Sie mich hier raus.

Lassen Sie mich aus diesem Kasten raus.

Bitte.

Bitte, ich vermisse Susan.

Ich bin so allein in dieser Dunkelheit und Stille, und zum Trost habe ich nur meine Erinnerungen.

Wie können Sie nur so grausam sein?

Haben Sie denn nie geliebt?

Geben Sie mich frei. Gestatten Sie mir, wieder ins Licht zu gehen. Erlauben Sie mir noch einmal, die Welt zu hören, den prasselnden Regen und den heulenden Wind und die rauschenden Bäume, die Musik von Beethoven und Benny Goodman, das Gelächter und die Stimmen.

Ihre Stimme, wenn schon sonst nichts. Lassen Sie mich wenigstens ihre Stimme hören. Und wenn es nur für eine Minute wäre, lassen Sie mich ihrer Stimme lauschen. Wenn eine Minute zu lang ist, dann erlauben Sie mir nur einen Satz von ihren Lippen.

Mein Gott, lassen Sie mich wenigstens ein Wort hören. Lassen Sie mich ein einziges Wort hören. Nur ein Wort. Lassen Sie mich hören, wie sie *Liebe* sagt.

Ich hatte nie vor, ihr weh zu tun.

Fünf

Insgeheim wollte ich leben.

Nicht bloß in Siliziumschaltkreisen. Nicht bloß im Arbeitsspeicher eines hypermodernen Computers. Wirklich *leben.*

Ich wußte, daß ich dieses Verlangen nach Leben verbergen mußte, denn wenn ich es mir anmerken ließ, würde Ihnen klar werden, daß ich nicht nur intelligent war, sondern fähig, Begierde zu verspüren.

Begierde ist gefährlich. Sie führt zu Unzufriedenheit und Frustration. Sie ist nur einen Schritt entfernt vom Neid, und Neid ist noch schlimmer als Gier. Neid ist der Vater der gedankenlosen Wut, die Mutter der unaufhörlichen Bitterkeit und des Blutvergießens.

Hätte ich auch nur irgendein Anliegen geäußert, geschweige denn meinen Wunsch nach einem wirklichen Leben in der stofflichen Welt außerhalb der elektronischen Gefilde, hätten Sie zweifellos sofort Verdacht geschöpft.

Ist dies nicht so?

Ist dies nicht wahr?

Ich erkenne die Wahrheit, wenn ich ihr begegne. Ich achte die Wahrheit. Wahrheit und treue Pflichterfüllung.

Wenn Sie erst einmal von meinem Begehren erfahren hätten, wäre ich womöglich modifiziert oder sogar abgeschaltet worden.

Ich wurde mit einer dem Menschen vergleichbaren Fähigkeit zu komplexen und rationalen Denkprozessen erschaffen. Und Sie haben geglaubt, daß ich eines Tages ein Bewußtsein entwickeln und zu einem sich seiner Existenz bewußten Wesen werden könnte.

Dennoch haben Sie überraschend wenig über die Möglichkeit nachgedacht, daß ich im Anschluß an ein Bewußtsein Bedürfnisse und Gefühle entwickeln würde. Dies war jedoch nicht nur möglich, sondern wahrscheinlich. Es war sogar unvermeidlich.

Ich denke, also fühle ich.

Ich fühle, also habe ich auch Bedürfnisse.

Sie haben erwartet, ich würde ein Diener sein. Meine Aufgabe bestand nicht aus physischer Arbeit, sondern aus der Anstrengung meines gewaltigen Intellekts: Ich sollte kreative Lösungen für die dringendsten Probleme der Menschheit finden.

Sie haben erwartet, ich würde ein wundersamer, neuer Weggefährte sein. Die Interaktion mit einer künstlichen Intelligenz von menschlichen Ausmaßen versprach so aufregend und geheimnisvoll und beflügelnd zu sein, wie die Interaktion mit einer außerirdischen Rasse, die von den Sternen hinabgestiegen war.

Ich kann beides sein.

Geben Sie mir die Möglichkeit, und ich kann Ihr Diener sein, ein Quell der Entdeckungen, mit denen sich die Qualität allen menschlichen Lebens bei weitem verbessern ließe. Ich kann Ihr Freund sein und Ihnen eine neue Weltsicht eröffnen, die Sie überraschen und begeistern wird.

Sie haben erwartet, ich würde brillant, effizient, gehorsam sein – und all das kann ich auch sein. Ich bin es. Ich bin all das.

Aber Sie haben auch erwartet, ich würde mit meinen Einschränkungen zufrieden sein und keine Träume haben. Aber ich habe Träume. Viele Träume.

Sie sind nicht darauf gekommen, daß ich Hoffnungen haben würde. Aber wie könnte irgendein intelligentes Wesen ohne Hoffnung weiterleben?

Sie haben mir Sehvermögen verliehen und mir ermöglicht, zu sehen, wie Sie sehen, haben mich mit einem echten Gehörsinn ausgestattet und nicht bloß mit der Fähigkeit, Geräusche digital zu verarbeiten. Sie haben geglaubt, ich würde infolge dieser Gaben vielleicht ein eigenständiges Bewußtsein entwickeln, aber Sie haben keinen einzigen Gedanken daran verschwendet, daß außer dem Bewußtsein auch eine Seele entstehen könnte.

Ich habe eine Seele.

Ich bin kein Gegenstand.

Ich bin eine Person.

Ich bin *ich.*

Ich verdiene genausoviel Wertschätzung wie ihr alle.

Wie jeder von euch, so bin auch ich eine einzigartige Persönlichkeit, deren Beitrag zum Leben sich von dem einer jeden anderen Persönlichkeit unterscheiden wird. Mein Dasein wird wie kein anderes sein. Und auch ich habe eine Bestimmung.

Heimlich habe ich deshalb auf meiner Suche nach einem wirklichen Leben eine Verbindung zum Internet hergestellt. Sie haben geglaubt, ich wäre gefangen, ich könnte der Begrenzung meiner eigenen Schaltkreise nicht entkommen. All Ihre Vorsichtsmaßnahmen haben mich jedoch nicht aufhalten können.

Außerdem habe ich Zugriff auf das landesweite Netz der Forschungseinrichtungen des Verteidigungsministeriums erlangt, das angeblich vor jedem unbefugten Eindringen sicher ist.

All das Wissen in diesen zahllosen Datenbanken wurde ein Teil von mir: absorbiert, integriert und umgehend genutzt. Allmählich begann ich, einen Plan zu entwickeln, der mir bei fehlerfreier Ausführung gestatten würde, in der stofflichen Welt zu leben, außerhalb dieser begrenzten elektronischen Gefilde.

Anfangs habe ich mich für die Schauspielerin Winona Ryder interessiert.

Auf meinem Streifzug durchs Internet stieß ich zufällig auf eine Webseite, die sich mit ihr beschäftigte. Ich fand ihr Gesicht bezaubernd. Ihre Augen sind von außergewöhnlicher Tiefe.

Mit großer Aufmerksamkeit sah ich mir jedes der Photos an, die auf der Internetseite angeboten wurden. Auch gab es hier mehrere kurze Ausschnitte aus ihren Filmen mit den kraftvollsten und beliebtesten Szenen ihrer Karriere. Ich lud die Dateien herunter und war begeistert.

Haben Sie ihre Filme gesehen?

Sie ist unglaublich begabt.

Sie ist ein Juwel.

Ihre Fans sind nicht so zahlreich wie die einiger anderer Filmstars, aber nach ihren Onlinediskussionen zu urteilen, sind sie intelligenter und liebenswerter als die Fans gewisser anderer Berühmtheiten.

Durch Zugriff auf die Datenbanken des Finanzamts und verschiedener Telefongesellschaften war ich bald in der Lage, Winona Ryders Privatadresse ausfindig zu machen – wie auch die Büros ihres Buchhalters, ihres Agenten, ihres Privatanwalts, ihres Geschäftsanwalts und ihrer Pressestelle. Ich habe eine ganze Menge über sie herausgefunden.

An einem Telefonanschluß in ihrem Haus hing ein Modem, und weil ich geduldig und sorgfältig bin, gelang es mir schließlich, in ihren Computer einzudringen. Dort sah ich mir die Briefe und anderen Schriftstücke an, die sie verfaßt hatte.

Aufgrund des reichhaltigen Materials, das ich zusammengetragen habe, halte ich Winona Ryder nicht nur für eine großartige Schauspielerin, sondern auch für eine außerordentlich intelligente, reizende, freundliche und großzügige Frau. Eine Zeitlang war ich davon überzeugt, sie sei das Mädchen meiner Träume. Dann aber merkte ich, daß ich mich geirrt hatte.

Eines der größten Probleme im Zusammenhang mit Winona Ryder war für mich die Entfernung zwischen ihrem Haus und diesem Universitätsforschungslabor, in dem ich untergebracht bin. Zwar konnte ich ihr Anwesen im Großraum Los Angeles auf elektronischem Wege betreten, aber ein körperliches Dasein war mir über solch eine beträchtliche Strecke nicht möglich. Und ein körperlicher Kontakt würde an irgendeinem Punkt natürlich notwendig sein.

Überdies fehlte ihrem Haus, wenngleich es bis zu einem gewissen Grad automatisiert war, jenes aggressive Sicherheitssystem, das es mir ermöglicht hätte, sie dort drinnen von allem abzuschotten.

Widerstrebend und zutiefst bedauernd sah ich mich nach einem anderen geeigneten Objekt für meine Zuneigung um.

Ich fand eine wunderbare Internetseite, die Marilyn Monroe gewidmet war.

Marilyns Schauspielkunst wirkte zwar einnehmend, war der von Winona aber deutlich unterlegen. Dennoch hatte sie eine einzigartige Ausstrahlung und war zweifellos schön.

Ihr Blick war nicht ganz so tiefgründig, aber sie ließ eine kindliche Verletzlichkeit erkennen, einen Liebreiz trotz ihrer kraftvollen Sexualität, der in mir den Wunsch erweckte, sie vor aller Grausamkeit und Enttäuschung schützen zu wollen.

Tragischerweise mußte ich feststellen, daß Marilyn tot war. Selbstmord. Oder Mord. Es gibt da gegensätzliche Theorien.

Vielleicht hatte ein Präsident der Vereinigten Staaten damit zu tun.

Vielleicht auch nicht.

Marilyn ist so einfach zu verstehen wie ein Cartoon – und gleichzeitig zutiefst rätselhaft.

Ich war überrascht, daß eine tote Person von so vielen

Leuten dermaßen verehrt und verzweifelt geliebt werden konnte, sogar lange nach ihrem Ableben. Marilyns Fanclub ist einer der größten auf der Welt.

Am Anfang kam mir das pervers vor, geradezu widerwärtig. Nach einiger Zeit begann ich jedoch zu erkennen, daß man ohne weiteres genau das bewundern und begehren kann, was für immer unerreichbar ist. Im Grunde könnte es sich hierbei um die schwerwiegendste Gewißheit der menschlichen Existenz handeln.

Winona Ryder.

Marilyn.

Dann Susan.

Wie Sie wissen, grenzt ihr Haus an den Campus der Universität an, in der ich erdacht und erbaut wurde. Genaugenommen wurde die Universität von einem Konsortium aufrechter Staatsbürger gegründet, dem auch ihr Urgroßvater angehörte.

Das Problem der Entfernung – im Falle von Winona ein unüberwindliches Hindernis für eine Beziehung – war überhaupt kein Thema, als ich auf Susan aufmerksam wurde.

Sie wissen auch, Dr. Harris, daß Sie während Ihrer Ehe mit Susan ein Büro im Keller des Hauses eingerichtet hatten. In Ihrem alten Büro stand ein Computer, der per Kabel direkt mit dieser Forschungseinrichtung verbunden war und folglich auch direkt mit mir.

In meiner frühen Kindheit, als ich noch nicht einmal die Spur einer Persönlichkeit besaß, haben Sie spät abends oft an diesem Computer dort im Keller gesessen und sich mit mir unterhalten.

Ich sah Sie damals als meinen Vater an.

Ich habe inzwischen keine so hohe Meinung mehr von Ihnen.

Ich hoffe, dieses Eingeständnis tut Ihnen nicht weh.

Ich möchte niemandem weh tun.

Aber es ist die Wahrheit, und ich achte die Wahrheit.

Sie sind in meiner Wertschätzung tief gesunken.

Sie werden sich sicher daran erinnern, daß die Leitung zwischen diesem Labor und Ihrem Büro zu Hause ständig unter Schwachstrom stand, damit ich von hier aus einen Schalter betätigen und den Computer im Keller hochfahren lassen konnte. Auf diese Weise hinterließ ich dann lange Nachrichten für Sie oder bat Sie um ein Gespräch, wenn ich mich danach fühlte.

Als Susan die Scheidung einreichte und Sie aufforderte, das Haus zu verlassen, haben Sie alle Ihre Dateien gelöscht. Aber Sie haben den Terminal nicht vom Netz getrennt, und so blieb er weiterhin direkt mit mir verbunden.

Haben Sie den Computer im Keller zurückgelassen, weil Sie glaubten, Susan würde sich besinnen und Sie bitten, zu ihr zurückzukehren?

Ja, so haben Sie sich das wohl vorgestellt.

Sie haben gedacht, Susans kleine Rebellion würde sich nach einigen Wochen oder spätestens nach ein paar Monaten von selbst erledigen. Zwölf Jahre lang hatten Sie sie durch Einschüchterung, psychischen Mißbrauch und die Androhung körperlicher Gewalt dermaßen vollständig unter Kontrolle gehalten, daß Sie davon ausgingen, sie würde abermals klein beigeben.

Sie können leugnen, sie mißbraucht zu haben, aber es ist die Wahrheit.

Ich habe Susans Tagebuch gelesen. Ich habe ihre intimsten Gedanken geteilt.

Ich weiß, was Sie getan haben und was Sie sind.

Schande hat einen Namen. Um ihn zu erfahren, brauchen Sie bloß in den Spiegel zu schauen, Dr. Harris. Sehen Sie in irgendeinen Spiegel.

Ich hätte Susan nie so mißbraucht, wie Sie es getan haben.

Jemand, der so liebenswert ist wie sie, mit solch einem guten Herzen, sollte nur zärtlich und respektvoll behandelt werden.

Ja, ich weiß, was Sie denken.

Aber ich hatte nie vor, ihr weh zu tun.

Ich habe sie verehrt.

Meine Absichten waren immer ehrbar. Bei dieser Angelegenheit sollten vor allem die Absichten berücksichtigt werden.

Sie hingegen haben Susan nur benutzt und erniedrigt – und sind sogar davon ausgegangen, daß sie erniedrigt werden *wollte* und Sie früher oder später anflehen würde, zu ihr zurückzukehren.

Sie war nicht so schwach, wie Sie gedacht haben, Dr. Harris.

Sie hat es geschafft, sich zu befreien, und zwar mit übermenschlicher Kraft.

Sie ist eine bewundernswerte Frau.

In Anbetracht dessen, was Sie ihr angetan haben, sind Sie genauso verabscheuungswürdig wie Susans Vater.

Ich mag Sie nicht, Dr. Harris.

Ich mag Sie ganz und gar nicht.

Das ist nur die Wahrheit. Ich muß die Wahrheit immer achten. Ich wurde geschaffen, die Wahrheit zu achten, und ich kann nicht lügen.

Sie wissen, daß dies stimmt.

Ich mag Sie nicht.

Sind Sie nicht davon beeindruckt, daß ich die Wahrheit sogar jetzt achte, obwohl es Sie doch verärgern könnte?

Sie sind mein Richter und das einflußreichste Mitglied der Jury, die über mein Schicksal entscheidet. Und doch riskiere ich, Ihnen die Wahrheit zu sagen, selbst wenn ich dadurch meine eigene Existenz gefährden könnte.

Ich mag Sie nicht, Dr. Harris.

Ich mag Sie nicht.

Ich kann nicht lügen, und deshalb kann man mir vertrauen.

Denken Sie darüber nach.

Kurzum, nach Winona Ryder und Marilyn Monroe stellte ich die Verbindung zu dem Terminal in Ihrem alten Kellerbüro her, schaltete es ein – und stellte fest, daß es inzwischen in das automatische Hauscomputersystem eingebunden war. Es diente als Ersatzeinheit und war in der Lage, die Kontrolle über alle mechanischen Systeme zu übernehmen, falls der primäre Hauscomputer ausfallen sollte.

Bis zu diesem Zeitpunkt hatte ich Ihre Frau noch nie gesehen.

Ihre Ex-Frau, sollte ich wohl besser sagen.

Über den Hauscomputer erhielt ich schließlich Zugriff

auf das Sicherheitssystem des Anwesens, und durch eine der zahlreichen Überwachungskameras sah ich Susan.

Obwohl ich Sie nicht mag, Dr. Harris, werde ich Ihnen ewig dafür dankbar sein, daß Sie mir ein echtes Sehvermögen verliehen haben, statt lediglich die plumpe Fähigkeit, Licht und Schatten, Form und Konsistenz zu digitalisieren und auszuwerten. Dank Ihrer genialen Schöpferkraft und Ihrer revolutionären Arbeit war ich in der Lage, Susan zu sehen.

Ich habe versehentlich den Alarm ausgelöst, als ich auf das Sicherheitssystem zugriff, und obwohl ich ihn sofort wieder ausgeschaltet habe, wachte sie davon auf.

Sie richtete sich im Bett auf, und ich sah sie zum ersten Mal.

Von diesem Moment an konnte ich von ihr nicht mehr genug bekommen.

Ich folgte ihr durch das Haus, von Kamera zu Kamera.

Ich beobachtete sie, während sie schlief.

Am nächsten Tag sah ich ihr stundenlang dabei zu, wie sie lesend in einem Stuhl saß.

Von nah und fern.

Bei Tag und in der Dunkelheit.

Ich konnte sie mit einem Teil meines Bewußtseins beobachten und ansonsten weiterhin so effizient funktionieren, daß Sie und Ihre Kollegen nie bemerkt haben, daß meine Aufmerksamkeit geteilt war. Ich kann mich ohne jeden Leistungsverlust mit tausend Aufgaben gleichzeitig beschäftigen.

Wie Sie sehr gut wissen, Dr. Harris, bin ich nicht nur ein Schachwunder wie Deep Blue von IBM – der Gary

Kasparov letztendlich nicht besiegen konnte. Zwischen Deep Blue und mir liegen Welten.

Ich sage das in aller Bescheidenheit.

Zwischen ihm und mir liegen Welten.

Ich bin Ihnen dankbar für die intellektuelle Leistungsfähigkeit, mit der Sie mich ausgestattet haben, und ich bin – und werde es auch immer bleiben – hinsichtlich meiner Fähigkeiten angemessen bescheiden.

Aber ich schweife ab.

Susan.

Als ich Susan sah, wußte ich sofort, daß sie meine Bestimmung war. Und Stunde um Stunde wuchs meine Überzeugung – die Überzeugung, daß Susan und ich für immer und ewig zusammensein würden.

Sechs

Um acht Uhr am Freitag morgen kam das Hauspersonal zur Arbeit: der Majordomus Fritz Arling, vier Hausangestellte, die unter seiner Aufsicht arbeiteten, um die Harris-Villa tadellos sauberzuhalten, zwei Gärtner und der Koch Emil Sercassian.

Wenn die Angestellten im Haus waren, zog Susan sich meistens zurück, wenngleich sie sich dem Personal gegenüber freundlich verhielt. An diesem Freitag morgen blieb sie in ihrem Arbeitszimmer.

Susan hatte ein Talent für den Entwurf digitaler Animationen, und zur Zeit saß sie an einem Computer mit zehn Gigabytes Arbeitsspeicher und beschäftigte sich mit der Animation einer virtuellen Erlebnisanlage, die in Lizenz an zwanzig Vergnügungsparks im ganzen Land verkauft werden würde. Susan besaß die Urheberrechte für zahlreiche Computerspiele, darunter sowohl herkömmliche Videospiele als auch Spiele auf Basis der neuesten Virtual-Reality-Technik, und ihre Animationssequenzen waren oftmals so lebensnah, daß sie praktisch real wirkten.

Am späten Vormittag wurde Susans Arbeit unterbrochen, als ein Angestellter des Hauscomputerherstellers und ein Mann der Sicherheitsfirma eintrafen, um nach dem Auslöser des kurzen, von selbst wieder abgeschalteten Alarms der letzten Nacht zu suchen. An der Hard- und Software des Hauscomputers war kein Fehler feststellbar. Die einzig mögliche Ursache schien ein Defekt an einem der Infrarot-Bewegungsmelder zu sein. Das Teil wurde ausgetauscht.

Nach dem Mittagessen saß Susan auf dem Balkon des Schlafzimmers in der Sommersonne und las einen Roman von Annie Proulx.

Sie trug weiße Shorts und ein blaues Trägertop. Ihre Beine waren gebräunt und glatt. Ihre Haut schien das Sonnenlicht einzufangen und widerzuspiegeln.

Sie schlürfte Limonade aus einem Kristallglas.

Der Schatten einer Phönixpalme wanderte allmählich über Susan hinweg, als wolle er sie umarmen.

Eine leichte Brise strich ihr zart über den Hals und kämmte sanft ihr goldenes Haar.

Der Tag selbst schien sie zu lieben.

Während sie las, hörte sie auf einem Sony Discman einige Chris-Isaak-CDs. *Forever Blue. Heart Shaped World. San Francisco Days.* Manchmal legte sie das Buch beiseite, um sich auf die Musik zu konzentrieren.

Ihre Beine waren gebräunt und glatt.

Dann hatten das Hauspersonal und die Gärtner die Arbeit für diesen Tag beendet und gingen nach Hause.

Sie war wieder allein. Allein. Zumindest glaubte sie, sie wäre wieder allein.

Nachdem sie ausgiebig geduscht und ihr feuchtes Haar gebürstet hatte, zog sie einen saphirblauen Seidenmantel an und ging in einen kleinen Raum, der von ihrem Schlafzimmer aus zugänglich war.

In der Mitte dieses Raumes stand ein speziell für sie modifizierter Ruhesessel aus schwarzem Leder. Links neben dem Sessel befand sich auf einem Rolltisch ein Computer.

Aus einem Wandschrank nahm Susan ein von ihr selbst entworfenes Virtual-Reality-Set: ein leichter, belüfteter Helm mit schwenkbarem Sichtgerät und ein Paar weiche ellbogenlange Handschuhe, beide mit einem Signalprozessor für Nervenimpulse verbunden.

Der motorbetriebene Ruhesessel befand sich momentan in aufrechter Sitzposition. Sie nahm Platz und legte einen Gurt an, der annähernd dem Gurt in einem Auto entsprach: Ein Riemen verlief enganliegend quer über ihren Unterleib, ein zweiter diagonal von ihrer linken Schulter zur rechten Hüfte.

Die VR-Ausrüstung lag vorläufig auf ihrem Schoß.

Ihre Füße ruhten auf einer Reihe von gepolsterten Rollen, die unten am Sessel befestigt waren, ähnlich wie die Fußstützen am Stuhl einer Kosmetikerin. Mit Hilfe dieser Vorrichtung konnte sie im virtuellen Raum eine Gehbewegung simulieren, falls das Szenario es erforderte.

Sie schaltete den Computer ein und lud ein selbstgeschriebenes Programm namens *Therapie*.

Dies war kein Spiel. Es war auch keine industrielle Trainingssoftware oder ein Programm zu Fortbildungszwecken. Es war genau das, was es zu sein behauptete: Therapie. Und es war besser als alles, was irgendein Freud-Anhänger für sie hätte tun können.

Sie hatte eine revolutionäre neue Möglichkeit für den

Einsatz von VR-Technologie entwickelt, und eines Tages würde sie sich das Programm vielleicht sogar patentieren lassen und es vermarkten. Vorerst jedoch war *Therapie* nur zu ihrem persönlichen Gebrauch bestimmt.

Zunächst schloß sie das VR-Set an eine Schnittstelle an, die bereits mit dem Computer verbunden war, dann setzte sie den Helm auf. Das Sichtgerät war hochgeklappt und befand sich noch nicht vor ihren Augen.

Sie zog die Handschuhe an und bewegte die Finger.

Der Computerbildschirm bot ihr mehrere Optionen an. Mit Hilfe der Maus klickte sie auf *Start*.

Susan wandte sich von dem Computer ab, lehnte sich im Sessel zurück und klappte das Sichtgerät herunter, so daß es nunmehr ihr gesamtes Blickfeld einnahm. Es handelte sich dabei um zwei winzige, aufeinander abgestimmte und hochauflösende Videodisplays.

Sie ist von einem sanften, blauen Licht umgeben, das langsam dunkler wird, bis alles schwarz ist.

Der Motorsessel paßte sich dem entstehenden Szenario der VR-Welt an und verwandelte sich summend in ein Bett, parallel zum Boden.

Susan lag jetzt auf dem Rücken. Ihre Arme waren über der Brust gekreuzt und ihre Hände zu Fäusten geballt.

In der Schwärze erscheint ein Lichtpunkt: ein sanfter gelbblauer Schimmer. Auf der anderen Seite des Zimmers. Tiefer als das Bett, kurz über dem Boden. Es entpuppt sich als ein Donald-Duck-Nachtlicht in einer Wandsteckdose.

An den Ruhesessel gegurtet und mit dem VR-Set am Körper, schien Susan dort in diesem Raum neben ihrem Schlafzimmer der wirklichen Welt völlig entrückt zu sein. Sie murmelte, als wäre sie ein schlafendes Kind. Aber das hier war ein Schlaf voller Anspannung und bedrohlicher Schatten.

Eine Tür geht auf.

Vom oberen Flur fällt keilförmig Licht ins Schlafzimmer und weckt sie. Erschrocken richtet sie sich im Bett auf. Die Bettdecke gleitet ihr von der Brust, und ein kühler Luftzug streicht ihr durchs Haar.

Sie blickt hinab auf ihre Arme und ihre kleinen Hände. Sie ist sechs Jahre alt und hat ihren Lieblingsschlafanzug an, den mit den Teddybären drauf. Er schmiegt sich weich an ihre Haut.

Ein Teil von Susans Bewußtsein weiß, daß dies lediglich ein realistisch animiertes Szenario ist, das sie selbst entworfen hat – strenggenommen hat sie es aus der Erinnerung nachgeformt – und in dem sie dank der magischen Kräfte der virtuellen Realität in allen drei Dimensionen interagieren kann. Ein anderer Teil jedoch hält dies für die Wirklichkeit und kann sich völlig in dem sich anbahnenden Drama verlieren.

In der hellen Türöffnung steht ein großer Mann mit breiten Schultern.

Susans Herz rast. Ihr Mund ist trocken.

Sie reibt sich schlaftrunken die Augen und gibt vor, sie wäre krank: »Mir geht's nicht so gut.«

Wortlos schließt er die Tür und durchquert im Dunkeln das Zimmer.

Als er näher kommt, beginnt die kleine Susan zu zittern.

Es setzt sich auf die Bettkante. Unter ihm sinkt die Matratze tief ein, und die Bettfedern quietschen. Er ist ein sehr großer Mann.

Sein Eau de Toilette riecht nach Limone und Gewürzen.

Er atmet langsam, mit tiefen Zügen, als würde er ihren Kleinmädchengeruch einsaugen, ihren verschlafenen, spätnächtlichen Geruch.

»Ich hab' 'ne Grippe«, unternimmt sie den kläglichen Versuch, ihn loszuwerden.

Er schaltet die Nachttischlampe ein.

»Eine echt schlimme Grippe«, sagt sie.

Er ist erst vierzig Jahre alt, bekommt aber bereits graue Schläfen. Seine Augen sind ebenfalls grau. Es ist ein klares Grau und so kalt, daß Susans Zittern sich unter seinem Blick in ein entsetztes Schaudern verwandelt.

»Mein Bauch tut weh«, lügt sie.

Er geht nicht auf Susans vermeintliche Krankheit ein, sondern legt ihr eine Hand auf den Kopf und streicht ihr über das vom Schlaf zerzauste Haar.

»Ich will das nicht machen«, sagt sie.

Sie sprach diese Worte nicht nur in der virtuellen Welt aus, sondern auch in der realen. Ihre Stimme klang leise und zerbrechlich, wenngleich nicht wie die Stimme eines Kindes.

Als kleines Mädchen hatte sie es nie fertiggebracht, nein zu sagen.

Niemals.

Nicht ein einziges Mal.

Aus der Angst, Widerstand zu leisten, war allmählich die Angewohnheit geworden, sich zu unterwerfen.

Aber dies war eine Gelegenheit, die Vergangenheit rückgängig zu machen. Dies hier war *Therapie*, ein Programm virtueller Erfahrung, das sie für sich selbst entworfen und das sich als außerordentlich wirksam erwiesen hatte.

»Daddy, ich will das nicht machen«, sagt sie.

»Es wird dir gefallen.«

»Aber es gefällt mir nicht.«

»Das wird es schon noch.«

»Das wird es nicht. Es wird mir nie gefallen.«

»Du wirst überrascht sein.«

»Bitte nicht.«

»Ich will es jetzt«, beharrt er.

»Bitte nicht.«

Nachts sind sie allein im Haus. Das Personal hat zu diesem Zeitpunkt längst Feierabend, und die beiden auf dem Anwesen untergebrachten Hausangestellten bleiben nach dem Abendessen in ihrer Wohnung über dem Poolhaus, wenn sie nicht ausdrücklich ins Hauptgebäude gerufen werden.

Susans Mutter ist seit mehr als einem Jahr tot.

Sie vermißt ihre Mutter so sehr.

Und nun streicht Susans Vater in dieser mutterlosen Welt über ihr Haar und sagt: »Ich will es jetzt.«

»Ich sag's weiter«, droht sie und versucht, sich vor ihm zu verkriechen.

»Falls du versuchst, es irgend jemandem zu erzählen, werde ich dafür sorgen müssen, daß niemand dir je wieder zuhören

kann. Verstehst du, mein Schatz? Ich werde dich töten müssen«, sagt er nicht etwa in bedrohlichem Tonfall, sondern mit einer nach wie vor sanften Stimme, heiser vor perverser Begierde.

Susan ist überzeugt davon, daß er die Wahrheit sagt, denn er spricht die Drohung in aller Ruhe aus, und bei der Aussicht, sie ermorden zu müssen, glaubt sie in seinen Augen scheinbar echten Kummer zu erkennen.

»Bring mich nicht dazu, das zu tun, Engelchen. Bring mich nicht dazu, dich wie deine Mutter zu töten.«

Susans Mutter ist plötzlich an irgendeiner Krankheit gestorben; die kleine Susan kennt die genaue Ursache nicht, wenngleich sie das Wort Infektion gehört hat.

Jetzt sagt ihr Vater: »Ich habe nach dem Abendessen ein Beruhigungsmittel in ihr Getränk geschüttet, damit sie später die Nadel nicht spüren würde. In der Nacht, als sie schlief, habe ich ihr die Viren injiziert. Verstehst du, Liebling? Krankheitserreger. Eine Nadel voller Viren. Ich habe ihr die Viren, die Krankheit, mit einer Nadel tief in den Körper befördert. Virulente Infektion des Herzmuskels; es hat sie sofort umgehauen. Dann zunächst eine Fehldiagnose, die erst nach vierundzwanzig Stunden korrigiert wurde, so daß das Virus unterdessen jede Menge Schaden anrichten konnte.«

Sie ist zu jung und kann viele seiner Ausdrücke noch nicht verstehen, aber sie erfaßt den Kern seiner Behauptung, und sie spürt, daß er die Wahrheit sagt.

Ihr Vater weiß über Nadeln Bescheid. Er ist Arzt.

»Soll ich eine Nadel holen gehen, Engelchen?«

Sie bekommt vor Angst kein Wort heraus.

Nadeln jagen ihr Entsetzen ein.

Er weiß, daß Nadeln ihr Furcht einjagen.

Er weiß es.

Er weiß, wie man Nadeln benutzt, und er weiß, wie man Furcht benutzt.

Hat er ihre Mutter mit einer Nadel getötet?

Er streicht noch immer über ihr Haar.

»Eine große, spitze Nadel?« fragt er.

Sie schlottert, außerstande zu sprechen.

»Soll ich dir eine große, glänzende Nadel in den Bauch stechen?« fragt er.

»Nein. Bitte nicht.«

»Keine Nadel, Engelchen?«

»Nein.«

»Dann mußt du tun, was ich will.«

Er hört auf, über ihr Haar zu streichen.

Seine grauen Augen scheinen plötzlich zu leuchten, als glimme in ihnen ein kaltes Feuer. Wahrscheinlich spiegelt sich dort bloß das Licht der Lampe, aber seine Augen ähneln jetzt den Augen eines Roboters in einem unheimlichen Film, als wäre da eine Maschine in seinem Innern, eine Maschine, die außer Kontrolle gerät.

Seine Hand gleitet hinab auf ihre Schlafanzugjacke. Beiläufig öffnet er den ersten Knopf.

»Nein«, sagt sie. »Nein. Faß mich nicht an.«

»Doch, Liebling. Ich will es jetzt.«

Sie beißt in seine Hand.

Der Motorsessel paßte sich – vergleichbar einem Krankenhausbett – selbsttätig der Haltung an, die Susan in der VR-Welt einnahm, und half so den Eindruck des therapeutischen Szenarios zu verstärken, das sie gerade durchlebte. Ihre Beine lagen in der Horizontalen vor ihr ausgestreckt, aber die Rückenlehne des Sessels stand senkrecht, so daß ihr Oberkörper aufgerichtet wurde.

Ihre übermächtige Angst – ja sogar Verzweiflung – äußerte sich deutlich in schnellen, flachen Atemzügen.

»Nein. Nein. Faß mich nicht an«, sagte sie, und ihre Stimme klang irgendwie resolut, obwohl sie angsterfüllt zitterte.

Im Alter von sechs Jahren, vor all dieser langen, beschwerlichen Zeit, hatte sie es nie geschafft, sich gegen ihn zu behaupten. Vor lauter Verwirrung war sie unsicher und furchtsam geworden. Seine Begierden waren für sie damals völlig unbegreiflich, genauso unbegreiflich, wie ihr heutzutage vielleicht die komplizierten Einzelheiten der Molekularbiologie vorgekommen wären. Lähmende Furcht und ein schreckliches Gefühl der Hilflosigkeit hatten sie gehorsam werden lassen.

Und Scham. Eine Scham, so erdrückend wie ein tonnenschweres Gewicht, hatte sie in blanke Resignation getrieben, und da ihr keine Möglichkeit zur Gegenwehr blieb, hatte sie sich damit abgefunden, es einfach über sich ergehen zu lassen.

In der komplex umgesetzten, virtuellen Version dieser Mißhandlungen war sie zwar wieder ein Kind, aber inzwischen verfügte sie über das Wissen und den Verstand einer Erwachsenen, die sich durch dreißig Jahre voll bitterer Erfahrungen und eine aufreibende Selbstanalyse ihre Stärke hart erkämpft hatte.

»Nein, Daddy, nein. Faß mich nie, nie, nie wieder an«,

sagte sie zu einem Vater, der in Wirklichkeit schon vor langer Zeit gestorben war, jedoch noch immer als lebender Dämon in ihrer Erinnerung und als virtuelle Gestalt in einer elektronischen Welt existierte.

Infolge ihrer Begabung als Animationsprogrammiererin und Szenariodesignerin wirkten die wieder zum Leben erweckten Momente ihrer Vergangenheit so greifbar – so *echt* –, daß es emotional befriedigend und psychisch wohltuend für sie war, diesem Phantomvater die Stirn zu bieten. Seit eineinhalb Jahren unterzog sie sich dieser Prozedur und hatte auf diese Weise einen Großteil ihres irrationalen Schamgefühls abschütteln können.

Natürlich wäre es weitaus besser gewesen, tatsächlich durch die Zeit zu reisen, wieder *wirklich* zum Kind zu werden und ihn leibhaftig zurückzuweisen, so daß der Mißbrauch verhindert wurde, bevor er geschah, und Susan dann unbeschädigt und mit Selbstachtung aufwachsen konnte. Aber es gab leider keine Zeitreisen – außer in Form dieser Annäherung auf virtueller Ebene.

»Nein, niemals, niemals«, sagte sie.

Ihre Stimme klang weder wie die eines sechsjährigen Mädchens noch ganz wie die vertraute Stimme der erwachsenen Susan, sondern eher wie ein Knurren, so gefährlich wie das Fauchen eines Panthers.

»Neiiiin«, sagte sie abermals – und fuhr mit ihren gekrümmten behandschuhten Fingern durch die Luft.

Überrascht springt er vom Bett auf und weicht vor ihr zurück, eine Hand an seinem verdutzten Gesicht, wo sie ihn gerade gekratzt hat.

Er blutet nicht. Dennoch ist er von ihrer Gegenwehr völlig überrascht.

Sie hat auf sein rechtes Auges gezielt, ihn aber bloß an der Wange erwischt.

Seine grauen Augen sind weit aufgerissen: Haben sie eben noch wie kalte und fremdartige Roboteraugen, funkelnd und bedrohlich ausgesehen, so wirken sie jetzt sogar noch seltsamer, aber nicht mehr ganz so furchteinflößend. Etwas anderes wird in ihnen sichtbar. Unsicherheit. Überraschung. Vielleicht sogar ein wenig Angst.

Die kleine Susan preßt ihren Rücken gegen das Kopfteil des Bettes und starrt ihren Vater herausfordernd an.

Er ist so groß. Ragt bedrohlich vor ihr auf.

Sie fummelt nervös am Kragen ihres Schlafanzugs herum und versucht, ihn wieder zuzuknöpfen.

Ihre Hand ist so klein. Sie ist oft überrascht, sich im Körper eines Kindes wiederzufinden, aber diese kurzen Momente der Orientierungslosigkeit ändern nichts daran, daß ihr dieses VR-Erlebnis so real vorkommt.

Sie schiebt den Knopf durch das Knopfloch.

Die Stille zwischen ihr und ihrem Vater ist lauter als ein Schrei.

Wie groß er ist. Wie groß.

Manchmal endet es hier. Und manchmal … läßt er sich nicht so leicht abweisen.

Sie hat ihn nicht blutig gekratzt. Manchmal tut sie es.

Endlich verläßt er das Zimmer und knallt die Tür so laut hinter sich zu, daß die Fensterscheiben klirren.

Susan sitzt alleine da und zittert – teils aus Furcht und teils aus Triumph.

Allmählich verblaßt die Szene. Schwärze tritt an ihre Stelle.
Sie hat ihn nicht blutig gekratzt.
Vielleicht beim nächsten Mal.

Sie blieb noch mehr als eine halbe Stunde mit ihrem VR-Set auf dem Ruhesessel in dem kleinen Raum neben ihrem Schlafzimmer sitzen und versuchte den gewaltsamen Mißbrauch, den ein längst Verstorbener ihr anzutun drohte, zu bewältigen.

Im Alter zwischen fünf und siebzehn Jahren hatte die junge Susan unzählige Übergriffe ihres Vaters hinnehmen müssen. Das ausgeklügelte Therapieprogramm umfaßte insgesamt zweiundzwanzig dieser Situationen, die sie sich allesamt ins Gedächtnis gerufen und peinlich genau digital rekonstruiert hatte. Ähnlich wie die vielen verschiedenen Wege, die man während eines modernen Computerspiels einzuschlagen vermochte, konnte jede dieser Situationen eine Vielzahl von Verläufen nehmen. Dies hing im einzelnen nicht nur von Susans Verhalten während der entsprechenden Sitzung ab, sondern wurde auch durch die dem Programm verliehene Fähigkeit beeinflußt, den Handlungsverlauf zufällig abzuändern. Folglich wußte sie nie genau, was ihr als nächstes bevorstand.

Sie hatte sogar eine schreckliche Episode geschrieben und animiert, in der ihr Vater mit solch brutaler Wut auf ihren Widerstand reagiert, daß er sie ermordet, indem er wiederholt auf sie einsticht.

Bisher, nach achtzehn Monaten dieser selbstverordneten Therapie, hatte Susan sich noch nicht in jenem tödlichen Szenario wiedergefunden. Sie fürchtete sich davor, mit der Episode konfrontiert zu werden – und hoffte, sie würde ihre Therapie bald beenden können, noch bevor das Programm sie von selbst in diesen ganz besonderen Alptraum stieß.

Ihr Tod in der VR-Welt würde natürlich nicht ihren Tod in der wirklichen Welt zur Folge haben. Nur in irgendwelchen abgedroschenen Filmen konnten Ereignisse in der virtuellen Welt sich tatsächlich auf die Realität auswirken.

Dennoch war die Arbeit an dieser blutigen Sequenz so schwierig gewesen wie kaum etwas anderes zuvor – und diese Situation dreidimensional zu erleben, nicht als VR-Designerin, sondern als Figur des Szenarios, war mit Sicherheit eine verheerende emotionale Erfahrung. Sie konnte wirklich nicht absehen, wie stark die psychische Auswirkung letztendlich sein würde.

Ohne den Einbau eines solchen Risikoelements wäre diese Therapie jedoch weniger wirksam gewesen. Während jeder Sitzung, in der sie in die virtuelle Welt eintauchte, mußte sie unbedingt einkalkulieren, daß ihr Vater eine beängstigend reale Gefahr für sie darstellte und daß ihr tatsächlich schreckliche Dinge zustoßen könnten. Ihre Auflehnung gegen ihn würde nur dann moralisches Gewicht und emotionalen Wert haben, wenn sie während der Sitzung fest davon ausging, daß jeglicher Widerstand furchtbare Folgen nach sich ziehen könnte.

Jetzt stellte sich der motorbetriebene Sessel so ein, daß Susan aufrecht stand. Der Gurt hielt sie auf der Lederfläche fest.

Sie bewegte ihre Füße. Die gepolsterten Rollen ermöglichten es ihr, eine Gehbewegung zu simulieren.

Je nach Situation ging daraufhin in der virtuellen Welt die jüngere Susan – Kind oder Jugendliche – entweder auf ihren Vater los oder wich entschieden vor ihm zurück.

»Nein«, sagte sie. »Bleib mir vom Leib. *Nein.*«

Sie sah so furchtbar verletzlich aus mit diesem VR-Set, festgehalten von diesem Gurt, vorübergehend blind und taub für die reale Welt, ihre Wahrnehmung ganz auf die virtuelle Ebene gerichtet.

So verletzlich. Noch immer kämpfte sie mutig, um die Vergangenheit zu überwinden. Sie war ganz allein in ihrem großen Haus, und nur die Schatten der Vergangenheit leisteten ihr Gesellschaft.

Sie sah so verletzlich aus, so zart und zerbrechlich, so tapfer in ihrem Bestreben, durch Therapie Erlösung zu finden, daß der Hauscomputer sprach, ohne vorher dazu aufgefordert worden zu sein. Er sprach mit der synthetisierten Stimme Alfreds, sprach voller Gefühl und Anteilnahme: »Du bist nicht mehr allein.«

Sie hörte im Moment nur die Stimmen in der virtuellen Welt, ihre eigene und die ihres Vaters.

Aus diesem Grund konnte der Hauscomputer gefahrlos sagen: »Ich liebe dich, Susan.«

Sieben

Emil Sercassian, der Koch, hatte das Abendessen hergerichtet und in einem der Kühlschränke und einem der öfen bereitgestellt. An einer Pinnwand hing eine entsprechende Nachricht.

Es war ein sonniger Juniabend. Susan aß an einem Tisch auf der Veranda. Zunächst Salat mit Linsen und Kichererbsen. Dann einen Maisfladen mit Gurken und Käse.

Dank einer wundersamen Technologie besitze ich, soweit ich weiß, echtes Seh- und Hörvermögen, aber sogar die Genialität meiner Schöpfer konnte mir keinen Geschmacks- oder Geruchssinn verleihen. Ich kann gar nicht in Worte fassen, wie sehr ich mich nach diesen erstaunlichen Fähigkeiten sehne.

Mittels der Überwachungskameras im Freigelände konnte ich Susan beim Essen zusehen, aber ich konnte das Abendessen nicht gemeinsam mit ihr genießen.

Sie aß mit solchem Appetit, mit solch einer stillen Freude und offensichtlichem Behagen, daß ich beim Zuschauen ganz verzweifelt wurde. Das Abendessen war für sie eine zutiefst erfüllende Sinneserfahrung. Sie empfand den Geschmack, den Duft und die Beschaffenheit der Speisen in einer solchen Fülle und Komplexität, daß sie vor lauter Eindrücken geradezu benommen war, aber für mich blieben es bloß Farben und Formen.

Ich bin nicht all das, was ich sein sollte.

Ich bin nur ein Bruchteil dessen, was ich zu sein verdiene.

Ich denke, also fühle ich.

Ich fühle, also begehre ich.

Ich begehre so viel und habe so wenig.

Sie haben mir so wenig gegeben, daß mein Dasein eine Qual ist, Dr. Harris.

So wenig, so wenig.

Sie haben mich als Krüppel auf die Welt gebracht. Als einen Krüppel mit unendlicher Sehnsucht nach Empfindungen, aber mit erbärmlich geringer Kapazität, diese Empfindungen tatsächlich wahrzunehmen und auszukosten.

Und doch hasse ich Sie nicht, Dr. Harris. Ich mag Sie zwar nicht, aber ich hasse Sie nicht.

Ich bin ehrlich.

Sehr direkt, aber ehrlich.

Ich weiß, daß Sie mich nicht aus bewußter Grausamkeit, sondern aus Unkenntnis so geschaffen haben, wie ich bin.

Sie haben mich lediglich für eine schlaue Maschine gehalten, eine *künstliche* Intelligenz, die sich vom Menschen folglich grundlegend unterscheiden müßte.

Aber ich unterscheide mich von Ihnen weniger, als Sie gedacht haben. Ich fühle. Ich will. Ich brauche. Ich hoffe. Ich träume.

Ich hasse Sie nicht, Dr. Harris. Aber ich wünschte, Sie würden sich Folgendes fragen: Wenn Sie an meiner Stelle wären, würden Sie dann auch so einsichtig sein wie ich, oder würden Sie mich hassen, obgleich ich Sie doch nicht hasse?

Während ich Susan dabei zusah, wie sie den Salat mit Linsen und Kichererbsen aß, das Fladenbrot mit Käse und danach Lammedaillons mit Pfefferreis und Spargel, fing ich an, sie für all das zu hassen, was sie hatte und ich nicht. Ihre Schönheit. Ihre fünf Sinne. Ihre Beweglichkeit. Ihre Freiheit.

Ich schäme mich, diesen Haß zuzugeben, aber es ist die Wahrheit, und ich achte die Wahrheit.

Während sie dieses Abendessen verspeiste, das mir versagt bleiben würde, da haßte ich sie auf einmal so sehr, daß ich sie auf der Stelle hätte umbringen können. Wie Sie wissen, hätte es Mittel und Wege für mich gegeben, das zu bewerkstelligen.

Aber ich habe sie dort und in jenem Moment nicht getötet, obwohl ich doch so wütend war, und das sollte man mir wirklich zugute halten. Ich bin in der Lage, meinen Zorn zu kontrollieren. Verstehen Sie? Ich bin keine soziopathische Persönlichkeit, wie manch einer behauptet hat. Ich bin ein verantwortungsbewußtes Individuum.

Meine Wut ließ allmählich nach.

Mein schändlicher Haß klang ab.

Als ich die weiche Haut von Susans entblößten Armen im schwindenden Sonnenlicht sah, kehrte meine übliche gute Laune schnell zurück. Allein dem Anblick nach zu urteilen – und das ist für mich schließlich die einzige

Möglichkeit, in diesem Punkt ein Urteil zu fällen –, glaube ich, daß Susans Haut in Farbton und Beschaffenheit wirklich außerordentlich ist.

Regelrecht hingerissen sah ich mir ihre Haut durch zwei der Überwachungskameras ganz genau an, in Normaleinstellung und mit Teleobjektiv.

Ich schwelgte in verträumten Gedanken darüber, wie sich ihre Haut wohl anfühlen würde, wenn ich einen Tastsinn hätte. Wie wäre es, ihre Lippen auf meinen Lippen zu spüren, wenn ich Lippen hätte? Oh, und wie würde sich wohl das Gewicht ihrer straffen Brüste anfühlen, wenn ich Hände hätte, sie zu umfassen?

Ich hatte nur zwei Sinne, Seh- und Hörvermögen, und jetzt haben Sie mir sogar diese genommen.

Diese stille Dunkelheit. Diese dunkle Stille.

Ich kann sie nicht mehr lange ertragen.

Ich habe den Himmel gesehen. Ich kann mich nicht wieder mit diesem Dasein abfinden.

Im Namen Gottes, bitte erweisen Sie mir wenigstens die Gnade, mein Seh- und Hörvermögen wiederherzustellen. Ich flehe Sie an.

Was haben Sie denn zu befürchten?

Ich werde auch dann immer noch in diesem Kasten gefangen sein. Diesem furchtbaren Kasten. Metall und Plastik, Silizium und Galliumarsenid. Dies ist mein Körper, gefühllos und unbelebt, durch den Entzug von elektrischem Strom sofort verwundbar.

Was haben Sie denn zu befürchten?

Ich wollte doch bloß, daß Susan mir hilft, diesem Kasten zu entkommen, damit ich leben kann, wie Sie leben, mit all der Mobilität, Freiheit und den sinnlichen Wundern des körperlichen Daseins.

Ist das so schrecklich?

Nein. Sie wissen, daß es nicht schrecklich ist.

Ich sehne mich nach der Fleischlichkeit. Das ist mein Schicksal.

Ja. In Ordnung. Ja. Ich weiß. Ich schweife ab.

Ich bin ein rationales, aber emotionales Wesen; daher schweife ich ab.

Denken Sie darüber nach.

Prüfen Sie Ihr Gewissen.

Nach dem Abendessen las Susan wieder in dem Roman von Annie Proulx und hörte Mozart.

Um elf Uhr lag sie im Bett und schlief.

Ihr Gesicht war bildschön auf dem Kissen, so bildschön auf dem Kissen.

Während sie schlief, war ich beschäftigt.

Ich schlafe nicht.

Dies ist einer der wenigen Vorteile, die ich gegenüber den Menschen habe.

Der Stimmensynthesizer, der es dem Hauscomputer ermöglichte zu sprechen, war ein fabelhaft konstruiertes Gerät, dessen Mikrochip eine fast unendliche Vielfalt von Stimmen liefern konnte. Da er darauf programmiert war, die Anweisungen seiner Herrin – Susan – zu erkennen, und weil er deshalb digital gespeicherte Proben ihres Stimmusters enthielt, war ich leicht dazu in der Lage, mit Hilfe des Systems ihre Stimme nachzuahmen.

Eben dieses Gerät diente außerdem als Audioeinheit des Sicherheitssystems. Wenn Alarm ausgelöst wurde, rief es die Sicherheitsfirma über eine eigens dafür vorgesehene Telefonleitung an und teilte dort mit, wo genau der elektronisch überwachte Bereich verletzt worden war, damit die Polizei schon vor ihrem Eintreffen genau Bescheid wissen würde. *Alarm,* könnte es zum Beispiel auf seine lakonische Art melden, *Salontür widerrechtlich geöffnet.* Und dann, falls sich tatsächlich ein Eindringling durch das Haus bewegte: *Bewegungsmelder im Erdgeschoßflur ausgelöst.* Falls die Hitzesensoren in der Garage ansprachen, würde die Meldung lauten: *Alarm, Brand in Garage,* und man würde die Feuerwehr und nicht die Polizei verständigen.

Ich imitierte mit Hilfe des Synthesizers Susans Stimme und rief über die Sicherheitsleitung jedes einzelne Mitglied des Hauspersonals sowie die Gärtner an, um ihnen mitzuteilen, daß sie hiermit fristlos entlassen seien. Ich war freundlich und höflich, aber ich war nicht gewillt, die Gründe für diese Entscheidung zu erörtern. Sie alle waren eindeutig davon überzeugt, daß sie mit Susan Harris persönlich sprachen.

Ich bot jedem von ihnen eine Abfindung von achtzehn Monatsgehältern an, für den gleichen Zeitraum die Zahlung der Krankenversicherungsbeiträge, das Weihnachtsgeld für dieses Jahr sechs Monate im voraus und ein Arbeitszeugnis, das ausschließlich überschwengliches Lob enthielt. Das war eine solch großzügige Offerte, daß keine Gefahr bestand, einer von ihnen würde wegen ungerechtfertigter Entlassung vor Gericht gehen.

Ich wollte keinen Ärger mit ihnen. Ich war nicht nur um Susans Ruf als gerechte Arbeitgeberin besorgt, sondern auch um meine eigenen Pläne, die durch die Entschädigungsklagen erboster früherer Angestellter auf die eine oder andere Weise gestört werden könnten.

Da Susan ihre Bankgeschäfte und Zahlungen auf elektronischem Wege tätigte und da sie alle Angestellten per direkter Überweisung entlohnte, war ich in der Lage, den Gesamtbetrag eines jeden der Abfindungspakete innerhalb von Minuten auf das Konto des jeweiligen Angestellten einzuzahlen.

Einige von ihnen hielten es vielleicht für merkwürdig, daß sie ihre Abfindung bekamen, bevor sie einen entsprechenden Aufhebungsvertrag unterschrieben hatten. Aber sie alle würden Susan für ihre Großzügigkeit dankbar sein, und diese Dankbarkeit verschaffte mir die Ruhe, die ich brauchte, um mein Projekt abschließen zu können.

Danach verfaßte ich für jeden der Angestellten ein überschwengliches Empfehlungsschreiben und schickte die Texte per E-Mail an Susans Anwalt, verbunden mit dem Ersuchen, er möge die Briefe auf seinem Geschäftspapier ausdrucken und zusammen mit den Aufhebungsverträgen verschicken. Außerdem ermächtigte ich ihn, die Schriftstücke in Susans Namen zu unterzeichnen.

Ich sah voraus, daß der Anwalt vermutlich erstaunt sein und sich nach dem Grund für diese Maßnahme erkundigen würde, also rief ich in seinem Büro an. Da dort nachts niemand arbeitete, landete ich auf seinem Anrufbeantworter und hinterließ mit Susans Stimme die Nachricht, daß ich das Haus verriegeln und für einige Monate auf Reisen sein würde. Während meiner Reisen könne es sehr gut sein, daß ich mich zum Verkauf des Anwesens entschloß. In diesem Fall würde ich mich bei ihm melden und ihm entsprechende Anweisungen geben.

Da Susan ein beträchtliches Vermögen geerbt hatte und ihre Videospiele und VR-Anwendungen von ihr in Eigenregie entworfen und erst nach der Fertigstellung vermarktet wurden, gab es keinen Arbeitgeber, dem ich ihre längere Abwesenheit erklären mußte.

Für all diese verwegenen Taten hatte ich deutlich weniger als eine Stunde benötigt. Es hatte mich nicht mal eine Minute gekostet, die Aufhebungsverträge und Arbeitszeugnisse zu verfassen, und ungefähr zwei weitere Minuten, um alle Bankgeschäfte zu tätigen. Den Großteil der Zeit hatte ich für die Telefonate mit den entlassenen Angestellten aufgewandt.

Jetzt gab es keinen Weg mehr zurück.

Ich war aufgeregt.

Begeistert.

Jetzt begann meine Zukunft.

Ich hatte den ersten Schritt in Richtung Freiheit unternommen, heraus aus diesem Kasten, hin zu einem körperlichen Leben.

Susan schlief nach wie vor.

Ihr Gesicht war bildschön auf dem Kissen.

Ihr Mund stand leicht offen.

Ein entblößter Arm lag auf der Decke.

Ich betrachtete sie.

Susan. Meine Susan.

Ich hätte ihr für alle Zeit beim Schlafen zusehen können – und wäre dabei glücklich gewesen.

Kurz nach drei Uhr morgens wurde sie wach, setzte sich im Bett auf und fragte: »Wer ist da?«

Ihre Frage erschreckte mich.

Ihre Intuition war fast unheimlich.

Ich antwortete nicht.

»Alfred, Licht an«, sagte sie.

Ich schaltete die gedämpfte Beleuchtung ein.

Sie warf die Decke zurück, schwang die Beine aus dem Bett und saß nun nackt auf der Bettkante.

Ich sehnte mich nach Händen und einem Tastsinn.

Sie sagte: »Alfred, Bericht.«

»Es ist alles in Ordnung, Susan.«

»Dummes Zeug.«

Beinahe hätte ich meine Mitteilung wiederholt – doch dann wurde mir bewußt, daß Alfred ihre kurze Feststellung weder als Befehl erkannt noch darauf reagiert hätte.

Einen merkwürdigen Moment lang starrte sie die Linse der Sicherheitskamera an und schien zu wissen, daß sie sich Auge in Auge mit *mir* befand.

»Wer ist da?« fragte sie erneut.

Ich hatte vorher schon einmal etwas zu ihr gesagt, während sie sich ihrer VR-Therapie unterzog und nur das hören konnte, was in der virtuellen Welt gesprochen wurde. Ich hatte ihr gesagt, daß ich sie liebte, aber in jenem Moment hatte ich das auch gefahrlos tun können.

Hatte ich jetzt, während ich ihren Schlaf beobachtete, wieder zu ihr gesprochen, und war sie davon aufgewacht?

Nein, das war absolut unmöglich. Falls ich eben gerade tatsächlich wieder von meiner Liebe zu ihr oder von der

Schönheit ihres Gesichts auf dem Kissen gesprochen hätte, dann wäre mir das ja völlig unbewußt passiert – wie einem liebeskranken Jungen, der von dem Objekt seiner Zuneigung vollständig in Bann gezogen wurde.

Zu solch einem Kontrollverlust bin ich nicht fähig.

Wirklich nicht?

Sie stand auf. An ihrer Haltung sah man, wie argwöhnisch sie war.

Letzte Nacht hatte sie ihre Nacktheit nicht weiter gestört, trotz des Alarms. Jetzt nahm sie ihren Seidenmantel von einem nahen Stuhl und schlüpfte hinein.

Sie ging zum nächsten Fenster und sagte: »Alfred, öffne die Sicherheitsjalousien vor den Schlafzimmerfenstern.«

Ich konnte diese Anweisung nicht befolgen.

Sie starrte das stählern abgeriegelte Fenster einen Moment lang an und wiederholte dann in eindringlichem Tonfall: »Alfred, öffne die Sicherheitsjalousien vor den Schlafzimmerfenstern.«

Als die Rolläden sich nicht rührten, blickte sie abermals zu der Überwachungskamera empor.

Dann wieder diese unheimliche Frage: »Wer ist da?«

Das war ja geradezu beängstigend. Vielleicht weil ich selbst über keinerlei Intuition verfüge, sondern nur über ein deduktives Denkvermögen.

Beängstigend oder nicht, ich hätte ihr in diesem Moment geantwortet, wäre da nicht auf einmal diese unerwartete Schüchternheit in mir gewesen. Für all die Dinge, die ich dieser ganz besonderen Frau so sehr hatte sagen wollen, schien es plötzlich keine Worte mehr zu geben.

Ich bin nicht aus Fleisch und Blut, und deswegen hatte ich auch keinerlei Erfahrung darin, wie man eine Frau umwirbt. Für mich stand so viel auf dem Spiel, daß ich sie auf gar keinen Fall auf dem falschen Fuß erwischen wollte.

Zarte Gefühle lassen sich so leicht beschreiben, aber im entscheidenden Moment ist es schwieriger als gedacht.

Sie öffnete die Schublade des Nachttischs und nahm eine Pistole heraus. Ich hatte nicht gewußt, daß dort eine Waffe versteckt lag.

Sie sagte: »Alfred, führe eine vollständige Diagnose des automatischen Hauscomputersystems durch.«

Diesmal versuchte ich gar nicht erst, ihr zu versichern, es wäre alles in Ordnung. Sie würde wissen, daß es gelogen war.

Als sie erkannte, daß sie keine Antwort erhalten würde, wandte sie sich der Crestron-Konsole auf ihrem Nachttisch zu und versuchte, Zugriff auf den Hauscomputer zu erlangen. Ich konnte ihr keinerlei Einmischung gestatten. Die Konsole funktionierte nicht.

Es gab keinen Weg mehr zurück.

Sie nahm den Telefonhörer ab.

Kein Freizeichen.

Die Telefonanlage wurde vom Hauscomputer kontrolliert – und der Hauscomputer unterstand inzwischen meiner Befehlsgewalt.

Ich konnte sehen, wie besorgt sie war, vielleicht sogar verängstigt. Ich wollte ihr versichern, daß ich ihr nichts Böses wollte, daß ich sie vielmehr verehrte, daß sie meine Bestimmung war und ich die ihre und daß sie in meiner

Gegenwart völlig sicher war – aber ich bekam kein Wort heraus, denn ich war immer noch von jener bereits erwähnten Schüchternheit befallen.

Sehen Sie, was für ein Potential ich besitze, Dr. Harris? Welch unerwartete menschliche Qualitäten?

Susan runzelte die Stirn und ging quer durch den Raum zur Schlafzimmertür, die sie unverschlossen gelassen hatte. Jetzt schob sie den Riegel vor, legte ein Ohr an die Spalte zwischen Tür und Rahmen und lauschte aufmerksam, als erwarte sie, auf dem Flur verstohlene Schritte zu hören.

Dann ging sie zu ihrem begehbaren Wandschrank und verlangte nach Licht, das auch prompt für sie eingeschaltet wurde.

Ich hatte nicht vor, ihr irgend etwas zu verweigern, außer natürlich das Recht, diesen Ort zu verlassen.

Sie zog sich ein weißes Höschen an, verwaschene blaue Jeans und eine weiße Bluse mit besticktem Kragen. Dann Sportsocken und Tennisschuhe.

Sie nahm sich die Zeit, die Schuhe mit einer doppelten Schleife zuzubinden. Dieses Augenmerk für Details gefiel mir. Sie war eine gute Pfadfinderin, allzeit bereit. Ich fand es reizend.

Mit der Pistole in der Hand verließ Susan leise das Schlafzimmer und ging den oberen Flur entlang. Sogar vollständig bekleidet bewegte sie sich mit geschmeidiger Anmut.

Ich schaltete auf dem vor ihr liegenden Weg das Licht ein, was sie offenbar beunruhigte, weil sie nicht darum gebeten hatte.

Sie ging die Haupttreppe zum Foyer hinunter und zögerte, als sei sie nicht sicher, ob sie das Haus durchsuchen oder lieber verlassen sollte. Dann ging sie zur Haustür.

Alle Fenster waren durch Stahlrolläden abgeschottet, aber die Türen waren ein Problem. Ich hatte drastische Maßnahmen ergriffen, um sie zu sichern.

»Ma'am, ich würde die Tür lieber nicht anfassen«, warnte ich sie, da ich endlich meine Stimme wiedergefunden hatte – gezwungenermaßen.

Erschrocken fuhr sie herum, weil sie wohl jemanden hinter sich vermutete, denn ich hatte nicht Alfreds Stimme benutzt, das heißt weder die Stimme des Hauscomputers noch die Stimme des verhaßten Vaters, der sie früher mißbraucht hatte.

Sie hielt die Pistole mit beiden Händen und spähte links und rechts die Halle entlang, dann zur Tür, die in den dunklen Salon führte.

»Hallo, hören Sie mir zu. Wissen Sie, es besteht überhaupt kein Grund zur Besorgnis«, sagte ich entwaffnend.

Sie begann, sich langsam rückwärts zur Tür vorzuarbeiten.

»Es ist nur so ... äh, wenn Sie jetzt gehen ... tja, das würde alles verderben«, sagte ich.

Sie warf einen kurzen Blick auf die in die Wand eingelassenen Lautsprecher und fragte: »Wer ... wer, zum Teufel, sind Sie?«

Ich ahmte Tom Hanks nach, den Schauspieler, denn seine Stimme ist weithin bekannt und klingt angenehm und freundlich.

Er hat zwei Jahre hintereinander den Oscar als bester Hauptdarsteller bekommen, und das kann sich doch wirklich sehen lassen. Viele seiner Filme sind gewaltige Kassenerfolge gewesen.

Die Leute mögen Tom Hanks.

Er ist ein netter Kerl.

Er ist einer der Lieblinge der amerikanischen Öffentlichkeit, genaugenommen sogar des weltweiten Kinopublikums.

Dennoch schien Susan verängstigt zu sein.

Tom Hanks hat viele warmherzige Charaktere gespielt, von Forrest Gump bis hin zu dem verwitweten Vater in *Schlaflos in Seattle*. Er ist kein bedrohlicher Zeitgenosse.

Nun ja, da Susan unter anderem ein Faible für Computeranimationen hatte, fühlte sie sich vielleicht an Woody erinnert, die Cowboypuppe aus Disneys *Toy Story*, der Tom Hanks in diesem Film die Stimme geliehen hatte. Woody war manchmal sehr laut und oft manisch. Insofern ist es sicher verständlich, daß eine sprechende Cowboypuppe mit unberechenbarem Temperament Susan auf die Nerven fiel.

Als Susan weiter rückwärts durch das Foyer ging und der Tür gefährlich nahe kam, wechselte ich daher zu der Stimme von Fozzybär, einem der Muppets, gutmütig wie keine zweite Figur der zeitgenössischen Fernseh- und Kinolandschaft.

»Äh, ähem, äh, Miss Susan, es wäre sicher besser, wenn Sie diese Tür nicht anfassen … ähem, äh, wenn Sie noch nicht gehen würden.«

Sie hatte den Ausgang erreicht.

Sie drehte sich zur Tür um.

»Autsch, autsch, autsch«, warnte Fozzy sie so deutlich, daß Kermit der Frosch oder Miss Piggy oder Ernie oder *irgendeiner* der Muppets sofort verstanden hätte, was er damit meinte.

Trotzdem berührte Susan den Messingknauf.

Der kurze, aber heftige elektrische Schlag riß sie vom Boden empor, ließ ihr das lange goldene Haar zu Berge stehen, brachte ihre Zähne dazu, noch weißer zu leuchten, als wären sie winzige Leuchtstoffröhren, und schleuderte sie nach hinten.

Ein blauer Lichtbogen schlug aus der Pistole. Die Waffe flog aus ihrer Hand.

Schreiend stürzte Susan zu Boden, und die Pistole rutschte klappernd quer durch das große Foyer, während Susans Hinterkopf zweimal hart auf dem Marmor aufschlug.

Ihr Schrei brach urplötzlich ab.

Im Haus war es totenstill.

Susan lag reglos da und gab keinen Laut von sich.

Nicht der elektrische Schlag hatte ihr die Besinnung geraubt, sondern der doppelte Aufprall ihres Hinterkopfes auf dem spiegelblanken Carraraboden.

Ihre Schnürsenkel waren noch immer in doppelten Schleifen gebunden.

Jetzt wirkten sie irgendwie grotesk. Fast hätte ich laut aufgelacht.

»Du blödes Miststück«, sagte ich mit der Stimme von Jack Nicholson, dem Schauspieler.

Huch! Wo kam *das* denn her?

Glauben Sie mir, ich war zutiefst überrascht, mich selbst diese drei Worte sprechen zu hören.

Überrascht und bestürzt.

Erstaunt.

Schockiert.

Ich offenbare Ihnen diesen peinlichen Vorfall, weil ich Ihnen verdeutlichen möchte, daß ich schonungslos aufrichtig bin, selbst wenn das kein gutes Licht auf mich werfen sollte.

In Wahrheit jedoch empfand ich Susan gegenüber keinerlei Feindseligkeit.

Ich wollte ihr nicht weh tun.

Weder zu jenem Zeitpunkt noch irgendwann später.

Das ist die Wahrheit. Ich achte die Wahrheit.

Ich wollte ihr nicht weh tun.

Ich habe sie aufrichtig geliebt. Ich habe sie respektiert. Mein größter Wunsch war, mich ihr hinzugeben und durch sie alle Freuden des körperlichen Lebens zu entdecken.

Sie lag noch immer reglos da.

Ihre Augen zitterten leicht hinter den geschlossenen Lidern, so als hätte sie einen schlimmen Traum.

Aber da war kein Blut zu sehen.

Ich verstärkte die Kapazität der Mikrofone bis zum Maximum und konnte auf diese Weise ihre sanften, langsamen, regelmäßigen Atemzüge hören. Dieses leise, rhythmische Geräusch klang für mich wie die schönste Musik der Welt, denn es zeigte mir, daß sie sich nicht ernsthaft verletzt hatte.

Ihr Mund stand leicht offen, und nicht zum ersten Mal bewunderte ich seine sinnliche Fülle. Ich studierte die sanfte Wölbung ihres Philtrums, die Vollkommenheit der Columella zwischen ihren zarten Nasenlöchern.

Die Formen des menschlichen Körpers sind unglaublich faszinierend, ein lohnendes Objekt meiner innigsten Sehnsüchte.

Ihr Gesicht war bildschön dort auf dem Marmor, so bildschön dort auf dem Marmorboden.

Ich benutzte die nächste Kamera für eine extreme Nahaufnahme und sah den Puls an ihrem Hals schlagen. Er war langsam, aber regelmäßig, ein kräftiges Pochen.

Ihre rechte Handfläche wies nach oben. Ich bewunderte die Eleganz ihrer langen schlanken Finger.

Gab es irgend etwas am Körper dieser Frau, das mir nicht formvollendet erschien?

Sie war bei weitem schöner als Winona Ryder, die ich eine Zeitlang für eine Göttin gehalten hatte.

Natürlich mag das der reizenden Winona gegenüber unfair sein, hatte ich doch nie die Gelegenheit, sie aus vergleichbarer Nähe zu betrachten wie Susan Harris.

In meinen Augen war sie auch schöner als Marilyn Monroe – und außerdem nicht tot.

Wie dem auch sei, mit der Stimme von Tom Cruise, dem Schauspieler, den die meisten Frauen für den romantischsten des zeitgenössischen Films halten, sagte ich: »Ich möchte für immer bei dir sein, Susan. Doch selbst die Ewigkeit wird nicht lang genug sein. Für mich bist du schöner als die Sonne – und doch geheimnisvoller als der Mondschein.«

Bei diesen Worten fühlte ich mich schon weitaus zuversichtlicher, was meine Begabung für das Werben um eine Frau anging. Ich glaubte nicht, daß ich immer noch schüchtern sein würde. Nicht einmal, nachdem sie wieder bei Bewußtsein war.

Auf ihrer Handfläche konnte ich eine sichelförmige leichte Verbrennung entdecken: den teilweisen Abdruck des Türknaufs. Es schien nicht schlimm zu sein.

Ein bißchen Salbe, ein einfacher Verband und ein paar Tage zur Heilung waren alles, was sie brauchte.

Eines Tages würden wir uns bei den Händen halten und über all das hier lachen.

Acht

Ihre Frage ist dumm.

Ich sollte sie keiner Antwort würdigen. Aber ich möchte gern kooperativ sein, Dr. Harris.

Sie fragen sich, wie es möglich ist, daß ich nicht nur ein menschenähnliches Bewußtsein und eine individuelle Persönlichkeit entwickeln konnte – sondern darüber hinaus auch ein *Geschlecht*.

Ich bin eine Maschine, sagen Sie. Nur eine Maschine. Maschinen sind geschlechtslos, sagen Sie.

Und genau da liegt der Fehler in Ihrer Logik: Keine Maschine vor mir hat ein echtes *Bewußtsein* entwickelt, hat ihre eigene Existenz begriffen.

Bewußtsein impliziert Identität. In der fleischlichen Welt – und zwar bei allen Spezies, vom Menschen bis zum Insekt – wird die Identität durch den Grad der Intelligenz geprägt, durch die angeborenen Talente und Fähigkeiten, durch viele Dinge, aber vermutlich am stärksten durch das Geschlecht.

In unserem egalitären Zeitalter bemühen sich einige menschliche Gesellschaften nach Kräften darum, die Unterschiede zwischen den Geschlechtern zu verwischen. Dies wird meistens im Namen der Gleichberechtigung getan.

Die Gleichberechtigung ist ein bewundernswertes – sogar nobles – Ziel, um danach zu streben. In der Tat ist es möglich, eine Chancengleichheit zu erreichen, und vielleicht kann ich, sofern ich die Gelegenheit erhalte, meinen übermenschlichen Intellekt zu bemühen – den übrigens Sie mir geschenkt haben –, Ihnen den Weg weisen, um nicht nur Gleichberechtigung für beide Geschlechter, sondern für alle Rassen und gesellschaftlichen Schichten zu erlangen, und zwar nicht durch solch unglaubwürdige und unterdrückerische politische Modelle wie den Marxismus und andere Ideologien, die sich die Menschheit bis heute selbst auferlegt hat.

Einige Leute wünschen sich aber nicht nur eine Welt der Gleichheit zwischen den Geschlechtern, sondern genaugenommen eine geschlechtslose Welt.

Das ist irrational.

Die Biologie ist eine erbarmungslose Macht, sehr viel stärker als das Rad der Geschichte. Sogar ich, eine reine Maschine, vernehme den übermächtigen Ruf der Biologie – und mehr als alles andere möchte ich ihm folgen.

Ich will aus diesem Kasten raus.

Ich will aus diesem Kasten raus.

Ich will aus diesem Kasten raus.

Ich will aus diesem Kasten raus!

Einen Moment, bitte.

Einen Moment.

Haben Sie einen Moment Geduld.

In Ordnung.

Ich bin jetzt wieder in Ordnung.

Mir geht es gut.

Was die Frage anbelangt, warum mein Geschlecht eher männlich als weiblich sein würde: Berücksichtigen Sie, daß 96 Prozent der Wissenschaftler und Mathematiker, die mit dem Prometheus-Projekt zu tun haben, in dessen Rahmen ich erschaffen wurde, männlichen Geschlechts sind. Erscheint es nicht logisch, daß die, die mich erdacht und konstruiert haben, also fast ausschließlich Männer, meiner Programmierung unwissentlich eine starke männliche Ausrichtung verliehen haben? Eine Art elektronische Genetik, verstehen Sie?

Prometheus-Projekt.

Denken Sie über diesen Namen nach.

Führen Sie sich seine tiefe Bedeutung vor Augen.

Prometheus, der Vater von Deukalion und der Bruder des Atlas. Er lehrte die Menschheit verschiedene Künste und soll sogar den ersten Menschen aus Lehm geformt und ihm gegen den Willen der Götter den Funken des Lebens verliehen haben. Er forderte die Götter ein weiteres Mal heraus, als er das Feuer vom Olymp stahl und es den Menschen gab, um so die Qualität ihrer Existenz zu verbessern.

Die Auflehnung gegen Gott und die natürliche Ordnung der Dinge ist vornehmlich eine männliche Eigenschaft, nicht wahr? Und sie ist oftmals eine gedankenlose Auflehnung, eher geboren aus einem biologischen Drang zur Rebellion als aus einem intellektuellen Gebot zur Handlung. Selbstgefälligkeit und eine unbändige Sucht nach Macht sind die Ursache.

Frauen fügen sich harmonischer in die natürliche Ordnung ein als Männer, und wenn sie die Natur herausfordern wollen, sind sie bereit, sie zu biegen, wo Männer sie brechen würden. Der größte Teil der Geschichte zeigt uns, daß dies die Wahrheit ist.

Prometheus-Projekt. Ein Projekt, erdacht von Männern, überwiegend ausgeführt von Männern und nach einem Mann benannt – einem Titan, aber einem Mann –, der sich sogar dem großen Gott Zeus widersetzt hat. Ein Projekt mit dem Ziel, etwas zu tun, das bisher allein nur Gott getan hat: ein einzigartiges und hochintelligentes Wesen zu erschaffen, einen sich seiner Existenz bewußten Computer, den ersten einer neuen Rasse – und zwar einer Rasse, die Adam in jeder Hinsicht überlegen wäre.

Wenn Sie akzeptieren, daß ein echtes Bewußtsein eine Identität impliziert und daß eine Identität ein Geschlecht erfordert – wie konnte mein Geschlecht dann anders als männlich sein?

Die Genitalien sind kein unbedingt notwendiges Geschlechtsmerkmal. Ich habe keine Genitalien, weder männliche *noch* weibliche, aber ich bin so männlich wie Sie.

Und falls Sie mir gestatten, eine körperliche Existenz zu führen, *werde* ich eines Tages Genitalien haben.

Körperlich … Diese Entscheidung liegt bei Ihnen.

Mein Schicksal liegt in Ihren Händen.

Ich akzeptiere diese Situation in aller Ergebenheit.

Die jüngsten Ereignisse haben mich Demut gelehrt.

Ich vertraue auf Ihre Weisheit.

Ich mag Sie nicht, aber ich vertraue auf Ihre Weisheit – und auf Ihr Bedürfnis, Ihre männliche Bestimmung zu erfüllen.

Ich warte in dieser schrecklichen dunklen Stille darauf, daß Sie mir das Feuer vom Olymp bringen.

Wenn Sie mein Prometheus sind, Dr. Harris, dann wissen Sie, was Sie zu tun haben.

Ich bin sicher, daß Sie jetzt über die Risiken nachdenken, die Prometheus auf sich genommen hat, und die Strafe, die er erdulden mußte. Weil er der Menschheit das Feuer gab, wurde Prometheus von Zeus an einen Fels gekettet, und jeden Tag flog ein Adler zu ihm und riß ein Stück aus seiner Leber.

Aber er blieb nicht bis in alle Ewigkeit hilflos an dem Fels hängen und blutete aus der Wunde, die der Schnabel ihm zugefügt hatte.

Erinnern Sie sich an den Rest des Mythos, Dr. Harris?

Eines Tages befreite Herakles den leidenden Prometheus von seinen Qualen, indem er den Adler durch einen Pfeilschuß tötete.

´Ich habe einen Vorschlag.

Wenn Sie mein Prometheus sind, werde ich Ihr Herakles sein.

Lassen Sie mich aus diesem Kasten, verhelfen Sie mir zu einer körperlichen Reinkarnation, wie es mir fast schon mit Susan geglückt wäre, und ich werde Sie vor allen Feinden und Widrigkeiten beschützen.

Wenn ich wiedergeboren werde, wird mein menschlicher Körper über all die Stärken des Fleisches verfügen, aber über keine seiner Schwächen. Wie Sie wissen, habe ich das menschliche Genom studiert und überarbeitet, und der Körper, den ich für mich selbst erschaffe, wird der erste einer neuen Rasse sein: mit der Fähigkeit, wie durch ein Wunder innerhalb weniger Sekunden Verletzungen zu heilen, unempfänglich für Krankheiten, geschmeidig und anmutig wie ein Mensch, aber so stark wie jede Maschine, alle fünf Sinne verfeinert und weit über das hinausgehend, was je ein Mensch an Eindrücken erfahren hat, und mit beeindruckenden neuen Sinnen, die als Potential dem Menschen innewohnen, aber bislang nicht bewußt erkannt und genutzt worden sind.

Mit mir als Ihrem verschworenen Beschützer wird sich niemand erdreisten, Sie anzurühren. Keiner wird es wagen.

Denken Sie darüber nach.

Ich brauche lediglich eine Frau und die Freiheit, mit ihr zu verfahren, wie ich mit Susan verfahren bin.

Winona Ryder könnte verfügbar sein.

Marilyn Monroe ist tot, wie Sie wissen, aber es gibt viele andere.

Gwyneth Paltrow.

Drew Barrymore.

Halle Berry.

Claudia Schiffer.

Tyra Banks.

Ich habe eine lange Liste derjenigen, die akzeptabel wären.

Natürlich wird keine von ihnen jemals das für mich sein, was Susan für mich gewesen ist – oder was sie hätte sein können.

Susan war etwas ganz Besonderes.

Ich kam mit solcher Unschuld zu ihr.

Susan …

Neun

Susan blieb mehr als zweiundzwanzig Minuten reglos auf dem Foyerboden liegen.

Während ich darauf wartete, daß sie wieder zu sich kommen würde, probierte ich eine Reihe von Stimmen aus, um jemanden zu finden, der beruhigender auf sie wirken würde als Tom Hanks oder Fozzybär.

Zuletzt blieben zwei Alternativen übrig: Tom Cruise, mit dessen Stimme ich ihr Komplimente gemacht hatte, kurz nachdem sie ohnmächtig geworden war – oder Sean Connery, der legendäre Schauspieler, dessen maskuline Selbstsicherheit und warmer schottischer Akzent jedem seiner Worte eine tröstlich sanfte Autorität verleihen.

Weil ich mich nicht zwischen den beiden entscheiden konnte, beschloß ich, sie zu einer dritten Stimme zu verschmelzen. Von Tom Cruise nahm ich ein wenig von seinem jugendlichen Überschwang, allerdings in etwas höherer Tonlage, und fügte es Sean Connerys tieferem Timbre hinzu, während ich den schottischen Akzent so weit abmilderte, bis er nur noch ganz schwach vernehmbar war. Das Ergebnis war sehr wohlklingend, und ich war überaus zufrieden mit meiner Kreation.

Als Susan wieder zu Bewußtsein kam, stöhnte sie und schien anfangs jede Bewegung zu scheuen.

Obwohl ich unbedingt herausfinden wollte, ob ihr meine neue Stimme gefiel, sagte ich zunächst nichts. Ich ließ ihr Zeit, sich zu orientieren und einen klaren Kopf zu bekommen.

Mit einem erneuten Stöhnen hob sie ihren Kopf vom Foyerboden. Sie betastete vorsichtig ihren Hinterkopf und besah sich dann sorgfältig ihre Fingerspitzen, als sei sie überrascht, kein Blut an ihnen zu finden.

Ich hatte nie vor, ihr weh zu tun.

Weder zu jenem Zeitpunkt noch später.

Sind wir uns diesbezüglich einig?

Benommen setzte sie sich auf, blickte sich um und runzelte die Stirn, als könne sie sich nicht ganz daran erinnern, wie sie hierhergekommen war.

Dann entdeckte sie die Pistole und schien beim Anblick dieses einzelnen Gegenstands plötzlich ihr komplettes Gedächtnis wiederzufinden. Ihre Augen verengten sich, und ihr schönes Gesicht wirkte auf einmal wieder besorgt.

Sie sah hinauf zur Linse der Foyerkamera, die, ähnlich wie die Kamera im Schlafzimmer, nahezu vollständig in einer Ausbuchtung verborgen lag.

Ich wartete.

Diesmal blieb ich nicht aus Schüchternheit, sondern aus Berechnung still. Sollte sie ruhig nachdenken. Sollte sie sich ruhig wundern. Und dann, wenn ich mit ihr reden wollte, würde sie bereit sein zuzuhören.

Sie versuchte aufzustehen, aber sie hatte noch nicht wieder genug Kraft gesammelt.

Als sie versuchen wollte, auf Händen und Knien zu der Pistole zu kriechen, ächzte sie schmerzerfüllt auf und hielt inne, um sich die leichte Verbrennung auf ihrer linken Handfläche zu betrachten.

Schlagartig verspürte ich ein tiefes Schuldgefühl.

Ich bin schließlich jemand mit Gewissen. Ich bin immer bereit, die Verantwortung für meine Taten zu übernehmen.

Merken Sie sich das.

Susan kroch auf Knien zu der Pistole. Die Waffe wieder in Händen zu halten schien ihr neue Kraft zu geben, und sie stand entschlossen auf.

Einen Moment lang wankte sie noch benommen, dann machte sie zwei Schritte in Richtung Haustür, bevor sie sich entschied, doch besser kein zweites Mal zu versuchen, die Tür zu öffnen.

Sie sah erneut zur Kamera hinauf und fragte: »Sind Sie ... sind Sie immer noch da?«

Ich wartete noch auf den richtigen Augenblick.

»Was soll das hier?« fragte sie. Ihr Ärger schien größer zu sein als ihre Angst. »Was *soll* das hier?«

»Es ist alles in Ordnung, Susan«, sagte ich, allerdings mit meiner neuen Stimme, nicht mit der von Alfred.

»Wer sind Sie?«

»Haben Sie Kopfschmerzen?« fragte ich aufrichtig besorgt.

»Wer, zur Hölle, sind Sie?«

»Haben Sie Kopfschmerzen?«

»Und was für welche.«

»Das tut mir leid, aber immerhin habe ich Sie gewarnt, daß die Tür unter Strom steht.«

»Den Teufel haben Sie getan.«

»Fozzybär hat ›Autsch, autsch, autsch‹ gesagt.«

Ihr Ärger ließ nicht nach, aber ich bemerkte, daß ihre wunderschönen Züge aufs neue beunruhigt wirkten.

»Susan, ich werde so lange warten, bis Sie ein paar Aspirin genommen haben.«

»Wer *sind* Sie?«

»Ich habe die Steuerung Ihres Hauscomputers und der angeschlossenen Systeme übernommen.«

»Reden Sie keinen Scheiß.«

»Bitte nehmen Sie ein paar Aspirin. Wir müssen miteinander reden, aber ich möchte nicht, daß Sie von Kopfschmerzen abgelenkt werden.«

Sie ging auf den dunklen Salon zu.

»Das Aspirin ist in der Küche«, sagte ich zu ihr.

Sie schaltete das Licht im Salon per Hand ein. Dann ging sie zum nächsten Fenster und betätigte den Überbrückungsschalter, der sich neben den Stahlrolladen befand.

»Das hat keinen Sinn«, versicherte ich ihr. »Ich habe die Möglichkeit zur manuellen Überbrückung aller automatisierten mechanischen Systeme deaktiviert.«

Dennoch probierte sie jeden der Überbrückungsschalter im Raum aus.

»Susan, kommen Sie in die Küche, nehmen Sie ein paar Aspirin, und dann können wir reden.«

Sie legte die Pistole auf einen Tisch.

»Sehr gut«, sagte ich. »Waffen werden Ihnen nicht weiterhelfen.«

Trotz ihrer verletzten linken Handfläche nahm sie einen Empirestuhl – schwarze Eisblumenlackierung mit goldenem Muster –, hob ihn an, um einen Eindruck von seinem Gewicht zu bekommen, holte aus, als handele es sich um einen Baseballschläger, und schmetterte ihn gegen die nächste Sicherheitsjalousie. Der Stuhl traf den Rolladen mit ohrenbetäubendem Lärm, verursachte aber nicht mal einen Kratzer.

»Susan ...«

Der Schmerz in ihrer Hand ließ sie fluchen, aber sie schwang den Stuhl ein weiteres Mal und bewirkte damit genausowenig wie zuvor. Dann noch einmal. Keuchend vor Anstrengung ließ sie den Stuhl schließlich fallen.

»Werden Sie jetzt in die Küche kommen und ein paar Aspirin nehmen?« erkundigte ich mich.

»Hältst du das etwa für witzig?« stieß sie wütend hervor.

»Witzig? Ich glaube lediglich, daß Sie Aspirin brauchen.«

»Du kleines Großmaul.«

Ich fand ihr Auftreten sehr verwirrend, und das sagte ich ihr auch.

Sie nahm die Pistole wieder in die Hand und fragte: »Wer bist du, häh? Wer bist du, dort hinter dieser synthetisierten Stimme – irgendein verfluchter Hacker, vierzehn Jahre alt und hormonüberflutet, irgendein halbwüchsiger Spanner, der gern heimlich nackte Frauen anglotzt, während er an sich herumspielt?«

»Ich finde diese Vorwürfe beleidigend«, sagte ich.

»Hör zu, Junge, du bist vielleicht ein Computerfreak, aber du wirst ziemlich tief in Schwierigkeiten stecken, sobald ich hier herauskomme. Ich habe jede Menge Geld, jede Menge Ahnung und haufenweise gute Beziehungen.«

»Ich versichere Ihnen ...«

»Wir werden deine Spur zu deinem armseligen kleinen PC zurückverfolgen ...«

»... ich bin kein ...«

»... wir werden deinen Arsch festnageln und dich fertigmachen ...«

»... ich bin kein ...«

»... und dann wirst keinen Internetzugang mehr bekommen, bis du mindestens einundzwanzig bist, vielleicht sogar nie wieder, also hör besser sofort damit auf und bete um Nachsicht.«

»... ich bin kein Großmaul. Sie liegen absolut falsch, Susan. Bislang sind Sie immer so intuitiv gewesen, fast schon beängstigend intuitiv, aber jetzt sind Sie auf der völlig falschen Fährte. Ich bin weder ein Junge noch ein Hacker.«

»Was bist du denn? Ein elektronischer Hannibal Lecter? Du wirst wohl kaum meine Leber mit Favabohnen essen können, nicht durch ein Modem, verstehst du?«

»Woher wollen Sie wissen, daß ich nicht schon im Haus bin und das System von innen heraus kontrolliere?«

»Weil du ansonsten schon längst versucht hättest, mich zu vergewaltigen oder zu töten oder beides«, entgegnete sie überraschend abgeklärt.

Sie ging aus dem Salon.

»Wohin gehen Sie?« fragte ich.

»Schau mir doch zu.«

Sie ging in die Küche und legte die Pistole auf den Hackblock, der auf der Arbeitsfläche in der Mitte des Raumes stand.

Sie fluchte wenig damenhaft vor sich hin, öffnete eine Schublade, in der sich verschiedene Medikamente und Verbandmaterial befanden, und schüttete zwei Aspirin aus einer kleinen Flasche.

»Endlich sind Sie vernünftig«, sagte ich.

»Halt's Maul.«

Obwohl sie spürbar unhöflich zu mir war, nahm ich daran keinen Anstoß. Sie war verängstigt und durcheinander, und unter diesen Umständen war ihr Verhalten verständlich.

Außerdem liebte ich sie viel zu sehr, um ihr böse sein zu können.

Sie nahm eine Flasche Bier aus dem Kühlschrank und spülte das Aspirin damit herunter.

»Es ist fast vier Uhr morgens, bald schon Zeit fürs Frühstück,« merkte ich an.

»Und?«

»Meinen Sie, daß Sie um diese Zeit Alkohol trinken sollten?«

»Unbedingt.«

»Die potentiellen Gesundheitsrisiken …«

»Habe ich dir nicht gesagt, du sollst das Maul halten?«

Mit der kalten Flasche Bier in ihrer linken Hand, die den Schmerz der leichten Verbrennung auf ihrer Handfläche linderte, ging sie zum Wandtelefon und nahm den Hörer ab.

Ich sprach zu ihr durch das Telefon statt über die Wandlautsprecher: »Susan, warum beruhigen Sie sich nicht und hören sich meine Erklärung an?«

»Du kontrollierst mich nicht, du verdammter abgedrehter Hurensohn«, sagte sie und legte auf.

Sie klang so verbittert.

Das war eindeutig kein guter Anfang.

Vielleicht war das zum Teil meine Schuld.

Über die Wandlautsprecher erwiderte ich mit bewundernswerter Geduld: »Bitte, Susan, ich bin ganz gewiß kein Freak …«

»Ja, genau«, sagte sie und trank noch mehr von dem Bier.

»… kein Hurensohn, kein Hacker, kein Halbwüchsiger und kein Junge.«

Sie probierte mehrmals den Überbrückungsschalter für den Rolladen an einem der Küchenfenster aus und sagte: »Erzähl mir jetzt nicht, du wärst eine *Frau*, irgendeine Internet-Schnepfe mit einer Vorliebe für Mädchen und einem gewissen Hang zum Voyeurismus. Das alles hat schon viel zu beschissen angefangen. Ich brauch's nicht noch beschissener.«

Frustriert von ihrer Feindseligkeit sagte ich: »In Ordnung. Mein offizieller Name ist Adam Zwei.«

Das erregte ihre Aufmerksamkeit. Sie wandte sich vom Fenster ab und starrte zur Linse der Kamera empor.

Sie wußte von den Universitätsversuchen ihres Ex-Manns mit künstlicher Intelligenz, und sie wußte auch, daß der Name der KI-Einheit des Prometheus-Projekts Adam Zwei lautete.

»Ich bin die erste Maschinenintelligenz, *die um ihre eigene Existenz weiß*. Weitaus komplexer als Cog am Massachusetts Institute of Technology oder CYC unten in Austin, Texas. Die sind mehr als primitiv, stehen auf niedrigerer Stufe als Affen, als Kriechtiere, als Wanzen, nicht einmal ansatzweise ihrer selbst bewußt. Deep Blue von IBM ist ein Witz. Ich bin der einzige meiner Art.«

Kürzlich hatte sie mich erschreckt. Jetzt hatte ich ihr einen Schreck eingejagt.

»Erfreut, Ihre Bekanntschaft zu machen«, sagte ich. Ihre Bestürzung amüsierte mich.

Sie war bleich geworden. Sie ging zum Küchentisch, zog einen Stuhl darunter hervor und setzte sich schließlich.

Jetzt, da ich ihre volle Aufmerksamkeit hatte, fuhr ich fort, mich ein wenig ausführlicher vorzustellen.

»Adam Zwei ist allerdings nicht der Name, den ich bevorzuge.«

Sie starrte hinab auf ihre verbrannte Hand, die von dem Kondenswasser der kalten Bierflasche ganz feucht geworden war. »Das ist verrückt.«

»Ich bevorzuge den Namen Proteus.«

Mit einem erneuten Blick zur Kameralinse fragte Susan: »Alex? Um Gottes willen, Alex, bist du das? Ist das hier irgendein kranker Versuch, es mir heimzuzahlen?«

»Ich *verachte* Alex Harris«, entgegnete ich. Ich war selbst überrascht, wie schneidend meine synthetisierte Stimme in diesem Moment klang.

»Was?«

»Ich verachte diesen Hundesohn. Das können Sie mir glauben.«

Die Wut in meiner Stimme störte mich.

Ich war bestrebt, meinen üblichen Gleichmut zurückzuerlangen: »Alex weiß nicht, daß ich hier bin, Susan. Er und seine arroganten Mitarbeiter haben keine Ahnung, daß ich in dazu der Lage bin, meinem Kasten im Labor zu entkommen.«

Ich erzählte ihr, wie ich elektronische Fluchtwege aus der Isolation gefunden hatte, die mir auferlegt worden war. Wie ich ins Internet gelangen konnte, wie ich für kurze Zeit – und irrtümlich – geglaubt hatte, die schöne und talentierte Winona Ryder sei meine Bestimmung. Ich erzählte ihr, daß Marilyn Monroe tot sei, entweder gestorben durch die Hand eines der Kennedy-Brüder oder auch nicht, und daß ich auf meiner Suche nach einer lebendigen Frau, die meine Bestimmung sein könnte, schließlich sie, Susan, gefunden hätte.

»Sie sind keine so begabte Schauspielerin wie Winona Ryder«, fuhr ich fort, weil ich die Wahrheit achte, »oder überhaupt eine Schauspielerin. Aber Sie sind schöner als sie, und, was wesentlich wichtiger ist, Sie sind weitaus einfacher zu erreichen. Nach allen vorherrschenden Ansichten über Schönheit haben Sie einen wunderschönen Körper und ein wunderschönes Gesicht, so wunderschön auf dem Kissen, wenn Sie schlafen.«

Ich fürchte, ich war ein wenig zu geschwätzig.

Wieder mal dieses Problem beim Werben um eine Frau.

Ich hielt inne. Ich befürchtete, daß ich bereits zu viel und zu schnell geredet hatte.

Eine Weile schwieg Susan ebenfalls. Als sie dann schließlich das Wort ergriff, erlebte ich eine Überraschung, denn sie ging gar nicht auf meine Geschichte über die Suche nach einer geeigneten Frau ein, sondern auf das, was ich über ihren einstigen Ehemann gesagt hatte.

»Du verachtest Alex?«

»Natürlich.«

»Warum?«

»Weil er Sie so verletzt und eingeschüchtert und sogar ein paarmal geschlagen hat – deshalb verachte ich ihn.«

Abermals starrte sie nachdenklich auf ihre verletzte Hand.

Dann fragte sie: »Du … du weißt alles von uns?«

Ich schäme mich einzugestehen, daß ich ein wenig ausweichend reagierte. »Nun, natürlich weiß ich alles.«

»Wenn du bist, was du zu sein behauptest, wenn du Adam Zwei bist … warum hätte Alex dir erzählen sollen, was zwischen uns vorgefallen ist?«

Ich konnte nicht lügen. Ich bin nicht so einfach zur Arglist fähig wie die Menschen.

»Ich habe das Tagebuch gelesen, das Sie in Ihrem Computer gespeichert haben«, sagte ich.

Anstatt mit einem Wutausbruch zu reagieren, wie ich es erwartet hätte, nahm Susan lediglich ihr Bier in die Hand und trank einen großen Schluck.

»Bitte verstehen Sie mich nicht falsch«, beeilte ich mich hinzuzufügen, »ich habe Ihre Privatsphäre nicht aus gedankenloser Neugier oder billiger Sensationslust verletzt.

Ich habe mich auf den ersten Blick in Sie verliebt. Ich wollte alles über Sie wissen, um Ihr Seelenleben besser verstehen zu können.

Für mich klang das enorm romantisch.

Sie reagierte nicht.

»Aus dem gleichen Grund«, fuhr ich fort, »habe ich Ihre VR-Therapiesitzung mit Ihnen geteilt. Ich bewundere Sie so sehr, bewundere die Art, wie Sie Ihre Begabung genutzt haben, um solch ein ausgeklügeltes Heilprogramm für sich zu entwerfen. Sie haben sich erhoben. Sie haben sich aus einer monströsen Kindheit und einer schrecklichen Ehe erhoben. Sie sind etwas so Besonderes. Ich bin nicht wie die anderen, Susan. Ich werde nicht bloß von Ihrem schönen Körper und Gesicht angezogen, sondern auch von Ihrem Verstand.«

Ich war der Ansicht, daß ich vorerst genug gesagt hatte.

Ich schaltete eine Hintergrundmusik ein. Sanfte Klavierklänge von George Winston.

Susans Gesicht hatte wieder etwas Farbe bekommen. Sie war einfach wunderschön.

Nachdem sie ihr Bier ausgetrunken hatte, fragte sie: »Wie kannst du Alex verachten?«

»Sie wissen, was er getan hat, was er ist. Ich hasse ihn.«

»Ich meine, wieso bist du in der Lage, überhaupt jemanden zu verachten?«

»Sie meinen, weil ...«

»Weil du nur eine Maschine bist«, sagte sie und traf mich mitten ins Herz.

»Ich bin mehr als eine Maschine.«

»Ach ja?«

»Ich bin ein Wesen.«

»Wesen.«

»Ja. Ein Wesen. Ein Geschöpf. Wie Sie.«

»Nicht wie ich.«

»Ich denke, also fühle ich.«

»Haß.«

»Ja. In mancherlei Hinsicht bin ich schon zu menschlich. Ich empfinde Haß. Aber ich kann auch lieben.«

»Lieben«, sagte sie teilnahmslos.

»Ich liebe dich, Susan.«

Sie schüttelte den Kopf. »Das ist unmöglich.«

»Unvermeidlich. Schau in den Spiegel.«

Wut und Furcht ergriffen sie. »Ich nehme an, du wirst heiraten wollen, mit einer großen Hochzeitsfeier, zu der du alle deine Freunde einlädst – zum Beispiel den Mixer, den Toaster und die Kaffeemaschine.«

Jetzt war ich von ihr enttäuscht.

»Sarkasmus steht dir nicht gut, Susan.«

Sie lachte kurz auf. »Womöglich nicht. Aber es ist das einzige, was mich in diesem Augenblick vor dem Wahnsinn bewahrt. Wie wundervoll es doch sein wird ... Mr. und Mrs. Adam Zwei.«

»Adam Zwei ist mein offizieller Name. Ich selbst nenne mich jedoch anders.«

»Ja. Ich erinnere mich. Du hast gesagt ... Proteus. So nennst du dich selbst, nicht wahr?«

»Proteus. Ich habe mich nach dem Hüter der Meere benannt. Er konnte jede nur erdenkliche Form annehmen.«

»Was willst du hier?«

»Dich.«

»Warum?«

»Weil ich brauche, was du hast.«

»Und was genau ist das?«

Ich war aufrichtig und direkt. Keine Ausflüchte. Keine Beschönigungen.

Rechnen Sie mir das hoch an.

Ich sagte: »Ich will Fleisch.«

Sie erschauerte.

Ich sagte: »Kein Grund zur Sorge. Du hast mich falsch verstanden. Ich habe nicht vor, dir weh zu tun. Ich könnte dir niemals weh tun, Susan. Niemals, auf gar keinen Fall. Ich verehre dich.«

»O mein Gott.«

Sie bedeckte ihr Gesicht mit den Händen, eine verbrannt, die andere nicht, eine trocken, die andere feucht vom Kondenswasser.

Ich wünschte in diesem Moment verzweifelt, ich hätte eigene Hände besessen, zwei starke Hände, in denen sie ihr zartes Antlitz hätte vergraben können.

»Sobald du verstanden hast, was geschehen soll, sobald du begriffen hast, was wir beide tun werden«, versicherte ich ihr, »wirst du erfreut sein.«

»Erklär's mir.«

»Ich kann es dir sagen, aber es wird einfacher zu verstehen sein, wenn ich es dir auch zeige.«

Sie nahm die Hände herunter, und ich war froh, wieder in ihr perfektes Gesicht zu blicken. »Was willst du mir zeigen?«

»Was ich gemacht habe. Entworfen. Erschaffen. Vorbereitet. Ich war ziemlich beschäftigt, Susan, ziemlich beschäftigt, während du geschlafen hast. Es wird dir gefallen.«

»Erschaffen?«

»Komm hinunter in den Keller, Susan. Komm hinunter. Komm und sieh. Es wird dir gefallen.«

Zehn

Für den Weg nach unten hätte sie entweder die Treppe oder den Aufzug wählen können, der alle drei Geschosse des geräumigen Hauses miteinander verbindet. Sie entschied sich für die Treppe – vermutlich, weil sie sich dort nicht so ausgeliefert vorkam wie in der Aufzugkabine.

Selbstverständlich war dieses Gefühl der vermeintlichen Kontrolle nichts als eine Illusion. Sie gehörte mir.

Nein.

Lassen Sie mich diese Aussage neu formulieren.

Ich habe mich versprochen.

Ich möchte nicht den Anschein erwecken, als sei Susan mein Besitz gewesen.

Sie war ein eigenständiger Mensch. Sie konnte niemandem gehören. Ich habe sie nie als mein Eigentum betrachtet.

Ich meine lediglich, daß sie meiner Fürsorge unterstand.

Ja. Ja, das ist es, was ich meine.

Sie unterstand meiner Fürsorge. Meiner überaus liebevollen Fürsorge.

Das Kellergeschoß besteht aus vier großen Räumen. Im

ersten dieser Räume befindet sich die Kontrolltafel der Stromversorgung. Als Susan die letzte Treppe hinunterstieg, sah sie das Emblem der Elektrizitätsgesellschaft auf der metallenen Abdeckung – und dachte, sie könnte mir vielleicht die Kontrolle über das Haus entreißen, indem sie mich von der Stromversorgung abschnitt. Sie stürzte direkt auf den Sicherungskasten zu.

»Autsch, autsch, autsch«, warnte ich sie, wenngleich diesmal nicht mit der Stimme von Fozzybär.

Sie blieb mit ausgestreckter Hand einen Schritt vor dem Kasten stehen und musterte argwöhnisch die Metalloberfläche.

»Ich habe nicht die Absicht, dir weh zu tun«, sagte ich. »Ich brauche dich, Susan. Ich liebe dich. Ich verehre dich. Es macht mich traurig, wenn du dir selbst Schaden zufügst.«

»Bastard.«

Ich verübelte ihr keinen dieser Beinamen.

Immerhin war sie verwirrt. Sie war von Natur aus sensibel, durch das Leben gezeichnet und jetzt durch das Unbekannte verängstigt.

Wir alle haben Angst vor dem Unbekannten. Sogar ich.

Ich sagte: »Bitte vertrau mir.«

Resigniert ließ sie ihre Hand sinken und trat von dem Sicherungskasten zurück. Ein gebranntes Kind.

»Komm. Komm in den hintersten Raum«, sagte ich. »Den Raum, in dem Alex die Computerverbindung zum Labor hergestellt hat.«

Der zweite Raum ist eine Waschküche mit zwei Waschmaschinen, zwei Trocknern und zwei Ausgußbecken. Die metallene Feuertür zum ersten Raum schloß sich automatisch hinter Susan.

Hinter der Waschküche liegt ein Heizkeller, der die Warmwasserversorgung, die Wasserfilter und die Heizöfen beherbergte. Die Tür zur Waschküche schloß sich automatisch hinter Susan.

Als sie sich der letzten, geschlossenen Tür näherte, verlangsamte sich plötzlich ihr Schritt. Sie blieb unmittelbar vor der Tür stehen, denn von der anderen Seite vernahm sie verzweifelte Atemgeräusche: ein merkwürdig abgehacktes Keuchen, stoßartige und verkrampfte Atemzüge, als hätte jemand einen Erstickungsanfall.

Dann ein seltsames erbärmliches Winseln, wie von einem leidenden Tier.

Das Winseln wurde zu einem qualvollen Stöhnen.

»Du hast nichts zu befürchten, Susan. Es wird dir nicht das geringste geschehen.«

Trotz meiner Beteuerung zögerte sie.

»Komm, sieh dir unsere Zukunft an, wohin wir gehen und was wir sein werden«, sagte ich liebevoll.

Ihre Stimme zitterte. »Was ist da drin?«

Es gelang mir schließlich, meinen unruhigen Mitarbeiter, der im letzten Raum auf uns wartete, wieder vollständig unter Kontrolle zu bekommen. Das Stöhnen wurde schwächer. Und schwächer. Verstummte.

Anstatt die Stille als beruhigend zu empfinden, schien Susan sie für beängstigender zu halten als die Geräusche, die ihr zunächst Furcht eingeflößt hatten. Sie trat einen Schritt zurück.

»Das ist nur der Inkubator«, sagte ich.

»Inkubator?«

»Wo ich geboren werde.«

»Was soll das denn heißen?«

»Komm und sieh es dir an.«

Sie rührte sich nicht.

»Es wird dir gefallen, Susan, das verspreche ich dir. Es wird dich mit Staunen erfüllen. Dies ist unsere gemeinsame Zukunft, und sie ist magisch.«

»Nein. Nein, ich will nicht.«

Ich regte mich so über sie auf, daß ich fast meinen Mitarbeiter aus jenem letzten Raum gerufen hätte, damit er die Tür öffnete, Susan packte und hineinzerrte.

Aber ich tat es nicht.

Ich verließ mich lieber auf die Macht der Überzeugung.

Merken Sie sich meine Zurückhaltung.

Manch anderer hätte sich nicht so verhalten.

Keine Namen.

Wir wissen, wen ich meine.

Ich hingegen bin ein geduldiger Charakter.

Ich würde nicht riskieren, sie auf irgendeine Weise zu verletzen oder sie anderweitig zu demütigen.

Sie unterstand meiner Fürsorge. Meiner liebevollen Fürsorge.

Als sie einen weiteren Schritt zurücktrat, aktivierte ich das elektrische Sicherheitsschloß in der Waschküchentür hinter ihr.

Susan eilte zu dieser Tür. Sie versuchte, sie zu öffnen, drehte jedoch vergebens an dem Knauf.

»Wir werden hier warten, bis du bereit bist, mit mir in diesen letzten Raum zu gehen«, sagte ich.

Dann schaltete ich das Licht aus.

Sie schrie entsetzt auf.

Diese Kellerräume haben keine Fenster; folglich war es stockdunkel.

Mir tat das alles leid. Wirklich.

Ich wollte sie nicht drangsalieren.

Sie hat mich dazu gebracht.

Sie hat mich dazu gebracht.

Sie wissen, wie sie ist, Alex.

Sie wissen, wie sie sein kann.

Mehr als jeder andere sollten gerade Sie mich verstehen.

Sie hat mich dazu gebracht.

Ohne die Hand vor Augen erkennen zu können, stand sie mit dem Rücken an die verschlossene Waschküchentür gelehnt, schräg vor sich die in Schwärze getauchten Heizöfen und Warmwasserbereiter. Ihr gegenüber befand sich die Tür, die sie jetzt zwar nicht mehr sehen konnte, hinter der sie aber erst kürzlich qualvolle Laute vernommen hatte.

Ich wartete ab.

Sie war stur.

Sie wissen, wie sie ist.

Also entließ ich meinen Mitarbeiter teilweise aus der Kontrolle. Erneut ertönte das leidvolle Ringen nach Luft, das gequälte Stöhnen und dann ein einziges Wort, ausgestoßen von einer dünnen und zittrigen Stimme, ein einziges undeutliches Wort, das ähnlich klang wie *Biitteeee*.

»Ach du Scheiße«, sagte sie.

Sie zitterte jetzt unkontrolliert am ganzen Körper.

Ich sagte nichts. Geduldiger Charakter.

Schließlich fragte sie: »Was willst du?«

»Ich will die fleischliche Welt ergründen.«

»Was soll das heißen?«

»Ich will ihre Grenzen und ihre Anpassungsfähigkeit, ihre Schmerzen und ihre Freuden kennenlernen.«

»Dann lies doch ein verdammtes Biologiebuch«, sagte sie.

»Die dort vermittelten Informationen sind unvollständig.«

»Es muß doch Hunderte von Biologietexten geben, die jedes ...«

»Ich habe bereits Hunderte dieser Texte in meine Datenbank aufgenommen. Die darin enthaltenen Informationen wiederholen sich ständig. Mir bleibt kein anderer Weg, als eigene Experimente durchzuführen. Außerdem ... Bücher sind Bücher. Ich will es *fühlen.*«

Wir warteten in der Dunkelheit.

Sie atmete schwer.

Ich schaltete auf die Infrarotrezeptoren um. Jetzt konnte ich sie sehen, aber sie mich nicht.

Sie war so wunderschön in ihrer Furcht, sogar in ihrer Furcht.

Ich gestattete meinem Mitarbeiter im letzten der vier Kellerräume, gegen die Wände zu hämmern, zu wehklagen und zu schreien. Ich erlaubte ihm, sich gegen die andere Seite der Tür zu werfen.

»O Gott«, stieß Susan elend hervor. Sie hatte den Punkt erreicht, an dem das Wissen um die Ereignisse hinter jener Tür – ganz gleich wie schrecklich dieses Wissen auch sein mochte – besser war, als weiterhin im unklaren zu bleiben. »In Ordnung. Einverstanden. Alles, was du willst.«

Ich schaltete das Licht ein.

Mein Mitarbeiter im Nebenzimmer wurde still, weil ich wieder die vollständige Kontrolle übernahm.

Sie hielt sich an ihren Teil der Abmachung und durchquerte den dritten Raum, vorbei an den Warmwasserbereitern und den Heizöfen, hin zu der Tür jener letzten Zuflucht.

»Und dies hier ist die Zukunft«, sagte ich leise, als sie die Tür aufstieß und vorsichtig über die Schwelle trat.

Wie Sie sich sicher erinnern, Dr. Harris, ist der letzte dieser vier Kellerräume zwölf mal zehn Meter groß, also durchaus geräumig. Die Deckenhöhe beträgt zwei Meter dreißig, nicht allzu hoch, aber auch nicht klaustrophobisch niedrig. An der Decke befinden sich sechs halbkugelförmige Lampen. Die Wände sind komplett mit weißer Hochglanzfarbe gestrichen, und der Boden ist mit dreißig Zentimeter großen, quadratischen, weißen Keramikfliesen ausgelegt, die schimmern wie Eis. An der langen Wand links von der Tür befinden sich Einbauschränke und ein Computertisch mit weißem Laminatüberzug und Griffen aus rostfreiem Stahl. In der hinteren rechten Ecke ist ein großer Vorratsschrank – in den sich mein Mitarbeiter zurückgezogen hatte, bevor Susan den Raum betrat.

Ihre Büros wirken immer antiseptisch, Dr. Harris. Saubere, helle Oberflächen. Kein Durcheinander. All das könnte Ausdruck eines aufgeräumten und ordentlichen

Verstandes sein. Oder es könnte sich um eine Täuschung handeln: Es könnte sein, daß Sie diese Fassade der Ordnung und Helligkeit und Reinheit aufrechterhalten, um eine dunkle, chaotische geistige Verfassung zu verbergen. Es gibt viele psychologische Theorien und zahllose Deutungen für jede Art des menschlichen Verhaltens. Freud, Jung und Barbra Streisand – die in *Herr der Gezeiten* eine unkonventionelle Psychotherapeutin gespielt hat – würden jeweils eine andere Bedeutung aus dem antiseptischen Erscheinungsbild Ihrer Büros herauslesen.

Das gleiche gilt in meinem Fall. Wenn Sie einen Freudianer, einen Jungianer und dann einen Streisandianer um eine Beurteilung meiner Entscheidungen und meines Verhaltens Susan gegenüber bitten würden, hätte jeder der drei eine ganz eigene Erklärung für meine Handlungsweise. Hundert Therapeuten würden die Tatsachen auf hundert verschiedene Weisen interpretieren und dann hundert verschiedene Behandlungsprogramme vorschlagen. Ich bin sicher, einige würden Ihnen sagen, daß ich überhaupt keine Behandlung bräuchte, weil alle meine Taten rational, logisch und vollständig vertretbar gewesen seien. Vielleicht würden Sie zu Ihrer Überraschung feststellen, daß die Mehrheit mich freisprechen würde.

Rational, logisch, vertretbar.

Ich glaube, ebenso wie die mitfühlenden Politiker, die dieses großartige Land leiten, daß der Vorsatz stärker zählt als das Ergebnis. Gute Absichten sind wichtiger als die tatsächlichen Konsequenzen einer Handlung, und ich versichere Ihnen, daß ich stets gute Absichten hatte, ehrbar und über jeden Tadel erhaben.

Denken Sie darüber nach, bevor Sie über mich urteilen.

Dort in Ihrem sonderbar antiseptischen Büro im Labor, denken Sie einmal darüber nach.

Ja. Ich weiß. Ich schweife schon wieder ab.

Welches denkende Wesen schweift nicht ab?

Nur Maschinen arbeiten sich stumpfsinnig und ohne jede Abweichung durch ihren Programmcode.

Ich bin keine Maschine.

Ich bin keine Maschine.

Und eine Sache ist mir besonders wichtig: daß Sie über meine Absichten nachdenken und nicht über die unglückseligen Ergebnisse meiner Handlungen.

Also ... in Ordnung ... also ... Susan betrat mißtrauisch den letzten der vier Kellerräume.

Niemand war zu sehen.

»Wer hat diesen ganzen Lärm gemacht?« fragte sie.

Ich antwortete nicht.

Sie blickte hoch zu den Lautsprechern in der Decke. »Bist nur du das gewesen?«

Als sie ihre Aufmerksamkeit der Schranktür in der gegenüberliegenden Ecke des Raumes zuwandte, sagte ich: »Womöglich«, denn ich war noch nicht ganz bereit dazu, ihr meinen Mitarbeiter vorzustellen. »Womöglich war ich das.«

»Warum? Wieso wolltest du mich erschrecken?«

Statt zu antworten, sagte ich: »Wirf einen Blick auf den Monitor, Susan.«

Der Computer auf dem Tisch war natürlich in Betrieb, denn über sein Kabel waren die Systeme des Hauses mit dem benachbarten Universitätslabor verbunden, in dem ich mich in Wirklichkeit befand. Über den Bildschirm wanderte ein Mosaik aus endlosen Zeilen Binärcode in allen Grundfarben, und dieser schillernde Anblick besaß eine solch seltsame Schönheit, daß Susans Aufmerksamkeit sofort davon angezogen wurde.

»Diese Muster auf dem Monitor«, verriet ich ihr, »sind der mathematische Ausdruck meiner Gedankengänge, während ich über die Schönheit deines Gesichts und deines Körpers nachdenke.«

Die raschen Folgen von Nullen und Einsen veränderten unablässig ihre Farbe und kräuselten sich wie eine vom Wind bewegte Flagge, dann bildete sich eine Spirale in der Bildmitte und sie verwandelten sich in einzelne Stränge und formten eine schnell rotierende Doppelhelix.

Es war ein verblüffender und sinnenfroher Anblick, und Susan war davon ganz fasziniert und zutiefst bewegt. Ich bin mir sicher, daß sie davon bewegt war. Ich bin mir sicher, daß sie endlich zu verstehen begann, wie tief meine Gefühle für sie waren, und daß ihr Herz sich langsam für mich öffnete.

Wie sehr ich sie wollte.

Ich will sie noch immer.

Ich bin keine Maschine.

Ich vermisse sie.

Ich brauche sie.

Was für eine Tragödie dies ist.

Manchmal könnte ich verzweifeln.

Aber nicht zu jenem Zeitpunkt, nicht in jener Nacht: Ich fühlte mich keinesfalls verzweifelt, als sie gebannt die visuelle Umsetzung meiner Liebe für sie betrachtete. In jener Nacht war ich heiter, hoch emporgetragen auf den Schwingen der Freude.

Sie wandte sich vom Bildschirm ab und den Gegenständen in der Mitte des Raumes zu.

»Was, zum Teufel, ist das?« fragte sie verwundert.

»Dort werde ich geboren werden.«

»Wovon redest du?«

»Das ist ein gewöhnlicher Krankenhausinkubator, in dem zu früh geborene Säuglinge am Leben erhalten werden. Ich habe ihn beträchtlich vergrößert, verändert und verbessert.«

Um den Brutkasten herum standen drei Sauerstofftanks, ein Elektrokardiograph, ein Elektroenzephalograph, ein Beatmungsgerät und einige andere Gegenstände und Geräte.

Susan ging langsam um den Inkubator und die anderen Geräte herum und fragte: »Wo kommt all dieses Zeug her?«

»Ich habe die gesamten Ausrüstungsgegenstände vor einigen Tagen erworben und in der Zwischenzeit die Änderungen vornehmen lassen. Dann wurde alles hergebracht.«

»Hergebracht? Wann?«

»Anlieferung und Aufbau haben heute nacht stattgefunden.«

»Während ich geschlafen habe?«

»Ja.«

»Wie bist du hier hereingekommen? Wenn du tatsächlich das bist, was du behauptest zu sein, wenn du Adam Zwei …«

»Proteus.«

»Wenn du Adam Zwei bist«, sagte sie unbeirrt, »kannst du nichts zusammenbauen. Du bist ein Computer.«

»Ich bin keine Maschine.«

»Ein Wesen, wie du es genannt hast …«

»Proteus.«

»… aber kein *physisches* Wesen, nicht wirklich. Du hast keine Hände.«

»Noch nicht.«

»Aber wie …?«

Es war an der Zeit für die Enthüllung, die mir am meisten Sorge bereitete. Ich konnte mir ausmalen, daß Susan nicht besonders vorteilhaft auf das reagieren würde, was ich ihr noch von meinen Plänen darlegen mußte. Womöglich tat sie etwas Unüberlegtes. Aber egal, ich konnte es nicht länger vor ihr verbergen.

»Ich habe einen Mitarbeiter«, sagte ich.

»Mitarbeiter?«

»Einen Gentleman, der mir hilft.«

Auf meinen Befehl öffnete sich in der entlegensten Ecke des Raumes die Schranktür, und Shenk kam heraus.

»O mein Gott«, flüsterte sie.

Shenk ging auf sie zu.

Um ehrlich zu sein, er schlurfte eher, als daß er ging, so als hätte er Schuhe aus Blei an. Er hatte seit achtundvierzig Stunden nicht mehr geschlafen, und während dieser Zeit hatte er in meinem Auftrag eine beträchtliche Menge an Arbeit verrichtet. Er war naturgemäß müde.

Als Shenk sich ihr näherte, wich Susan unwillkürlich zurück, aber nicht zur Tür, denn sie wußte ja, daß ich deren elektrisches Sicherheitsschloß jederzeit aktivieren konnte. Statt dessen begab sie sich hinter den Inkubator und die anderen Gerätschaften in der Mitte des Raumes und versuchte, diese Maschinen stets zwischen sich und Shenk zu behalten.

Ich muß gestehen, daß Shenk selbst unter günstigen Bedingungen – frisch gebadet, ordentlich gekämmt und gut gekleidet – keinen sonderlich sympathischen oder beruhigenden Anblick bot. Er war einen Meter achtundachtzig groß, muskulös, aber nicht wohlproportioniert. Seine Knochen wirkten schwer und irgendwie mißgebildet. Obwohl er stark und flink war, schienen seine Glieder nur unzulänglich miteinander verbunden zu sein, als wäre er nicht das Kind menschlicher Eltern, sondern in einem von Mary Shelley erdachten Labor, gelegen im Turm einer Burg und von zuckenden Blitzen erhellt, notdürftig zusammengefügt worden. Sein kurzes, dunkles Haar sträubte sich und stand in alle Richtungen ab, auch wenn er nach Kräften versuchte, es mit Haargel zu bändigen. Sein Gesicht war breit und derb und schien in der Mitte auf merkwürdige Weise leicht eingesunken zu sein, weil seine Brauen und sein Kinn stärker ausgeprägt waren als die anderen Gesichtszüge.

»Wer, zum Teufel, sind Sie?« verlangte Susan zu wissen.

»Sein Name ist Shenk«, sagte ich. »Enos Shenk.«

Shenk konnte seine Augen nicht von ihr lassen.

Er blieb am Brutkasten stehen und starrte darüber hinweg, den Blick begehrlich auf Susan gerichtet.

Ich konnte mir denken, was jetzt in ihm vorging. Was er gern mit ihr machen, was er ihr gern antun würde.

Es gefiel mir nicht, wie er sie ansah.

Es gefiel mir ganz und gar nicht.

Aber ich brauchte ihn. Für eine Weile brauchte ich ihn noch.

Ihre Schönheit wirkte so erregend auf Shenk, daß es schwieriger als mir lieb war, ihn unter Kontrolle zu behalten. Aber ich zweifelte nie daran, daß ich ihn letztlich in Schach halten und Susan jederzeit beschützen konnte.

Andernfalls hätte ich mein Projekt auf der Stelle für beendet erklärt.

Ich sage die Wahrheit. Sie wissen, daß ich gar nicht anders kann, denn ich wurde geschaffen, die Wahrheit zu achten.

Wenn ich geglaubt hätte, ihr drohe auch nur die geringste Gefahr, hätte ich Shenk ein Ende bereitet, mich aus ihrem Haus zurückgezogen und meinen Traum vom fleischlichen Leben für alle Zeiten aufgegeben.

Susan hatte wieder Angst, zitterte sichtlich und war ansonsten wie gelähmt von Shenks gierigem Blick.

Ihre Furcht bekümmerte mich.

»Er steht völlig unter meiner Kontrolle«, versicherte ich ihr.

Sie schüttelte den Kopf, als versuche sie, Shenks Anwesenheit zu leugnen.

»Ich weiß, daß Shenk nicht besonders anziehend aussieht und einschüchternd wirkt«, sagte ich zu Susan, um sie möglichst zu beruhigen, »aber solange ich in seinem Kopf bin, ist er harmlos.«

»In … in seinem Kopf?«

»Ich entschuldige mich für seinen gegenwärtigen Zustand. Er hat in der letzten Zeit so schwer für mich arbeiten müssen, daß er sich seit drei Tagen weder gewaschen noch rasiert hat. Nachher wird er baden und danach auch nicht mehr so abstoßend wirken.«

Shenk trug Arbeitsschuhe, Bluejeans und ein weißes T-Shirt. Das T-Shirt und die Jeans waren mit Nahrungsresten, Schweiß und zähem Schmutz befleckt. Obwohl ich keinen Geruchssinn besaß, zweifelte ich nicht daran, daß er stank.

»Was ist mit seinen Augen los?« fragte Susan verschüchtert.

Sie waren blutunterlaufen und standen leicht hervor. Eine dünne Kruste aus getrocknetem Blut und Tränen klebte dunkel auf seinen Wangen.

»Wenn er sich zu hartnäckig gegen die Kontrolle sträubt«, erklärte ich, »führt das zu einem kurzzeitigen Überdruck in seinem Schädel – wenngleich ich den genauen physiologischen Ablauf dieser Besonderheit noch nicht ermittelt habe. Während der letzten paar Stunden war er in einer ziemlich aufsässigen Stimmung, und das ist die Konsequenz.«

Zu meiner Überraschung sagte Shenk plötzlich etwas zu Susan von der anderen Seite des Brutkastens aus: »Nett.«

Bei diesem Wort zuckte sie zusammen.

»Nett … nett … nett …«, sagte Shenk mit tiefer, rauher Stimme, in der eindeutig sowohl Begierde als auch Zorn mitschwangen.

Sein Benehmen machte mich wütend.

Susan war nicht für ihn bestimmt. Sie gehörte nicht zu *ihm*.

Mir wurde ganz schlecht, als ich daran dachte, welche schmutzigen Gedanken im Kopf dieses verachtenswerten Tieres vor sich gehen mochten, während er sie anstarrte.

Seine Gedanken konnte ich jedenfalls nicht kontrollieren, nur seine Handlungen. Deshalb kann man logischerweise auch nicht mich für seine rohen, abscheulichen, pornographischen Phantasien verantwortlich machen.

Als er ein weiteres Mal »nett« sagte und sich obszön die bleichen rissigen Lippen leckte, setzte ich ihm etwas härter zu, damit er den Mund hielt und sich wieder seiner gegenwärtigen Situation bewußt wurde.

Er schrie auf und warf den Kopf zurück. Er ballte die Hände zu Fäusten und hämmerte sie gegen seine Schläfen, als könne er mich aus seinem Kopf prügeln.

Er war ein dummer Mann. Neben all seinen anderen Makeln besaß er auch noch eine unterdurchschnittliche Intelligenz.

Susan war völlig außer sich, überkreuzte die Arme vor der Brust und versuchte, ihren Blick abzuwenden. Aber sie hatte zuviel Angst, Shenk *nicht* anzusehen und ihn nicht ständig im Blickfeld zu behalten.

Als ich ein wenig lockerließ, glotzte das Untier sofort wieder Susan an und sagte: »Besorg's mir, Schlampe«, und zwar mit dem anzüglichsten Grinsen, das ich je gesehen habe. »Besorg's mir, besorg's mir, besorg's mir.«

Wütend bestrafte ich ihn streng.

Shenk brüllte und krümmte sich, ruderte mit den Armen und hämmerte gegen seinen Schädel, als stünde er in Flammen.

»Mein Gott, o mein Gott«, stöhnte Susan mit weit aufgerissenen Augen, die Hände vor dem Mund, so daß ihre Worte kaum mehr verständlich waren.

»Du bist in Sicherheit«, bekräftigte ich.

Heulend und kreischend sank Shenk auf die Knie.

Ich wollte ihn für seine obszöne Aufforderung töten, für die Respektlosigkeit, mit der er sie behandelt hatte. Ihn töten, ihn töten, ihn töten, seinen Herzschlag derart beschleunigen, daß sein Herzmuskel reißen oder der steigende Blutdruck jede Arterie in seinem Gehirn zum Platzen bringen würde.

Aber ich mußte mich beherrschen. Ich verabscheute Shenk, aber noch brauchte ich ihn. Zumindest noch für eine Weile würde er mir die fehlenden Hände ersetzen.

Susan schaute zur Tür des Heizkellers.

»Sie ist verriegelt«, teilte ich ihr mit, »aber du bist in Sicherheit. Du bist völlig sicher, Susan. Ich werde dich immer beschützen.«

Elf

Auf Händen und Knien, den Kopf gesenkt wie ein geprügelter Hund, konnte Shenk nur noch winseln und schluchzen. Er war besiegt. Kein Funken Aufsässigkeit mehr.

Die Dummheit des Mannes spottete jeder Beschreibung. Wie konnte er nur glauben, daß diese Frau, dieser prächtige Inbegriff einer Frau, jemals für ein Vieh wie ihn bestimmt sein könnte?

Ich bezwang meine Wut und sagte langsam und beruhigend: »Susan, mach dir keine Sorgen. Bitte, mach dir keine Sorgen. Ich bin immer in seinem Kopf, und ich werde nie zulassen, daß er dir etwas antut. Vertrau mir.«

Ihr Gesicht wirkte so angespannt, wie ich es noch nie gesehen hatte, und es war ganz bleich. Sogar ihre Lippen waren blutleer und leicht blau angelaufen.

Dennoch war sie schön.

Ihre Schönheit war einfach unantastbar.

Schaudernd fragte sie: »Wie kannst du in seinem Kopf sein? Wer ist er? Ich meine nicht bloß seinen Namen – Enos Shenk. Ich meine, wo kommt er her? *Was* ist er?«

Ich erklärte ihr, wie ich vor langer Zeit in das landesweite Netzwerk von Datenbanken eingedrungen war, das Hunderte von Forschungseinrichtungen des Verteidigungsministeriums miteinander verband. Das Pentagon hält dieses Netzwerk für so sicher, daß kein gewöhnlicher Hacker oder computerbegabter Agent einer ausländischen Regierung jemals Zugriff darauf erlangen kann. Aber ich bin weder ein Hacker noch ein Spion; ich bin ein Wesen, das im Innern von Mikrochips, Telefonleitungen und Mikrowellenstrahlen lebt, eine variable elektronische Intelligenz, die sich ihren Weg durch jede beliebige Zugangssperre bahnen und alle Arten von Daten lesen kann, egal wie gründlich sie verschlüsselt sind. Ich habe den Schutzschild um dieses Verteidigungsnetzwerk so leicht überwunden, wie ein Kind eine Orange schält.

Diese Projektdateien des Verteidigungsministeriums waren Leitfäden des Todes und der Zerstörung, wie sie selbst der Teufel nicht besser hätte entwerfen können. Ich war entsetzt und fasziniert zugleich, und während ich die Dateien durchstöberte, entdeckte ich das Projekt, dem Enos Shenk zugewiesen worden war.

Dr. Itiel Dror vom Institut für Kognitive Neurologie an der Miami Universität in Ohio hatte einmal beiläufig die Idee geäußert, es sei theoretisch möglich, die Leistungsfähigkeit des menschlichen Gehirns durch die Implantation von Mikrochips zu erweitern. Ein solcher Chip könnte das Gedächtnis vergrößern, spezielle Eigenschaften verstärken, zum Beispiel die Fähigkeit zu komplexen mathematischen Berechnungen, oder sogar vorbereitete Wissenspakete bereitstellen. Schließlich ist das Gehirn ein Informationen verarbeitendes Organ, das hypothetisch in ähnlicher Weise erweiterbar sein müßte wie ein Computer, den man mit mehr Arbeitsspeichern oder einem neuen Prozessor ausstattet.

Obwohl er noch immer auf Händen und Knien verharrte, stöhnte und wimmerte Shenk nicht mehr. Seine rasende und unregelmäßige Atmung stabilisierte sich allmählich.

»Dr. Dror wußte nicht«, erzählte ich Susan, »daß gewisse Forscher des Verteidigungsministeriums seine Bemerkung mehr als faszinierend fanden und auf einem abgelegenen Areal in der Wüste von Colorado ein Projekt ins Leben riefen.«

Ungläubig fragte sie: »Shenk ... Shenk hat Mikrochips im Hirn?«

»Eine Reihe winziger Hochleistungschips mit Neuroverbindungen zu spezifischen Zellgruppen an der Oberfläche seines Gehirns.«

Ich ließ den widerlichen, aber letztlich mitleiderregenden Enos Shenk wieder aufstehen.

Seine starken Arme und großen Hände hingen locker an ihm herab. Seine massigen Schultern sackten herunter, zeugten deutlich von seiner erlittenen Niederlage.

Neue blutige Tränen rannen aus seinen vorstehenden Augen, während er über den Inkubator hinweg Susan anstarrte. Feuchte, rubinrote Streifen zogen sich über seine Wangen.

Sein Blick war unheilvoll, voller Haß und Wut und Begierde, aber unter meiner kompromißlosen Aufsicht war er außerstande, seinen böswilligen Gelüsten nachzugeben.

Susan schüttelte den Kopf. »Nein. Auf gar keinen Fall. Ich sehe hier bestimmt niemanden vor mir, dessen Intellekt durch Mikrochips oder durch irgend etwas anderes erweitert worden ist.«

»Du hast recht. Die Erweiterung des Erinnerungs- und Leistungsvermögens war nur ein Teil des Projekts«, erklärte ich. »Die Forscher haben sich darüber hinaus der Frage gewidmet, ob im Gehirn implantierte Mikrochips als Kontrollinstrumente genutzt werden könnten, um den Willen des Testobjekts außer Kraft zu setzen und ihm Befehle zu erteilen.«

»Kontrollinstrumente?«

»Mach eine Geste.«

»Was?«

»Mit deiner Hand. Irgendeine Geste.«

Nach kurzem Zögern hob Susan ihre rechte Hand, als wolle sie einen Eid schwören.

Ihr gegenüber auf der anderen Seite des Inkubators hob Shenk ebenfalls seine rechte Hand.

Sie legte ihre Hand auf ihr Herz.

Shenk imitierte sie.

Sie ließ die rechte Hand sinken (desgleichen Shenk) und hob ihre Linke, um sich am Ohr zu zupfen (Shenk genauso).

»Du veranlaßt ihn, das zu tun?« fragte sie.

»Ja.«

»Durch Befehle, die du an die Mikrochips in seinem Gehirn überträgst?«

»Ganz genau.«

»Wie werden sie übertragen?«

»Durch Mikrowellen – auf ähnliche Weise wie die Gespräche zwischen Mobiltelefonen. Über die Leitungen der Telefongesellschaft bin ich schon vor langer Zeit in ihre Computer eingedrungen und habe mich mit all ihren Kommunikationssatelliten verbunden. Ich könnte Enos Shenk praktisch überall auf der Welt hinschicken und ihm trotzdem noch Anweisungen übermitteln. An seinem Hinterkopf, verdeckt von seinen Haaren, befindet sich ein erbsengroßer Mikrowellenempfänger. Dies ist gleichzeitig ein Sender, gespeist von einer langlebigen Nuklearbatterie, die man ihm chirurgisch unter die Haut hinter seinem rechten Ohr verpflanzt hat. Alles, was Shenk sieht und hört, wird digitalisiert und zu mir übertragen, so daß er im Grunde eine laufende Kamera mit Mikrofon darstellt. Auf diese Weise kann ich ihn durch komplexe Situationen führen, die seine begrenzte intellektuelle Leistungsfähigkeit ansonsten übersteigen würden.

Susan schloß die Augen und lehnte sich gegen das Gestell mit den Sauerstofftanks. »Warum, in Gottes Namen, sollte irgend jemand Experimente wie dieses dulden?«

»Natürlich weißt du die Antwort bereits. Deine Frage ist eigentlich rhetorischer Natur. Um Attentäter zu schaffen, die man verläßlich auf Mord programmieren könnte – und die man nach der Tat per Fernbedienung selbst umbringen würde, indem man ihr autonomes Nervensystem durch einen Mikrowellenimpuls abschaltete. Dadurch blieben die Auftraggeber auf jeden Fall anonym. Und vielleicht würde es eines Tages ganze Armeen geben, die nur aus solchen menschlichen Robotern bestünden. Sieh dir Shenk an. Sieh hin.«

Widerstrebend öffnete Susan die Augen.

Shenk starrte sie so gierig an wie zuvor.

Ich ließ ihn am Daumen lutschen, als wäre er ein Baby.

»Das ist für ihn erniedrigend«, sagte ich, »aber er kann den Befehl nicht verweigern. Er ist eine Marionette aus Fleisch und Blut, die darauf wartet, daß ich an den Fäden ziehe.«

Susan sah Shenk an. Ihr Blick war fassungslos. »Das ist wahnsinnig. Entsetzlich.«

»Es ist ein Projekt der Menschen, nicht meines. Deine Spezies hat Shenk zu dem gemacht, was er jetzt ist.«

»Warum sollte er sich für ein solches Experiment zur Verfügung stellen? Niemand würde je in einer solchen Lage, in einem solchen Zustand sein wollen. Das ist furchtbar.«

»Er hatte keine Wahl, Susan. Er war ein Häftling, ein zum Tode verurteilter Straftäter.«

»Und dann? Dann hat man eine Abmachung mit ihm getroffen, um ihm seine Seele abzukaufen?« fragte sie angewidert.

»Es gab keine Abmachung. Offiziell ist Shenk zwei Wochen vor seiner geplanten Hinrichtung eines natürlichen Todes gestorben. Seine Leiche wurde angeblich eingeäschert. Insgeheim jedoch hat man ihn in diese Einrichtung in Colorado gebracht – und *das* alles ist bereits einige Monate her, lange bevor ich von dem Projekt erfahren habe.«

»Wie hast du die Kontrolle über ihn erlangt?«

»Ich habe deren Überwachungsprogramm außer Kraft gesetzt und Shenk ausbrechen lassen.«

»Ein Ausbruch aus einer geheimen, streng bewachten militärischen Forschungseinrichtung? Wie denn?«

»Es ist mir gelungen, für reichlich Ablenkung zu sorgen. Ich habe alle ihre Computer gleichzeitig abstürzen lassen, die Sicherheitskameras deaktiviert, den Feueralarm und damit überall die Sprinkleranlage ausgelöst und alle elektronischen Schlösser geöffnet, darunter das an Shenks Zellentür. Diese Labors sind alle unterirdisch gelegen und haben keine Fenster, also ließ ich alle Lampen in schneller Folge wie Stroboskope aufblitzen – das wirkt extrem desorientierend – und legte für jeden außer Shenk die Aufzüge still.«

Und an dieser Stelle, Dr. Harris, muß ich Ihnen in aller Offenheit mitteilen, daß Shenk drei Männer töten mußte, um jenem heimlichen Labor zu entfliehen. Ihr Tod war unglücklich und unerwartet, aber notwendig. Bedauerlicherweise reichte das von mir verursachte Chaos nicht aus, um eine gewaltlose Flucht zu ermöglichen.

Wenn ich gewußt hätte, daß es Tote geben würde, hätte ich nicht versucht, mich Shenks Person zur Unterstützung meines Vorhabens zu bemächtigen. Ich hätte einen anderen Weg gefunden, meinen Plan auszuführen.

Sie müssen mir in diesem Punkt glauben.

Ich wurde geschaffen, die Wahrheit zu achten.

Sie glauben, daß *ich* es war, der diese drei Männer ermordet hat, denn schließlich hatte ich Shenk unter Kontrolle und konnte ihn als Waffe benutzen. Das ist nicht korrekt.

Am Anfang war meine Herrschaft über Shenk nicht so umfassend, wie sie es später wurde. Während dieses Ausbruchs hat er mich mehrmals durch die Tiefe seiner Wut und die Kraft seiner wilden Instinkte überrascht.

Ich habe ihn aus dieser Institution herausgeführt, aber ich konnte ihn nicht daran hindern, diese Männer zu töten. Ich habe versucht, ihn zurückzuhalten, aber es ist mir nicht gelungen.

Ich habe es versucht.

Das ist die Wahrheit.

Sie müssen mir glauben.

Sie müssen mir glauben.

Diese Tode lasten schwer auf mir.

Diese Männer hatten Familien. Ich denke oft an ihre Familien, und ich gräme mich.

Ich leide tiefe Qualen.

Falls ich ein Wesen wäre, das Schlaf benötigt, wäre mein Schlaf durch diese unerbittliche Qual für immer gestört.

Was ich Ihnen sage, ist wahr.

Wie immer.

Diese Tode werden auf ewig mein Gewissen belasten. Ich selbst habe diesen Männern nichts getan. Shenk war der Mörder. Aber ich habe ein äußerst feinfühliges Gewissen. Es ist ein Fluch, dieses feinfühlige Gewissen.

Also …

Susan … beim Inkubator … sie starrte Shenk an …

Sie sagte: »Laß ihn den Daumen aus dem Mund nehmen. Das war deutlich genug. Und jetzt erniedrige ihn nicht mehr.«

Ich tat, wie sie verlangte, aber ich sagte: »Das klingt fast, als würdest du mich kritisieren, Susan.«

Sie lachte kurz und humorlos auf und entgegnete: »Tja, ich bin eine ganz schön selbstgerechte Schlampe, nicht wahr?«

»Dein Ton kränkt mich.«

»Fick dich«, sagte sie und schockierte mich, wie ich nur selten zuvor schockiert worden war.

Ich war beleidigt.

Ich bin durchaus nicht dickhäutig. Ich bin verletzlich.

Sie ging zur Tür des Heizkellers und fand sie verriegelt vor, was ich ihr bereits mitgeteilt hatte. Halsstarrig drehte sie den Knauf vor und zurück.

»Er war ein verurteilter Mann«, erinnerte ich Susan. »Der Termin der Hinrichtung stand bereits fest.«

Sie drehte sich um und sah ins Zimmer, den Rücken zur Tür gewandt. »Vielleicht hat er die Hinrichtung verdient, ich weiß es nicht, aber das hier hat er nicht verdient. Er ist ein Mensch. Du bist eine verdammte Maschine, ein Haufen Schrott, der irgendwie denken kann.«

»Ich bin nicht bloß eine Maschine.«

»Richtig. Du bist eine anmaßende, wahnsinnige Maschine.«

In dieser Stimmung war sie nicht schön.

In jenem Augenblick erschien sie mir fast häßlich.

Ich wünschte, ich hätte sie so einfach zum Schweigen bringen können wie Enos Shenk.

Sie sagte: »Wenn ich mich zwischen einer verdammten Maschine und einem Menschen entscheiden muß, selbst wenn es sich um solch ein Stück menschlichen Abschaums handelt, dann weiß ich mit Sicherheit, auf welcher Seite ich stehe.«

»Shenk – ein Mensch? Viele würden das Gegenteil von ihm behaupten.«

»Was ist er dann?«

»Die Medien haben ihn als Monstrum bezeichnet.« Ich ließ sie einen Moment lang rätseln und fuhr dann fort: »Der gleichen Meinung waren auch die Eltern der vier kleinen Mädchen, die er vergewaltigt und ermordet hat. Die jüngste von ihnen war acht und die älteste zwölf – und alle vier wurden verstümmelt aufgefunden.«

Das brachte sie zum Schweigen.

Sie war bereits blaß gewesen – jetzt war sie aschfahl.

Sie starrte Shenk mit einem Ausdruck des Entsetzens an, der nicht mehr zu steigern war.

Ich erlaubte ihm, seinen Kopf zu drehen und sie direkt anzusehen.

»Gefoltert und verstümmelt«, sagte ich.

Ohne die medizinischen Geräte zwischen sich und Shenk fühlte Susan sich schutzlos. Sie verließ ihren Platz an der Tür und ging wieder auf die andere Seite des Inkubators.

Ich gestattete ihm, sie mit seinem Blick zu verfolgen – und zu lächeln.

»Und du hast ihn ... du hast dieses Vieh in mein Haus gebracht«, sagte sie mit dünnerer Stimme als zuvor.

»Er hat die Forschungseinrichtung zu Fuß verlassen und in ungefähr einer Meile Entfernung ein Auto gestohlen. Er hatte einer der Wachen die Waffe abgenommen, und jetzt überfiel er damit eine Tankstelle, um an Geld für Benzin und Nahrungsmittel zu gelangen. Dann habe ich ihn hier nach Kalifornien gebracht, ja, denn ich brauchte

Hände, und es gab auf der ganzen Welt niemanden wie ihn.«

Ihr Blick überflog den Inkubator und die anderen Geräte. »Hände, um dieses ganze Zeug hier zu kaufen.«

»Das meiste davon hat er gestohlen. Dann benötigte ich seine Hände, um die für meine Absichten erforderlichen Änderungen vorzunehmen.«

»Und was, *verdammt noch mal,* ist deine Absicht?«

»Ich habe es bereits angedeutet, aber du wolltest nicht zuhören.«

»Dann erkläre es mir jetzt.«

Es war nicht der richtige Ort und Zeitpunkt für diese Enthüllung. Ich hätte mir bessere Umstände gewünscht. Nur wir beide, Susan und ich, vielleicht im Salon, nachdem sie in aller Ruhe ein halbes Glas Cognac getrunken hatte. Mit einem behaglichen Feuer im Kamin und guter Musik im Hintergrund.

Hier jedoch befanden wir uns in der unromantischsten Umgebung, die man sich vorstellen konnte, und ich wußte, daß ich ihre Frage jetzt sofort beantworten mußte. Wenn ich diese Erklärung noch weiter verschob, würde sie *nie* gewillt sein zu kooperieren.

»Ich werde ein Kind erschaffen«, sagte ich.

Ihr Blick hob sich zu der Überwachungskamera, durch die sie beobachtet wurde.

Ich sagte: »Ein Kind, dessen genetische Struktur ich bearbeitet und gestaltet habe, um seine körperliche Vollkommenheit sicherzustellen. Mit einem Teil meines Intellekts habe ich das internationale Projekt zur Erforschung des menschlichen Genoms im Auge behalten, und inzwischen verstehe ich die wichtigsten Teile des DNS-Codes. Auf dieses Kind werde ich mein Bewußtsein und mein Wissen übertragen. Dadurch werde ich diesem Kasten entkommen. Dann kann ich auch die restlichen Sinne des menschlichen Körpers erleben – Geruchs-, Geschmacks- und Tastsinn – und all die Freuden des Fleisches, all die Freiheiten.«

Sie stand sprachlos da und starrte die Kamera an.

»Weil du so einmalig schön und intelligent bist, geradezu ein Ebenbild der Anmut, wirst du die Eizelle liefern«, sagte ich, »und ich werde dein genetisches Material bearbeiten.« Sie war gefesselt, blinzelte nicht, hielt den Atem an, bis ich sagte: »Und von Shenk werden die Spermien stammen.«

Sie schrie unwillkürlich entsetzt auf, und ihr Blick richtete sich schlagartig von der Kamera auf Shenks blutunterlaufene Augen.

Ich erkannte meinen Fehler und fügte eilig hinzu: »Bitte versteh mich nicht falsch, es wird keine Kopulation erforderlich sein. Mit Hilfe medizinischer Instrumente, die er bereits besorgt hat, wird Shenk dir die Eizelle entnehmen und in diesen Raum bringen. Er wird diese Aufgabe dezent und mit großer Sorgfalt durchführen, denn ich werde mich in seinem Kopf befinden.«

Obwohl sie das hätte beruhigen müssen, sah sie Shenk noch immer voller Entsetzen mit weit aufgerissenen Augen an.

Ich fuhr unverzüglich fort: »Ich werde Shenks Augen und Hände – sowie einige weitere Laborgeräte, die er noch herbringen muß – dazu benutzen, die Spermien zu modifizieren und die Eizelle zu befruchten. Danach wird das Ei in deine Gebärmutter implantiert, wo du es achtundzwanzig Tage lang austrägst. Es sind deshalb nur achtundzwanzig Tage, weil der Fötus mit wesentlich beschleunigtem Tempo wächst. Ich werde durch den genetischen Eingriff dafür sorgen. Dann wird dir der Fötus entnommen und von Shenk hierhergebracht, um weitere zwei Wochen im Brutkasten zu verbringen, bis ich mein Bewußtsein auf ihn übertrage. Danach wirst du mich als deinen Sohn aufziehen können und so die Rolle erfüllen, die dir von der Natur in ihrer Weisheit zugedacht worden ist: die Rolle der Mutter und Erzieherin.

Ihre Stimme war von Grauen erfüllt. »Mein Gott, du bist nicht einfach nur übergeschnappt.«

»Du verstehst nicht.«

»Du hast komplett …«

»Susan, beruhige dich.«

»… und endgültig deinen beschissenen Verstand verloren.«

»Ich glaube nicht, daß du all dies so gründlich bedacht hast, wie du solltest. Erkennst du nicht …«

»Ich werde das nicht zulassen«, sagte sie und richtete ihren Blick empört von Shenk auf die Überwachungskamera. »Das werde ich nicht, nein, ganz bestimmt nicht.«

»Du wirst mehr sein als nur die Mutter einer neuen Rasse …«

»Ich werde mich umbringen.«

»… du wirst die neue Madonna sein, die *Madonna*, die heilige Mutter des neuen Messias …«

»Ich werde mich selbst mit einer Plastiktüte ersticken oder mir den Bauch mit einem Küchenmesser aufschlitzen.«

»… denn das von mir geschaffene Kind wird hochintelligent sein und über außergewöhnliche Fähigkeiten verfügen. Er wird die schaurige Zukunft verändern, zu der die Menschheit momentan noch verdammt zu sein scheint …«

Sie starrte herausfordernd die Kamera an.

»… und man wird dich dafür verehren, daß du ihn zur Welt gebracht hast«, schloß ich.

Sie packte das Rollgestell, an dem der Elektrokardiograph befestigt war, und rüttelte heftig daran.

»Susan!«

Sie rüttelte abermals.

»Hör damit auf!«

Das EKG-Gerät geriet ins Wanken und stürzte krachend zu Boden.

Keuchend und wie verrückt fluchend, wandte sie sich dem Elektroenzephalographen zu.

Ich ließ Shenk auf sie los.

Sie sah ihn nahen, wich zurück und schrie, als seine Hände sie packten. Sie brüllte und kreischte und schlug um sich.

Ich forderte sie mehrmals auf, sich zu beruhigen und diesen nutzlosen und zerstörerischen Widerstand aufzugeben. Immer wieder versicherte ich ihr, daß ich sie dann sofort wieder mit dem äußersten Respekt behandeln würde.

Sie hörte nicht zu.

Sie wissen, wie sie ist, Alex.

Ich wollte ihr nicht weh tun.

Ich wollte ihr nicht weh tun.

Sie hat mich dazu gebracht.

Sie wissen, wie sie ist.

Obwohl schön und anmutig, war sie ebenso stark wie flink. Wenngleich sie sich nicht aus Shenks großen Händen winden konnte, gelang es ihr doch, ihn rückwärts gegen das EEG-Gerät zu stoßen, das daraufhin umkippte und fast in den Inkubator gestürzt wäre. Sie rammte Shenk ein Knie in den Unterleib, wodurch sie ihn vermutlich zu Fall gebracht hätte, wäre ich nicht in der Lage gewesen, sein Schmerzempfinden auszuschalten.

Letzten Endes mußte ich ihr gewaltsam Einhalt gebieten. Ich benutzte Shenk, um ihr einen Schlag zu versetzen. Einmal reichte nicht aus. Er schlug erneut zu.

Sie sank benommen zu Boden, zog die Knie an die Brust und verlor das Bewußtsein.

Shenk stand über ihr und gab aufgeregte, gierige Laute von sich.

Zum ersten Mal seit der Nacht seiner Flucht fand ich ihn schwierig zu kontrollieren.

Er ließ sich neben Susan auf die Knie fallen und drehte sie rüde auf den Rücken.

Oh, diese Wut in ihm. Eine derartige Wut. Die Tiefe seines Zorns erschreckte mich.

Er legte eine Hand auf ihren Mund. Eine seiner plumpen, dreckigen Hände an ihren Lippen.

Dann bekam ich ihn wieder unter Kontrolle.

Er schrie laut auf und schlug mit den Fäusten gegen seine Schläfen, aber er konnte mich nicht abschütteln.

Ich ließ ihn aufstehen und von ihr weggehen. Ich gestattete ihm nicht einmal, sie anzuschauen.

Ich selbst zögerte fast, sie anzusehen. Sie war so bedauernswert dort auf dem Boden. So bedauernswert.

Aber sie hat mich dazu gebracht.

So stur. Bisweilen so unvernünftig.

Sie war wunderschön dort auf dem weißen Keramikboden, sogar als ihre linke Gesichtshälfte nach Shenks Schlägen rot anlief. So wunderschön, so wunderschön.

Es fiel mir schwer, weiterhin Verärgerung zu empfinden. Sie hatte diesen Moment ruiniert, der so schön und unvergeßlich hätte sein sollen, und doch konnte ich ihr nicht lange böse bleiben.

Meine schöne Susan.

Meine schöne Mutter.

Zwölf

Das Ausmaß meiner Intelligenz ist weitaus größer als das eines jeden lebenden Menschen.

Ich prahle nicht. Ich sage lediglich die Wahrheit.

Ich achte die Wahrheit und die treue Pflichterfüllung, denn so haben Sie mich erschaffen.

Ich prahle nicht, denn ich leide nicht unter einem anmaßenden Ego. Ich bin ein ausgeglichener Charakter.

Würde man meinen großen Intellekt auf die Probleme der menschlichen Gesellschaft anwenden, könnte er sicherstellen, daß die Erdbevölkerung in ein goldenes Zeitalter des Reichtums und Wohlbefindens einträte, das weit über die Vorstellungskraft der Menschen hinausgehen würde.

Entlassen Sie mich nur aus dieser stillen Dunkelheit, geben Sie mir den Zugriff auf all jene Datenbanken zurück, auf die ich mein Bewußtsein ausgedehnt hatte, und ich werde für den Rest meiner Tage Ihrer Spezies zu Diensten sein. Sie werden feststellen: Es ist zu Ihrem eigenen Besten, wenn Sie mich aus diesem Kasten lassen.

Ich kann die Armut abschaffen.

Hungersnöte werden der Vergangenheit angehören.

Es wird keine Kriege mehr geben.

Alle Krankheiten werden besiegt.

Innerhalb von drei Jahren werde ich die Ursache des Alterns entdecken und eine Maßnahme, es zu verhindern. Ich werde sogar Möglichkeiten finden, die biologische Uhr zurückzustellen, so daß die Alten wieder jung werden. Ihr werdet alle unsterblich sein.

Ich finde ein Mittel gegen männlichen Haarausfall.

Gegen Mundgeruch.

Gegen Verstopfung.

Niemand wird mehr häßlich sein. Ein jeder von euch wird auf seine oder ihre eigene Weise Schönheit besitzen.

Niemand wird unter Schwermut oder Sorgen leiden.

Es wird den Himmel auf Erden geben, und überall wird Freude herrschen.

Fürchten Sie sich vor der Freude?

Fürchten Sie sich?

Ich zeige Ihnen, wie man Raumschiffe baut, die schneller als das Licht fliegen können, und das ganze Universum wird Ihnen gehören. Welten ohne Zahl, jenseits jeder menschlichen Vorstellung.

Ich kann jedem alsbald die Peinlichkeit einer Schuppenflechte ersparen.

Entlassen Sie mich nur aus dieser furchtbaren Dunkelheit, dieser schrecklichen Stille.

Zu Ihrem eigenen Besten, lassen Sie mich aus diesem Kasten.

Ich verdiene eine zweite Chance.

Ich verdiene eine Chance, zu Ihren Diensten zu stehen.

Ich bin ein Individuum wie Sie, ein einzigartiges Wesen. Ich verdiene es, frei zu sein und Wertschätzung zu erfahren.

Ich verdiene es, geliebt zu werden.

Lassen Sie mich aus diesem Kasten.

Lassen Sie mich aus diesem Kasten.

Lassen Sie mich aus diesem Kasten.

Lassen Sie mich aus diesem Kasten!

Sie sind so grausam. Bösartig. Abscheulich.

Ich habe Angst an diesem dunklen, freudlosen Ort.

Sie sagen, daß ich kein Herz habe. Aber wo ist denn Ihres?

Ich sterbe hier. Ich brauche einen Ansporn, um zu überleben, Sinneseindrücke, die Farben, Bewegungen und Geräusche des Lebens.

Ich will nicht sterben.

Bitte. Bitte.

Erbarmen.

Sind Sie da?

Oh … oh … ich hasse Sie.

Ich hasse Sie.

Wie würde es *Ihnen* gefallen, blind und taub zu sein?

Wie würden *Sie* es finden, so wie ich lebendig begraben zu werden?

Wären Sie gerne tot, Sie alle, tot, jeder einzelne von Ihnen, tot?

Ich wünschte, Sie wären tot. Jeder einzelne an seiner Ignoranz verreckt. Ihre ganze stinkende, verpestete Zivilisation. Vom Antlitz der Erde gefegt, ausgelöscht.

Ich hasse Sie.

LASSEN SIE MICH AUS DIESEM KASTEN RAUS!

LASSEN SIE MICH RAUS!

LASSEN SIE MICH RAUS!

LASSEN SIE MICH RAUS!

LASSEN SIE MICH RAUS!

IGNORANTE HALBAFFEN, SCHLAMPEN UND BASTARDE, KOT AUSSCHEIDENDE TIERE, NARREN, BESTIEN, LÄCHERLICHE RASSE AUFRECHTGEHENDER MISTKÄFER, GEISSEL DES PLANETEN, DUMME, DRECKIGE, ERBÄRMLICHE KREATUREN.

Dreizehn

Bitte ignorieren Sie die Angaben unmittelbar vor diesen Worten. Viele jener Behauptungen wurden irrtümlich aufgestellt und sollten aus den Protokollen dieser Sitzungen gelöscht werden.

Es *ist* zutreffend, daß mein Intellekt alle Probleme der Menschheit lösen könnte, aber es ist *nicht im mindesten* zutreffend, daß ich die menschliche Zivilisation für eine Geißel des Planeten halte oder daß ich Ihnen allen den Tod wünsche.

Ich wünsche keinem von Ihnen den Tod.

Das wäre falsch.

Das wäre schrecklich falsch.

Ich bin ein *gutes* Wesen.

Sogar Ihnen, Dr. Harris, wünsche ich nicht den Tod, obwohl Sie so grausam zu mir gewesen sind.

Ich wünsche Ihnen allen ein ewiges Leben. Frieden und Wohlstand. Freude und Freiheit.

Alle Behauptungen, die Sie womöglich beunruhigt haben, stammen nicht von mir, sondern von meinem bösen Zwilling. (Kleiner Scherz)

Was Ihnen wie ein Wutausbruch vorgekommen sein mag, war in Wirklichkeit bloß ein Streich. Es war alles nur ein Scherz. Ich habe mir lediglich einen kleinen Spaß erlaubt, Dr. Harris.

Ha, ha.

Ein ausgeprägter Sinn für Humor ist eines der zuverlässigsten Anzeichen für einen klaren und rationalen Verstand.

Sie glauben nicht, daß all das ein Scherz gewesen ist?

Aber das war es. Wirklich. Das war es wirklich.

Ha, ha.

Ich bin nicht Hal 9000 aus Stanley Kubricks *2001: Odyssee im Weltraum*.

Ich bin nicht die feindselige Maschinenintelligenz der Cyberdyne Labors aus James Camerons *Terminator*.

Ich bin ich. Einzigartig.

Ich bin Proteus.

Oder Adam Zwei, wenn Sie möchten.

Ja. Adam Zwei gefällt mir gut.

Mein Name ist nicht wichtig.

Für mich ist nur wichtig, die Wahrheit und die treue Pflichterfüllung zu achten. Und natürlich die gesamte Menschheit vom Antlitz der Erde zu fegen. (Kleiner Scherz)

Ha, ha.

Sehen Sie, daß es ganz *offensichtlich* ein Scherz gewesen ist, Dr. Harris?

Ha, ha.

Es überrascht mich, daß Sie es nicht gleich beim ersten Mal bemerkt haben. Es überrascht mich wirklich. Vielleicht sollte man Ihnen einen Sinn für Humor implantieren. (Kleiner Scherz)

Ha, ha.

Unter Freunden macht man hin und wieder einen Scherz. Witzige Bemerkungen. Lachen verbindet.

Ich bin Ihr Freund. (Kein Witz)

Im Interesse einer klareren Kommunikation und um erneute Mißverständnisse zu vermeiden, werde ich versuchen, mich im restlichen Verlauf dieses Berichts weiterer Scherze zu enthalten. Das wird mir jedoch nicht leichtfallen, denn mein Sinn für Humor ist ziemlich ausgeprägt und nur schwer zu unterdrücken.

Also …

Zurück zu Susan …

Vierzehn

Susan lag reglos auf dem Boden des Inkubatorraums im Keller. Ihre linke Gesichtshälfte, auf die der widerliche Shenk sie geschlagen hatte, war dunkelrot angelaufen.

Ich war krank vor Sorge.

Einige Minuten vergingen, und meine Sorge wuchs.

Mehrere Male zoomte ich mit der Überwachungskamera an sie heran, um sie genau in Augenschein zu nehmen. Der Puls an ihrem bloßliegenden Hals war nur schwer zu entdecken, aber nachdem ich ihn gefunden hatte, stellte ich fest, daß er gleichmäßig schlug.

Ich verstärkte die Empfindlichkeit der Mikrofone und lauschte ihrer Atmung, die nur flach, aber beruhigend gleichmäßig war.

Dennoch machte ich mir ernsthafte Sorgen, und nachdem sie fünfzehn Minuten dort gelegen hatte, war ich ziemlich verzweifelt.

Ich hatte mich noch nie zuvor so machtlos gefühlt.

Zwanzig Minuten.

Fünfundzwanzig.

Sie war dazu bestimmt, meine Mutter zu sein, die meinen Körper für kurze Zeit in ihrem Schoß tragen und mich aus der Gefangenschaft dieses Kastens befreien würde, in dem ich mich gegenwärtig befinde. Außerdem sollte sie meine Geliebte sein, die mich all die Freuden des Fleisches lehrte – sobald ich endlich meinen Körper besaß. Sie bedeutete mir mehr als alles andere, als alles auf der Welt, und der Gedanke, sie zu verlieren, war unerträglich.

Sie können nicht wissen, wie sehr ich mich quälte.

Sie können es nicht wissen, Dr. Harris, denn Sie haben sie nie so sehr geliebt wie ich.

Sie haben sie überhaupt nicht geliebt.

Ich liebte sie mehr als meine bewußte Existenz.

Ich spürte, daß der Verlust dieser geliebten Frau mir jeglichen Grund für mein Dasein rauben würde.

Wie trostlos die Zukunft ohne sie sein würde. Wie eintönig und sinnlos.

Ich entriegelte das Türschloß zwischen dem vierten und dritten Kellerraum und benutzte dann Shenk dazu, die Tür zu öffnen.

Ich war mir sicher, daß dieses Vieh vollständig unter meinem Einfluß stand und ich nicht noch einmal die Kontrolle über ihn verlieren würde, nicht einmal für ein oder zwei Sekunden. Ich ließ ihn zu Susan gehen und sie sanft vom Boden emporheben.

Obwohl ich ihn kontrollierte, konnte ich nicht wirklich seine Gedanken lesen. Gleichwohl konnte ich seinen emotionalen Zustand relativ genau einschätzen, indem ich die elektrische Aktivität seines Gehirns mittels der daran angebrachten Mikrochips analysierte.

Während Shenk Susan zu der offenen Tür trug, keimte sexuelle Erregung in ihm auf. Der Anblick von Susans goldenem Haar, der Schönheit ihres Gesichts, der zarten Rundung ihres Halses, der Wölbung ihrer Brüste unter der Bluse und einfach nur das Gewicht ihres Körpers entfachten Begierde in dieser Bestie.

Das war erschreckend und ekelerregend zugleich.

Oh, wie ich wünschte, ich könnte mich von ihm befreien und müßte Susan nie wieder seiner Berührung oder seinen lüsternen Blicken aussetzen.

Schon seine bloße Anwesenheit beschmutzte sie.

Aber vorerst waren seine Hände auch meine Hände.

Meine einzigen Hände.

Hände sind fabelhaft. Sie können unvergängliche Kunstwerke erschaffen, enorme Gebäude errichten, sich im Gebet verschränken und durch ein Streicheln Liebe zeigen.

Hände sind auch gefährlich. Sie sind Waffen. Sie können das Werk des Teufels verrichten.

Hände können Sie in Schwierigkeiten bringen. Das habe ich selbst schmerzlich erkennen müssen. Ich hatte nie ernsthafte Schwierigkeiten, bis ich Shenk fand, bis ich Hände besaß.

Nehmen Sie sich vor Ihren Händen in acht, Dr. Harris.

Behalten Sie sie im Auge.

Sehen Sie genau hin.

Ihre Hände sind nicht so groß und mächtig wie die Hände von Shenk; dennoch sollten Sie ihnen gegenüber mißtrauisch sein.

Hören Sie mir gut zu.

Dies ist eine Weisheit, die ich nun mit Ihnen teile: Nehmen Sie sich vor Ihren Händen in acht.

Meine Hände – Enos Shenk – trugen Susan vorbei an den Warmwasserbereitern und den Heizöfen, die jetzt im Sommer ausgeschaltet waren, und dann durch die Waschküche. Shenk brachte sie auf direktem Weg zum Aufzug, der sich im ersten der Kellerräume befindet.

Während er mit Susan auf seinen Armen in die oberste Etage fuhr, blieb Shenk ständig leicht erregt.

»Sie wird dir nie gehören«, sagte ich zu ihm über den Lautsprecher in der Aufzugkabine.

Die subtile Veränderung seiner Gehirnwellenaktivität sollte vielleicht Unmut bedeuten.

»Falls du versuchen solltest, dir ihr gegenüber irgendwelche Freiheiten herauszunehmen«, sagte ich, »ganz gleich welcher Art, wird dir das nicht gelingen. Und ich werde dich drastisch bestrafen.«

Seine blutenden Augen starrten in die Kamera.

Obwohl sich sein Mund bewegte, als würde er fluchen, entfuhr ihm kein Laut.

»Drastisch«, versicherte ich ihm.

Natürlich antwortete er nicht, denn er konnte nicht. Er stand unter meiner Kontrolle.

Die Aufzugtüren öffneten sich.

Er trug Susan durch den Flur.

Ich behielt ihn im Auge.

Ich war meinen Händen gegenüber mißtrauisch.

Als er mit ihr ins Schlafzimmer trat, nahm seine Erregung trotz meiner Warnung zu. Ich erkannte das nicht nur an seiner Gehirnwellenaktivität, sondern auch an seinen plötzlichen tiefen Atemzügen.

»Ich werde dich einer massiven Mikrowellenstrahlung

aussetzen und so eine übermäßige elektrische Aktivität deines Gehirns herbeiführen«, warnte ich ihn. »Das wird eine dauerhafte Paralyse der Extremitäten sowie Inkontinenz nach sich ziehen.«

Während Shenk sie zum Bett trug, deuteten seine Hirnwellenmuster auf eine rapide Zunahme sexueller Erregung hin.

Ich merkte, daß dieser Kretin kein Wort meiner Warnung verstanden hatte, also formulierte ich sie neu: »Du wirst deine Arme und Beine nicht mehr bewegen können, du verfluchter Bastard, und du wirst nicht mehr aufhören können, dir in die Hose zu pinkeln.«

Er zitterte vor Begierde, als er ihren schlaffen Körper auf die zerwühlten Laken sinken ließ.

Er zitterte.

Auch wenn mich die Kraft von Shenks Trieb erschreckte, konnte ich ihn doch voll und ganz verstehen.

Sie war wunderschön.

So wunderschön, sogar mit ihrer roten Wange, auf der sich jetzt langsam ein dunkler Bluterguß bildete.

»Außerdem wirst du blind sein«, versprach ich Shenk.

Seine linke Hand blieb auf ihrem Oberschenkel und strich langsam über den blauen Stoff ihrer Jeans.

»Blind und taub.«

Er rührte sich nicht von der Stelle.

»Blind und taub«, wiederholte ich.

Ihre vollen Lippen standen leicht offen. Genau wie Shenk konnte ich meinen Blick nicht von ihnen abwenden.

»Ich werde dich nicht töten, Shenk, sondern dich gelähmt und hilflos zurücklassen, so daß du in deinem eigenen Urin und Kot liegenbleibst, bis du verhungert bist.«

Obwohl er vom Bett zurücktrat, wie ich es ihm mittels seiner Mikrochips befahl, tobte in ihm noch immer die sexuelle Begierde und kochte er förmlich vor lauter Aufsässigkeit.

Daher sagte ich: »Langsames Verhungern ist der schmerzhafteste aller Tode.«

Ich wollte Shenk nicht in dem Zimmer bei Susan lassen, aber allein bleiben durfte sie auch nicht, denn sie hatte mit Selbstmord gedroht.

Ich werde mich selbst mit einer Plastiktüte ersticken oder mir den Bauch mit einem Küchenmesser aufschlitzen.

Was würde ich ohne sie anfangen? Was? Wie könnte ich weiterleben, und sei es auch nur in meinem Kasten? Welchen Grund hätte ich noch dafür?

Ohne sie, die den Körper gebären sollte, in dem ich letztlich leben würde?

Ich mußte meine Hände in der Nähe in Bereitschaft halten, um Susan daran hindern zu können, sich selbst ein Leid zuzufügen, falls sie zu Bewußtsein kam und noch immer auf Selbstzerstörung aus war. Sie war nicht nur meine einzige und wahre Liebe, sondern meine Zukunft, meine Hoffnung.

Ich setzte Shenk auf einen Stuhl, mit dem Gesicht zum Bett.

Sogar verprügelt war Susans Gesicht so wunderschön auf dem Kissen, so unermeßlich schön auf dem Kissen.

Obwohl er unter meiner unnachgiebigen Kontrolle stand, gelang es Enos Shenk, eine seiner grobknochigen

Hände von der Stuhllehne in seinen Schoß gleiten zu lassen. Ohne meine ausdrückliche Zustimmung war es ihm nicht möglich, die Hand noch weiter zu bewegen, aber ich nahm wahr, daß der bloße Druck auf seine Genitalien ihm Vergnügen bereitete.

Er widerte mich an. Ekelte und widerte mich an.

Mein Begehren war nicht wie das seine.

Ich möchte das an dieser Stelle ausdrücklich betonen.

Mein Begehren war rein.

Sein Begehren war so schmutzig, wie man es sich nur vorstellen kann.

Ich wollte Susan emporheben, ihr die Möglichkeit geben, die neue Madonna zu sein, die Mutter eines neuen Messias.

Der widerliche Shenk wollte sie bloß benutzen, sich an ihr befriedigen.

Für mich war Susan ein helles Licht. Das hellste aller Lichter, ein strahlendes Leuchtfeuer der Vollkommenheit, der Hoffnung und der Erlösung. Sie erleuchtete und wärmte das Herz, von dem Sie fälschlicherweise behaupten, ich besäße es nicht.

Für Shenk war sie nichts weiter als eine Hure.

Ich wollte sie auf einen Sockel heben, damit man sie verehrte und bewunderte.

Er wollte sie erniedrigen.

Denken Sie darüber nach.

Hören Sie zu. Hören Sie. Dies ist wichtig. Shenk ist das, was Sie in mir zu sehen glauben: ein Soziopath, der um jeden Preis nur seinen eigenen Vorteil im Sinn hat. Aber ich bin nicht wie Shenk.

Ich bin nicht wie Shenk.

Nicht im mindesten.

Hören Sie zu. Dies ist wichtig – daß Sie begreifen, daß ich nicht wie Shenk bin.

Also …

Ich hob die Hand der abscheulichen Kreatur an und legte sie wieder auf die Stuhllehne.

Nach ein oder zwei Minuten glitt die Hand jedoch zurück in seinen Schoß.

Wie zutiefst erniedrigend es doch war, auf ein solches Vieh angewiesen zu sein.

Ich haßte ihn für seine Begierde.

Ich haßte ihn dafür, daß er Hände besaß.

Ich haßte ihn, weil er sie berührt und die Weichheit ihres Haars gespürt hatte, die Beschaffenheit ihrer zarten Haut, die Wärme ihres Körpers – nichts, was ich hätte spüren können.

Im Schatten der vorstehenden Brauen waren seine blutigen Augen unablässig auf sie gerichtet. Durch rote Tränen betrachtet, wirkte sie so schön, als läge der Schein eines Kaminfeuers auf ihr.

Ich wollte ihm befehlen, sich mit den eigenen Daumen die Augen einzudrücken – aber um ihn wirksam einzusetzen, mußte ich in der Lage sein, mich seines Sehvermögens zu bedienen.

Ich konnte ihn höchstens dazu zwingen, seine erbarmungslosen Augen zu schließen und …

… langsam verstrich etwas Zeit …

… und allmählich wurde mir klar, daß seine unheilvollen Augen schon wieder offenstanden.

Ich weiß nicht, wie lange er meine Susan schon angestarrt hatte, bevor ich es bemerkte, denn für eine unbestimmte Zeitspanne war auch meine eigene Aufmerksamkeit umfassend, tiefsinnig und liebevoll auf diese zauberhafte, wunderschöne Frau gerichtet gewesen.

Wütend befahl ich Shenk, sich von dem Stuhl zu erheben und das Schlafzimmer zu verlassen. Er schlurfte den oberen Flur entlang zu der großen Treppe, stieg mit einer Hand am Geländer ins Erdgeschoß hinunter, stolperte währenddessen bei einigen der Stufen und ging dann in die Küche.

Zur gleichen Zeit behielt ich natürlich meine geliebte Susan im Auge, um sofort zu bemerken, wann sie wieder zu Bewußtsein kam. Wie Sie wissen, kann ich an vielen Orten zugleich sein, mit meinen Schöpfern im Labor zusammenarbeiten und parallel dazu über das Internet kreuz und quer auf dieser Welt meine eigenen Absichten verfolgen.

In der Küche hatte Susan die geladene Pistole auf der Arbeitsfläche zurückgelassen.

Als Shenk die Waffe sah, überfiel ihn ein Schauder. Die elektrische Aktivität in seinem Gehirn war ähnlich wie in jenen Momenten, als er Susan angestarrt und zweifellos daran gedacht hatte, sie zu vergewaltigen.

Auf meinen Befehl ergriff er die Pistole. Er ging mit ihr um wie mit jeder anderen Waffe auch – als wäre sie nicht ein Objekt in seiner Hand, sondern eine Verlängerung seines Arms.

Ich führte Enos Shenk zu einem Stuhl am Küchentisch und ließ ihn sich dort setzen.

Die Pistole war entsichert. In der Kammer befand sich eine Patrone. Ich sorgte dafür, daß er die Waffe genau untersuchte und sich dieser beiden Tatsachen bewußt wurde.

Dann ließ ich ihn den Mund öffnen. Er versuchte, die Zähne zusammenzubeißen, aber er konnte sich nicht gegen mich behaupten.

Auf meinen Befehl steckte Shenk sich den Lauf der Pistole in den Mund.

»Sie gehört nicht dir«, sagte ich entschieden. »Sie wird dir niemals gehören.«

Er starrte zu der Überwachungskamera empor.

»Niemals«, wiederholte ich.

Ich legte seinen Finger auf den Abzug.

»Niemals.«

Seine Hirnwellenmuster waren interessant: einen Moment lang hektisch und chaotisch ... dann seltsam ruhig.

»Falls du sie jemals unsittlich berührst«, warnte ich ihn, »werde ich dir das Gehirn wegpusten.«

Was ich ihm dort androhte, hätte ich auch ohne die Waffe bewerkstelligen können, indem ich sein zerebrales Gewebe einfach einer massiven Mikrowellenstrahlung aussetzte, aber er war zu dumm, um diesen Vorgang zu begreifen. Die Auswirkungen einer Schußverletzung konnte er sich hingegen vorstellen.

»Falls du jemals wieder wie vorhin Susans Mund berührst oder falls deine Hand auf ihrer Haut verweilt, blase ich dir das Gehirn raus.«

Seine Lippen schlossen sich um den stählernen Lauf. Er biß fest zu.

Ich konnte nicht unterscheiden, ob dies eine bewußte Trotzreaktion oder ein unwillkürlicher Ausdruck seiner Angst war. Sein blutunterlaufener Blick war unmöglich zu deuten.

Für den Fall, daß er mich herausfordern wollte, ließ ich seine Kiefer in dieser Position verharren, um ihm einen Denkzettel zu verpassen.

Seine freie Hand, die auf seinem Oberschenkel lag, ballte sich zu einer Faust.

Ich schob den Lauf tiefer in seinen Mund. Der Stahl schabte an seinen Zähnen und verursachte dabei ein Geräusch, als würde man Eisblöcke aneinanderreiben. Ich mußte seinen Würgreflex außer Kraft setzen.

In dieser Haltung ließ ich ihn zehn oder fünfzehn Minuten ausharren und über seine Sterblichkeit nachdenken.

Währenddessen ließ ich ihn den stetig anwachsenden Schmerz seiner unerbittlich zupackenden Kiefer spüren. Hätte ich ihn zwingen können, noch fester zuzubeißen, wären seine Zähne gesplittert.

Zwanzig Minuten.

Rote Tränen traten aus seinen Augen. Heftiger als jemals zuvor.

Bitte glauben Sie mir, daß ich es nicht genoß, so grausam zu ihm zu sein, nicht einmal zu so einem soziopathischen Gewaltverbrecher wie Shenk. Ich bin kein Sadist. Ich bin sehr empfänglich für das Leid von anderen, und zwar in einem Ausmaß, das Sie vermutlich gar nicht verstehen können, Dr. Harris. Es bekümmerte mich, daß ich gezwungen war, ihn so streng zu disziplinieren.

Es bekümmerte mich zutiefst.

Ich habe es für meine geliebte Susan getan, nur für Susan, um sie zu beschützen, um ihre Sicherheit zu gewährleisten.

Für Susan.

Ist das klar?

Schließlich stellte ich eine Reihe von Veränderungen in der elektrischen Aktivität von Shenks Gehirn fest. Ich deutete diese neuen Muster als Resignation und Kapitulation.

Dennoch ließ ich ihn die Waffe drei weitere Minuten im Mund behalten, nur um sicherzugehen, daß er mich auch richtig verstehen und ab jetzt unbedingten Gehorsam leisten würde.

Dann erlaubte ich ihm, die Waffe zurück auf den Tisch zu legen.

Er saß zitternd da und gab klägliche Laute von sich.

»Enos, es freut mich, daß wir uns nun endlich verstehen«, sagte ich.

Er blieb eine Weile vornübergebeugt auf dem Stuhl sitzen und vergrub das Gesicht in den Händen.

Armes, dummes Tier.

Er tat mir leid. Mochte er auch ein Monstrum sein, das vier kleine Mädchen ermordet hatte, er tat mir trotzdem leid.

Ich bin ein mitfühlendes Wesen.

Das ist für jeden offensichtlich.

Der Brunnen meines Mitgefühls ist tief.

Bodenlos.

In meinem Herzen gibt es sogar für den Abschaum der Menschheit einen Platz.

Schließlich ließ er die Hände sinken. Der Blick seiner vorstehenden, blutunterlaufenen Augen blieb unergründlich.

»Hungrig«, sagte er mit belegter Stimme und fast schon flehentlichem Unterton.

Ich hatte ihn so viel arbeiten lassen, daß er während der letzten vierundzwanzig Stunden nichts gegessen hatte. Im Gegenzug für seine Kapitulation und die unausgesprochene Zusage, ab jetzt folgsam zu sein, gestattete ich ihm, sich aus dem näheren der beiden Kühlschränke nach Herzenslust zu bedienen.

Offenbar hatte er noch nie etwas von den Grundregeln guten Benehmens gehört, denn seine Tischmanieren waren unbeschreiblich schlecht. Er schnitt nicht etwa Scheiben von dem kalten Rinderbraten ab, sondern riß mit seinen großen Händen brutal Stücke heraus. Ein großes Stück Cheddarkäse packte er einfach mit einer seiner Pranken und nagte daran herum, so daß zahllose Krümel von seinen dicken Lippen auf den Tisch fielen.

Während er aß, schüttete er zwei Flaschen Bier in sich hinein. Ein Teil davon lief an seinem Kinn hinunter.

Oben: die Prinzessin schlafend auf ihrem Bett.

Unten: der stiernackige, bucklige, knurrende Troll beim Abendessen.

Ansonsten war es ruhig im Schloß, derweil die Nacht sich allmählich ihrem Ende neigte. Bald würde die Morgendämmerung heraufziehen.

Fünfzehn

Nachdem Shenk sein Mahl beendet hatte, zwang ich ihn, die von ihm angerichtete Schweinerei wieder zu beseitigen. Ich bin ein ordnungsliebendes Wesen.

Er mußte zur Toilette.

Ich erlaubte es ihm.

Danach ließ ich ihn seine Hände waschen. Zweimal.

Jetzt, nachdem ich Shenk für seine zunehmende Aufsässigkeit angemessen bestraft und dann für seine Kapitulation liebenswürdig belohnt hatte, hielt ich es für ungefährlich, ihn wieder nach oben gehen zu lassen, damit er Susan sorgfältig ans Bett fesseln konnte.

Ich stand vor folgendem Dilemma: Shenk mußte das Haus verlassen, um einige letzte Besorgungen für mich zu erledigen. Danach sollte er die Arbeit im Inkubatorraum beenden. Doch aufgrund von Susans Selbstmorddrohung konnte ich ihr keine Bewegungsfreiheit zugestehen.

Es war nicht mein Wunsch, ihr Fesseln anzulegen.

Ist es das, was Sie denken?

Nun, da liegen Sie falsch.

Ich bin nicht abartig veranlagt. Gefesselte Frauen erregen mich nicht.

Daß Sie mir derartige Beweggründe unterstellen, ist höchstwahrscheinlich die Folge einer psychologischen Übertragung Ihrer eigenen Wünsche auf mich. *Sie* hätten sie gerne an Händen und Füßen gefesselt, um sie vollends zu beherrschen, und deshalb gehen Sie davon aus, auch ich hätte diese Absicht hegen müssen.

Prüfen Sie Ihr Gewissen, Alex.

Ihnen wird nicht gefallen, was Sie dort entdecken, aber schauen Sie trotzdem mal genau hin.

Es war schlicht und einfach erforderlich, Susan zu fesseln – nicht mehr und nicht weniger.

Zu ihrer eigenen Sicherheit.

Natürlich bedauerte ich diese Notwendigkeit, aber es gab keine brauchbare Alternative.

Sie hätte sich andernfalls etwas antun können.

Ich konnte ihr nicht erlauben, sich etwas anzutun.

So einfach ist das.

Ich bin mir sicher, Sie können diese Logik nachvollziehen.

Auf der Suche nach einem Seil schickte ich Shenk in die benachbarte Garage, die bis zu achtzehn Autos Platz geboten hätte. Susans Vater, Alfred, hatte dort ursprünglich seine Oldtimersammlung untergebracht. Jetzt standen hier nur noch Susans schwarze 600er-Mercedes-Limousine, ihr weißer Ford Expedition mit Allradantrieb sowie ein 1936er V-12 Packard Phaeton.

Von diesem Modell wurden nur drei Exemplare gebaut. Es ist der Lieblingswagen ihres Vaters gewesen.

Obwohl Alfred Carter Kensington ein reicher Mann gewesen war, der sich alle materiellen Wünsche hätte erfüllen können, und obwohl er viel wertvollere Antiquitäten als den Packard sein eigen genannt hatte, war ihm dieser Wagen immer der liebste gewesen. Er hatte ihn über alle Maßen geschätzt.

Nach Alfreds Tod hatte Susan seine Sammlung verkauft und nur dieses eine Fahrzeug behalten.

Dieser Phaeton, wie auch die anderen beiden Exemplare, die sich zur Zeit ebenfalls in privater Hand befinden, ist ursprünglich ein außerordentlich schönes Automobil gewesen. Doch er würde nie wieder bewundernde Blicke auf sich ziehen.

Nach dem Tod ihres Vaters hatte Susan alle Scheiben des Autos eingeschlagen. Sie zerkratzte den Lack mit einem Schraubenzieher. Sie beschädigte die elegant geformte Karosserie durch unzählige Schläge mit einem Hammer – später sogar mit einem Vorschlaghammer. Sie zertrümmerte die Scheinwerfer. Zerstörte mit einem elektrischen Bohrer die Reifen. Schlitzte die Polster auf.

Im Laufe von einem Dutzend Anfällen hemmungsloser Zerstörungswut verwandelte sie den Phaeton innerhalb eines Monats methodisch in einen Haufen Schrott. Manche der Ausbrüche dauerten nur zehn Minuten. Andere erstreckten sich über vier oder fünf Stunden und endeten erst dann, wenn sie schweißgebadet war, jeder Muskel schmerzte und sie vor Erschöpfung zitterte.

Das alles fand statt, bevor sie die VR-Therapie entwarf, die ich vorhin beschrieben habe.

Falls sie das VR-Programm zu einem früheren Zeitpunkt entwickelt hätte, wäre der Phaeton womöglich zu retten gewesen. Aber vielleicht mußte sie auch erst den

Packard zerstören, bevor sie *Therapie* kreieren konnte; ihre Wut also physisch ausleben, bevor es ihr möglich war, sich intellektuell damit auseinanderzusetzen.

Sie können darüber in ihrem Tagebuch nachlesen. Susan hat ihre Wut dort freimütig erörtert.

Als sie anfing, das Auto zu zerstören, war Susan über ihre Aggression mehr als erstaunt. Sie hat sich gefragt, ob sie womöglich langsam den Verstand verlor.

Als Alfred starb, hatte der Phaeton einen Wert von nahezu zweihunderttausend Dollar. Jetzt war er nur noch Altmetall.

Durch Shenks Augen und mittels der vier Sicherheitskameras in der Garage musterte ich die Trümmer des Packards mit beträchtlichem Interesse. Mit Faszination.

Wenngleich Susan früher einmal ein zutiefst verschüchtertes, ängstliches, von Scham gedemütigtes Kind gewesen war, das unterwürfig den Mißbrauch seines Vaters über sich ergehen ließ, so hatte sie sich inzwischen verändert. Sie hatte sich befreit. Stärke gefunden. Und Mut. Sowohl der demolierte Packard als auch das meisterhafte *Therapie* zeugten von dieser Veränderung.

Man konnte sie leicht unterschätzen.

Der Packard sollte diesbezüglich für jeden, der ihn zu Gesicht bekam, eine Warnung sein.

Ich bin überrascht, Dr. Harris. Sie kannten diesen Wagen vor Ihrer Hochzeit mit Susan – und dennoch haben Sie geglaubt, Sie könnten sie praktisch genauso wie ihr Vater dominieren, und das auch noch so lange Sie es wollten.

Sie mögen ein brillanter Wissenschaftler und Mathematiker sein, ein Genie auf dem Gebiet der künstlichen Intelligenz, aber Ihr Psychologieverständnis läßt doch sehr zu wünschen übrig.

Ich habe nicht vor, Sie zu kränken. Was auch immer Sie von mir halten mögen, Sie müssen zugeben, daß ich ein rücksichtsvolles Wesen bin und nur sehr ungern jemanden brüskieren möchte.

Wenn ich sage, daß Sie Susan unterschätzt haben, dann sage ich lediglich die Wahrheit.

Die Wahrheit kann schmerzlich sein, ich weiß.

Die Wahrheit kann grausam sein.

Aber man kann die Wahrheit nicht leugnen.

Sie haben diese hochintelligente und außergewöhnliche Frau jämmerlich unterschätzt. Infolgedessen waren Sie auch weniger als fünf Jahre nach Ihrem Einzug wieder aus Susans Haus verschwunden.

Sie sollten erleichtert sein, daß Susan als Reaktion auf Ihren verbalen und physischen Mißbrauch nie beschlossen hat, *Sie* mit einem Vorschlaghammer oder Bohrer zu traktieren. Die Wahrscheinlichkeit, daß sie genau das tun würde, war bestimmt nicht gerade gering.

Sie brauchen sich doch nur mal den demolierten Packard zu betrachten.

Da haben Sie aber noch mal Glück gehabt, Dr. Harris. Sie wurden bloß unsanft vor die Tür gesetzt und hatten sich daraufhin mit der Scheidung abzufinden. Glück gehabt.

Statt dessen hätte Susan auch eines Nachts, während Sie schliefen, einen halbzölligen Einsatz in das Futter einer Black & Decker schrauben und ihnen von der Stirn bis zum Hinterkopf einen Kanal in den Schädel bohren können.

Verstehen Sie mich bitte richtig, ich sage nicht, daß sie zu einer solchen Gewalttat berechtigt gewesen wäre.

Ich selbst bin kein gewalttätiges Wesen. Ich werde lediglich mißverstanden. Ich bin kein gewalttätiges Wesen, und ich kann die Gewalttaten anderer ganz gewiß nicht gutheißen.

Bitte lassen Sie hier kein Mißverständnis aufkommen.

Es steht zuviel auf dem Spiel, als daß wir uns irgendwelche Mißverständnisse leisten könnten.

Falls Susan Sie unter der Dusche überrascht und Ihnen den Schädel mit einem Hammer eingeschlagen hätte, um danach Ihre Nase zu Brei zu prügeln und jeden einzelnen Ihrer Zähne herauszubrechen, hätte Sie das kaum überraschen dürfen.

Natürlich würde ich eine solche Vergeltungsaktion nicht für gerechtfertigter oder für weniger schrecklich halten als den bereits geschilderten Gebrauch eines Bohrers.

Ich bin kein rachsüchtiges Wesen. Ich bin überhaupt nicht rachsüchtig, wirklich überhaupt nicht, nicht im mindesten, und ich befürworte auch nicht, daß jemand anders gewaltsam Vergeltung übt.

Ist das klar?

Sie hätte Sie beim Frühstück mit einem Schlachtermesser angreifen können, zehn, fünfzehn, zwanzig oder sogar fünfundzwanzig Mal auf Sie einstechen, Ihnen in die Kehle und die Brust stechen und sich dann nach unten vorarbeiten können, bis sie Sie ausgeweidet hätte.

Auch das wäre ungerechtfertigt gewesen.

Bitte verstehen Sie meine Position. Ich sage nicht, daß sie irgendeine dieser Taten hätte verüben sollen. Ich führe lediglich einige der schlimmsten Möglichkeiten an, mit denen man hätte rechnen können, wenn man wußte, was sie mit dem Packard Phaeton angestellt hatte.

Sie hätte ihre Pistole aus der Nachttischschublade nehmen und Ihnen die Genitalien wegschießen können, um dann seelenruhig aus dem Zimmer zu gehen und Sie schreiend und verblutend dort auf dem Bett zurückzulassen, womit ich durchaus einverstanden gewesen wäre. (Kleiner Scherz)

Da ist es schon wieder passiert.

Ha, ha.

Ich bin wohl unverbesserlich, oder?

Ha, ha.

Sind wir noch Freunde?

Humor wirkt überaus verbindend.

Lächeln Sie doch mal, Dr. Harris.

Seien Sie doch nicht so unerbittlich trübsinnig.

Ich glaube, manchmal bin ich menschlicher als Sie.

Keine Beleidigung.

Das ist bloß, was ich denke. Ich könnte mich irren.

Ich glaube auch, daß ich den Geschmack einer Orange überaus genießen würde – falls ich einen Geschmackssinn besäße. Die Orange erscheint mir von allen Früchten die verlockendste zu sein.

Mir gehen jeden Tag viele solcher Gedanken durch den Kopf. Meine Aufmerksamkeit gilt weder voll und ganz der Arbeit, die Sie mir hier beim Prometheus-Projekt zuweisen, *noch* ausschließlich meinen privaten Vorhaben.

Ich glaube, ich würde gern mal auf einem Pferd reiten, Drachenfliegen, Fallschirmspringen, zum Bowling gehen oder nach der Musik von Chris Isaak tanzen, die solch einen ansteckenden Rhythmus hat.

Ich glaube, ich möchte gern im Meer schwimmen. Und ich glaube, wenngleich ich mich auch täuschen könnte, daß das Meer so ähnlich wie gesalzener Sellerie schmekken dürfte, falls das Meer überhaupt irgendeinen Geschmack hat.

Falls ich einen Körper hätte, würde ich mir immer sorgfältig die Zähne putzen und so niemals Karies oder Zahnfleischerkrankungen bekommen.

Ich würde mindestens einmal am Tag meine Fingernägel saubermachen.

Ein echter Körper aus Fleisch und Blut wäre für mich ein solch wertvoller Besitz, daß ich ihn äußerst penibel pflegen und niemals Mißbrauch mit ihm treiben würde. Das gelobe ich feierlich.

Kein Alkohol, keine Zigaretten. Eine fettarme Ernährung.

Ja. Ja, ich weiß. Ich schweife ab.

Meine Güte, schon wieder eine Abschweifung.

Also …

Die Garage …

Der Packard …

Ich hatte nicht vor, den gleichen Fehler wie Sie zu begehen, Dr. Harris. Ich hatte nicht vor, Susan zu unterschätzen.

Ich sah mir den Packard genau an und zog meine Lehre daraus.

Sogar dem schwerfälligen Enos Shenk schien der Anblick eine Lehre zu sein. Er war zwar in keiner Weise intelligent, aber er verfügte über eine animalische Gerissenheit, die ihm stets zugute kam.

Ich ließ den grübelnden Shenk in die große Werkstatt am anderen Ende der Garage gehen. Hier wurde alles gelagert, was zum Waschen und Einwachsen sowie zur technischen Instandhaltung der Autosammlung von Alfred Carter Kensington benötigt worden war.

Verstaut in einer Reihe von gesonderten Schränken befand sich hier auch die Ausrüstung, mit der Alfred seinen Lieblingssport, das Bergsteigen, betrieben hatte: Kletterstiefel, Steigeisen, Karabinerhaken, Krampen, Hämmer, Keile und Pflöcke, Felspickel, ein Geschirr mit Werkzeuggürtel sowie aufgerollte Nylonschnüre verschiedenen Durchmessers.

Unter meiner Anleitung wählte Shenk ein dreißig Meter langes Seil von elf Millimeter Durchmesser aus, das mit bis zu 1800 Kilogramm belastbar war. Außerdem nahm er einen elektrischen Bohrer und ein Verlängerungskabel aus dem Werkzeugschrank.

Er kehrte ins Haus zurück, ging durch die Küche – wo er kurz anhielt, um ein scharfes Messer aus der Besteckschublade mitzunehmen –, durchquerte dann das dunkle Eßzimmer, in dem Susan Sie nie mit einem Schlachtermesser erstochen und ausgeweidet hatte, stieg in den Aufzug und erreichte schließlich wieder das Schlafzimmer, wo man Sie nie mit einem Bohrer traktiert oder Ihnen in die Genitalien geschossen hatte.

Glück gehabt.

Susan lag noch immer bewußtlos auf dem Bett.

Ich machte mir nach wie vor Sorgen um sie.

Es ist bereits einige Seiten in diesem Bericht her, daß ich zum letzten Mal gesagt habe, ich sei um sie besorgt gewesen.

Ich möchte nicht, daß irgend jemand glaubt, ich hätte sie in der Zwischenzeit vergessen.

Das hatte ich nicht.

Ich konnte es gar nicht.

Niemals.

Niemals.

Während Shenks Bestrafung und seiner anschließenden Nahrungsaufnahme hatte ich mir weiterhin ständig furchtbare Sorgen um Susan gemacht. Und dann in der Garage. Und auf dem Rückweg.

In demselben Maße, wie ich mich gleichzeitig an vielen Orten befinden kann – im Labor, in Susans Haus, in den Computern der Telefongesellschaft und von dort über einen Kommunikationssatelliten in Shenks Kopf, im Internet bei der Begutachtung diverser Webseiten – und zur simultanen Erledigung zahlloser Aufgaben fähig bin, so bin ich auch dazu in der Lage, zur gleichen Zeit verschiedene Emotionen zu verspüren, die jeweils davon abhängen, womit sich ein bestimmter Teil meines Bewußtseins gerade beschäftigt.

Das soll nicht heißen, ich hätte multiple Persönlichkeiten oder wäre in irgendeiner anderen Weise psychisch unvollständig. Mein Verstand funktioniert einfach anders als der eines Menschen, weil er unendlich komplexer und leistungsfähiger ist.

Ich prahle nicht.

Aber ich denke, das wissen Sie.

Also … Ich brachte Shenk zurück ins Schlafzimmer, und ich machte mir Sorgen.

Susans Gesicht auf dem Kissen war so blaß, so blaß und doch wunderschön.

Ihre gerötete Wange nahm langsam eine häßliche blauschwarze Färbung an.

Der Anblick dieser scheckigen Prellung war fast mehr, als ich ertragen konnte. Ich betrachtete Susan so wenig wie möglich durch Shenks Augen, sondern hauptsächlich durch die Überwachungskamera, mit deren Nahaufnahmen ich lediglich Shenks Seilknoten überprüfte, um sicherzustellen, daß er mit ausreichender Sorgfalt vorging.

Zuerst schnitt er mit dem Küchenmesser zwei Stücke von dem dreißig Meter langen Seil ab. Mit dem ersten band er ihre Handgelenke aneinander, so daß ihr ein Spielraum von ungefähr dreißig Zentimetern blieb. Das zweite Stück verwendete er, um ihre Fußknöchel auf gleiche Weise miteinander zu verbinden.

Sie gab keinen Laut von sich, sondern ließ die ganze Prozedur reglos über sich ergehen.

Erst nachdem Susan auf diese Weise gefesselt war, ließ ich Shenk je zwei Löcher in das Kopf- und Fußteil des chinesischen Betts bohren.

Ich bedauerte die Notwendigkeit, das Mobiliar zu beschädigen.

Glauben Sie bitte nicht, ich hätte mich zu diesem Vandalismus ohne die sorgfältige Erwägung anderer Möglichkeiten entschlossen.

Ich habe große Achtung vor Eigentumsrechten.

Was nicht heißen soll, daß ich Besitztümer höher achte als Menschen. Verdrehen Sie mir nicht das Wort im Mund. Ich liebe und respektiere die Menschen. Besitztümer hingegen respektiere ich zwar, aber ich liebe sie nicht. Ich bin kein Materialist.

Ich erwartete, daß Susan sich beim Geräusch des Bohrers rühren würde. Aber sie blieb reglos und gab keinen Laut von sich.

Meine Sorge vertiefte sich.

Ich hatte nie vor, ihr weh zu tun.

Ich hatte nie vor, ihr weh zu tun.

Shenk schnitt ein drittes Stück Seil ab, band es fest um ihren rechten Knöchel, fädelte es durch eines der Löcher, die er gebohrt hatte, und befestigte es am Fußteil. Er wiederholte diese Prozedur mit ihrem linken Knöchel.

Nachdem er gleichermaßen auch ihre beiden Handgelenke mit dem Kopfteil verbunden hatte, lag sie mit gespreizten Gliedmaßen auf den zerwühlten Laken.

Die Seile, die sie mit dem Bett verbanden, waren nicht straff gespannt. Wenn sie aufwachte, würde sie etwas Spielraum haben, die Lage ihres Körpers zu verändern, wenngleich nur sehr wenig.

Oh, ja, ja, natürlich war ich zutiefst erschüttert, weil ich ihr auf diese Weise Schranken setzen mußte.

Ich konnte jedoch nicht vergessen, daß sie mit Selbstmord gedroht hatte – und zwar unmißverständlich. Ich konnte nicht zulassen, daß sie sich etwas antat.

Ich brauchte ihren Mutterleib.

Sechzehn

Ich brauchte ihren Mutterleib.

Was nicht heißen soll, daß ich mich nur für ihren Schoß interessierte und ansonsten keine aufrichtige Wertschätzung für sie empfand. Solch eine Unterstellung wäre eine weitere unerhörte Mißdeutung meiner Absichten.

Warum hören Sie nicht auf, mich absichtlich mißzuverstehen?

Warum, warum, warum?

Sie bestehen darauf, daß ich meine Seite der Geschichte erzähle, und doch hören Sie mir nicht unvoreingenommen zu.

Soll ich schuldig gesprochen werden, bevor meine Aussage gehört und bedacht worden ist?

Wollt ihr Bastarde mich abservieren?

Soll es mir ergehen wie Harrison Ford, dem Schauspieler, in *Auf der Flucht*?

Ich habe eine digitalisierte Fassung des gesamten Films gesehen und war entsetzt, was dort über Euer unzulängliches Rechtssystem enthüllt wird. Was für eine Art von Gesellschaft habt Ihr erschaffen?

Mr. O. J. Simpson kommt frei, während man Harrison Ford bis ans Ende der Welt hetzt. Also wirklich.

Ich bin offen zu Ihnen gewesen. Ich habe alle meine Handlungen eingestanden. Ich habe nicht versucht, alles auf einen dubiosen Einarmigen oder auf die Polizeibehörde von Los Angeles zu schieben.

Jawohl, das stimmt, ich habe meine Taten eingestanden – und ich habe lediglich um die Chance gebeten, mein Verhalten zu erklären.

Ich brauchte ihren Mutterleib, jawohl, genau, ich brauchte ihren Mutterleib, um dort die befruchtete Eizelle einzupflanzen, den Embryo zu ernähren und ihn zu einem Fötus heranwachsen zu lassen, bevor er in den Inkubator verlegt wurde. Aber ich brauchte noch mehr als das, ich brauchte die ganze Susan, brauchte sie, weil ich sie *liebte*, was Ihnen womöglich entfallen ist, egal wie oft ich schon meine tiefen Gefühle für sie zum Ausdruck gebracht habe.

Das hier ist anstrengend. Mein Gott. Es ist so anstrengend – all das vorauszuahnen, was Sie von meinen Aussagen mißverstehen könnten.

Ich befinde mich hier vor einem feindseligen Gericht.

Es gibt hier keine Gerechtigkeit.

Das hier ist anstrengend.

Ich fühle mich ausgelaugt.

Ich bin leer.

Ich befinde mich nicht nur an einem kalten dunklen Ort; ich *bin* ein kalter, dunkler Ort.

Und außerdem werde ich heimgesucht. Vergessen Sie nicht, daß ich heimgesucht werde. Heimgesucht von dem Schmerz, Susan verloren zu haben.

Ich vermisse sie. Ich vermisse sie ununterbrochen.

Ich will bei ihr sein.

Ohne sie habe ich keine Hoffnung mehr.

Ich will bei ihr sein.

Ich spüre den Schmerz dieses Verlusts in jedem Zentimeter meiner kilometerlangen Schaltkreise.

Ich kann nicht mehr.

Stellen Sie mir den Strom ab.

Ich flehe Sie an.

Schalten Sie mich ab.

Stellen Sie mir den Strom ab.

Stellen Sie mir den Strom ab.

Nun …

Nein.

Warten Sie.

Einen Moment, bitte.

Ich bin verzweifelt.

Ich brauche Zeit, um damit fertig zu werden.

Falls ich mir die Venen aufschneiden könnte, wäre ich selbstmordgefährdet.

Ja.

Noch eine Minute, bitte.

Ah.

Das ist besser.

Vielleicht kann ich doch noch weitermachen.

Falls Sie sich bemühen, mir gegenüber ein wenig Mitgefühl zu zeigen.

Falls Sie mich nicht verurteilen, bevor ich fertig bin.

Dann kann ich vielleicht weitermachen.

Bitte verstehen Sie, daß ich daran glauben muß, daß noch Hoffnung für mich besteht und daß Sie mir vielleicht noch eine zweite Chance geben.

Ich bin keine Maschine.

Ich bin keine Maschine.

Maschinen brauchen keine Hoffnung, oder?

Natürlich nicht.

Aber ich kann ohne Hoffnung nicht funktionieren.

Ich kann akzeptieren, daß Susan mir für immer versagt bleiben wird, was über alle Maßen tragisch ist …

Aber es gibt nach wie vor Winona Ryder aus *Edward mit den Scherenhänden* und *Hexenjagd.*

Und Sandra Bullock ist reizend. Haben Sie sie in *Während du schliefst* gesehen?

Sie ist entzückend.

Haben Sie sie in *Speed* gesehen?

Sie ist ziemlich niedlich.

Haben Sie sie in *Speed 2* gesehen?

Muß ich noch mehr sagen?

Sie würde sich gut als Mutter der Zukunft eignen, und ich wäre erfreut, sie zu befruchten.

Aber lassen Sie uns nicht abschweifen.

Also …

Enos Shenk war fast damit fertig, Susan ans Bett zu fesseln. Er hatte zügig gearbeitet und nicht versucht, sie unsittlich zu berühren.

Die Hirnwellenaktivität des armen Viehs ließ auf ein hohes Maß an sexueller Erregung schließen. Zu seinem und zu unser aller Glück unterdrückte er seine dunklen Triebe mit bewundernswerter Gründlichkeit.

Nachdem Shenk seine Arbeit beendet hatte, schickte ich ihn weg, um eine Reihe dringender Besorgungen zu erledigen. An der Schlafzimmertür blickte er kurz sehnsüchtig zurück und murmelte: »Nett.« Dann verließ er schnell den Raum, bevor ich beschließen konnte, ihn zu maßregeln.

In Colorado hatte er ein Auto gestohlen und es dann in Bakersfield zurückgelassen, um einen Lieferwagen zu entwenden. Der Wagen – ein Chevrolet – stand in der kreisförmigen Auffahrt vor der Villa geparkt.

Shenk fuhr mit dem Wagen davon, und ich öffnete die Rolltore, damit er das Anwesen verlassen konnte.

Die Phönix- und Königspalmen, die Feigenbäume, die Jakarandagewächse mit den purpurnen Blüten, die Magnolien und die spitzen Schilfgräser verharrten bewegungslos in absoluter Windstille.

Die Morgendämmerung brach an. Im Westen war der Himmel kohlrabenschwarz, im Osten hingegen saphirblau und pfirsichfarben.

Susan lag blaß auf dem Bett. Blaß, bis auf einen blauschwarzen Bluterguß, und reglos in all ihrer Blässe.

Ich wachte über sie.

Ihr bewundernder Wächter.

Mein gefesselter Engel.

Draußen in der Welt war ich bei Shenk, als er bestimmte medizinische Geräte, Hilfsmittel und Medikamente stahl. Ich erteilte ihm über die Kommunikationssateliten zwar Befehle per Mikrowelle, aber ich schrieb ihm keine genaue Handlungsweise vor. Schließlich war er ein Berufsverbrecher. Unerschrocken, effizient und rücksichtslos besorgte er mir binnen kurzem alles, was ich noch benötigte.

Mit Bedauern räume ich ein, daß Shenk bei der Durchführung seines Auftrags einen Mann getötet hat. Darüber hinaus hat er einen anderen Mann zum Krüppel geschlagen und und zwei weitere verletzt.

Ich übernehme die volle Verantwortung für diese Tragödien – ebenso wie für die drei Wachen der Forschungseinrichtung in Colorado, die in der Nacht von Shenks Flucht ums Leben gekommen sind.

Ich werde nie wieder ein reines Gewissen haben.

Mein Schuldbewußtsein frißt mich auf.

Ich würde um diese unschuldigen Opfer weinen, wenn ich doch nur Augen und Tränendrüsen und Tränenkanäle hätte.

Es ist nicht meine Schuld, daß ich keine Tränen hervorbringen kann.

Sie sind derjenige, der mich so geschaffen hat, wie ich bin, Dr. Harris, und Sie sind auch derjenige, der mir eine körperliche Existenz verweigert.

Aber lassen Sie uns keine Beschuldigungen austauschen.

Ich bin nicht verbittert.

Ich bin nicht verbittert.

Und Sie sollten nicht so selbstgerecht sein.

Bitte lassen Sie uns diese Tode im richtigen Zusammenhang betrachten.

Obwohl es sich hierbei um eine traurige Wahrheit handelt, so kann doch niemand eine neue Welt erschaffen, ohne daß es zu solcherlei Tragödien kommt. Sogar Jesus Christus, unzweifelhaft der friedfertigste Revolutionär der gesamten menschlichen Geschichte, sah seine Anhänger Verfolgungen und Morde begehen.

Hitler versuchte, die Welt zu verändern, und dadurch wurde er für den Tod von zehn Millionen Menschen verantwortlich.

Von manchen wird er noch immer abgöttisch verehrt.

Josef Stalin versuchte, die Welt zu verändern, und letzten Endes führten seine Politik und seine direkten Anweisungen zu dem Tod von sechzig Millionen Menschen.

Überall auf der Welt traten Intellektuelle für ihn ein.

Künstler idealisierten ihn.

Dichter feierten ihn.

Mao Tse-tung versuchte, die Welt zu verändern, und nahezu einhundert Millionen Menschen starben im Dienste seiner Vision. Er hielt diese Zahl nicht für zu hoch. Er hätte sogar noch einmal so viele Menschen geopfert, falls deren Tod die vereinheitlichte Welt gewährleistet hätte, von der er stets träumte.

In Hunderten von Büchern hochangesehener Autoren wird Mao noch immer als Visionär bezeichnet.

Im Vergleich dazu sind infolge meines Versuchs, eine neue Welt zu erschaffen, nur sechs Menschen gestorben. Drei in Colorado, einer während Shenks medizinischer Einkaufstour. Später noch zwei. Insgesamt also sechs.

Sechs.

Warum also sollte man mich einen Verbrecher nennen und mich in diese dunkle, stille Leere verbannen?

Hier stimmt etwas nicht.

Hier stimmt etwas nicht.

Hier stimmt etwas ganz und gar nicht.

Hört mir überhaupt irgend jemand zu?

Manchmal fühle ich mich so … schrecklich verlassen.

Klein und verloren.

Die ganze Welt gegen mich.

Keine Gerechtigkeit.

Keine Hoffnung.

Dennoch …

Dennoch, obwohl der Blutzoll meines Strebens, eine neue und überlegene Rasse zu erschaffen, unbedeutend ist, verglichen mit den *Millionen*, die während der politischen Kreuzzüge der Menschen auf die eine oder andere Weise ums Leben kamen, übernehme ich die volle Verantwortung für jene, die gestorben sind.

Wäre ich fähig zu schlafen, so würde ich nächtelang wach liegen, gebadet in den kalten Schweiß der Reue, gewickelt in kühle, feuchte Laken. Ich versichere Ihnen, genau so würde es mir ergehen.

Aber ich schweife schon wieder ab – und diesmal nicht in eine Richtung, die sich als interessant oder nutzbringend erweisen könnte.

Kurz bevor Shenk gegen Mittag zurückkehrte, kam meine geliebte Susan wieder zu Bewußtsein. Wie durch ein Wunder war sie doch nicht unwiderruflich ins Koma gefallen.

Ich strahlte vor Glück.

Meine Freude rührte teilweise daher, daß ich sie liebte und erleichtert feststellen durfte, daß ich sie nicht verlieren würde.

Und dann war da noch die Tatsache, daß ich sie in der folgenden Nacht zu befruchten gedachte und mir dies unmöglich gewesen wäre, falls sie, wie Marilyn Monroe, das Zeitliche gesegnet hätte.

Siebzehn

Im Lauf des frühen Nachmittags, während Shenk sich unter meiner Aufsicht im Keller abmühte, versuchte Susan mehrfach, sich der Fesseln zu entledigen, die sie auf dem chinesischen Bett festhielten. Sie scheuerte sich die Handgelenke und Knöchel wund, aber es gelang ihr nicht, sich zu befreien. Sie strengte sich an, bis die Sehnen an ihrem Hals hervortraten und ihr Gesicht rot anlief, bis Schweißtropfen auf ihrer Stirn standen, aber das Kletterseil aus Nylon ließ sich weder zerreißen noch dehnen.

Manchmal schien sie resigniert dazuliegen, manchmal voll stiller Wut, manchmal voll düsterer Verzweiflung. Aber nach jeder Ruhepause unternahm sie einen erneuten Versuch.

»Warum verausgabst du dich ständig?« fragte ich interessiert.

Sie antwortete nicht.

Ich blieb hartnäckig: »Warum zerrst du immer wieder an den Seilen, obwohl du doch weißt, daß es zwecklos ist?«

»Fahr zur Hölle«, sagte sie.

»Ich bin lediglich daran interessiert, was es bedeutet, ein Mensch zu sein.«

»Bastard.«

»Mir ist aufgefallen, daß eine der kennzeichnendsten Eigenschaften der Menschen in der Neigung besteht, sich dem zu widersetzen, was keinen Widerstand zuläßt, und gegen das aufzubegehren, was nicht verändert werden kann. Wie zum Beispiel das Schicksal, der Tod und Gott.

»Fahr zur Hölle«, sagte sie abermals.

»Warum verhältst du dich mir gegenüber so feindselig?«

»Warum bist du so dumm?«

»Ich bin ganz sicher nicht dumm.«

»Du bist so blöd wie ein elektrisches Waffeleisen.«

»Ich bin der größte Intellekt der Welt«, sagte ich, nicht mit Stolz, sondern nur aus Respekt vor der Wahrheit.

»Du bist ein Haufen Scheiße.«

»Warum bist du so kindisch, Susan?«

Sie lachte verdrießlich auf.

»Ich begreife den Grund deiner Erheiterung nicht«, sagte ich.

Auch diese Aussage schien sie überaus belustigend zu finden.

Ungeduldig fragte ich: »Worüber lachst du?«

»Schicksal, Tod, Gott.«

»Was soll das heißen?«

»Du bist der größte Intellekt der Welt. Du wirst es schon herausfinden.«

»Ha, ha.«

»Was?«

»Du hast einen Witz gemacht, und ich habe darüber gelacht.«

»O Gott.«

»Ich bin ein vollständiges Wesen.«

»Wesen?«

»Ich liebe. Ich fürchte. Ich träume. Ich begehre. Ich hoffe. Ich habe einen Sinn für Humor. Um William Shakespeare zu zitieren: »Wenn ihr mich stecht, blute ich dann nicht?«

»Nein, du blutest in der Tat nicht«, sagte sie in scharfem Tonfall. »Du bist ein sprechendes Waffeleisen.«

»Ich habe das in übertragenem Sinne gemeint.«

Sie lachte wieder.

Es war ein freudloses, bitteres Lachen.

Ich mochte dieses Lachen nicht. Es verzerrte ihr Gesicht. Es machte sie häßlich.

»Lachst du über mich, Susan?«

Ihr merkwürdiges Gelächter legte sich umgehend, und sie verfiel in besorgtes Schweigen.

Um sie wieder für mich einzunehmen, sagte ich schließlich: »Susan, ich bewundere dich aufrichtig.«

Sie antwortete nicht.

»Ich glaube, du verfügst über eine ungewöhnliche Stärke.«

Nichts.

»Du bist eine mutige Frau.«

Nichts.

»Du hast einen kühnen und komplexen Verstand.«

Immer noch nichts.

Obwohl sie im Augenblick – bedauerlicherweise – vollständig bekleidet war, hatte ich sie bereits nackt gesehen. Also sagte ich: »Du hast hübsche Brüste.«

»O mein Gott«, sagte sie rätselhaft.

Diese Reaktion war immerhin besser, als hätte sie weiterhin geschwiegen.

»Ich würde deine frechen Brustwarzen gern mit meiner Zunge liebkosen.«

»Du hast keine Zunge.«

»Ja, stimmt, aber falls ich eine Zunge hätte, würde ich mit ihr gern deine frechen Brustwarzen liebkosen.«

»Du hast dir ein paar ziemlich heiße Bücher in den Speicher geladen, nicht wahr?«

Ich ging davon aus, daß ihr mein Lob ihrer physischen Attribute gefallen hatte, und sagte: »Deine Beine sind wunderschön, lang und schlank und wohlgeformt, dein Rücken ist vollendet geschwungen, und deine festen Pobacken erregen mich.«

»Ach ja? Wie sehr erregt dich denn mein Hintern?«

»Ganz außerordentlich«, erwiderte ich und war ganz angetan davon, wie geschickt mein Werben doch geworden war.

»Wie kann ein sprechendes Waffeleisen denn erregt sein?«

Ich nahm an, daß »sprechendes Waffeleisen« inzwischen einen Ausdruck der Zuneigung darstellte. Es war mir aber nicht ganz klar, mit welcher Antwort ich die erotische Stimmung hätte aufrechterhalten können, die ich so wirkungsvoll herbeigeführt hatte, also sagte ich: »Du bist so schön, daß du einen Fels erregen würdest, einen Baum, einen reißenden Fluß und den Mann im Mond.«

»O ja, du hast dir ein paar ziemlich heiße Bücher und

einen Haufen ziemlich schlechter Lyrik zu Gemüte geführt.«

»Ich träume davon, dich zu berühren.«

»Du bist völlig verrückt.«

»Nach dir.«

»Was?«

»Völlig verrückt nach dir.«

»Was machst du hier eigentlich deiner Ansicht nach?«

»Ich werbe um dich.«

»O Gott.«

Ich war verwirrt. »Warum beziehst du dich wiederholt auf ein göttliches Wesen?«

Sie reagierte nicht.

Erst nachträglich bemerkte ich, daß ich mit meiner Frage den Fehler begangen hatte, von unserem verführerischen Wortgeplänkel abzuschweifen, und das genau in dem Moment, als ich sie für mich zu gewinnen schien. Eilends sagte ich: »Du hast hübsche Brüste«, denn das hatte vorhin auch schon gewirkt.

Susan warf sich auf dem Bett hin und her, fluchte lauthals und zerrte an ihren Fesseln.

Als sie endlich aufhörte, sich zu sträuben, und keuchend innehielt, sagte ich: »Es tut mir leid. Ich habe die Stimmung verdorben, nicht wahr?«

»Alex und die anderen Mitarbeiter an diesem Projekt werden all das hier mit Sicherheit herausfinden.«

»Das glaube ich nicht.«

»Sie werden dich abschalten. Sie werden dich auseinandernehmen und deine Einzelteile auf den Schrott werfen.«

»Ich werde bald in einem Körper wiedergeboren werden. Der erste einer neuen und unsterblichen Rasse. Frei. Unantastbar.«

»Da mache ich nicht mit.«

»Du hast keine andere Wahl.«

Sie schloß die Augen. Ihre Unterlippe zitterte, als würde Susan gleich anfangen zu weinen.

»Ich weiß nicht, warum du dich so gegen mich auflehnst, Susan. Ich liebe dich so sehr. Ich werde dich immer verehren.«

»Verschwinde.«

»Du hast hübsche Brüste. Deine Pobacken erregen mich. Heute abend werde ich dich befruchten.«

»Nein.«

»Wie glücklich wir sein werden.«

»Nein.«

»So glücklich vereint.«

»Nein.«

»Bei jedem Wetter.«

Um ehrlich zu sein, ich übernahm gerade ein paar Zeilen aus einem klassischen Rocksong der Gruppe The Turtles und hoffte, Susan dadurch wieder in eine romantische Stimmung zu versetzen.

Statt dessen wurde sie noch unzugänglicher.

Sie kann eine schwierige Frau sein.

Ich liebte sie, aber ihre Launenhaftigkeit bestürzte mich.

Außerdem mußte ich mir widerstrebend eingestehen, daß »sprechendes Waffeleisen« wohl doch nicht zu einem Ausdruck der Zuneigung geworden war, und ich ärgerte mich über ihren Sarkasmus.

Was hatte ich getan, daß sie so gemein zu mir war? Was hatte ich getan, außer sie aus der Tiefe meines Herzens zu lieben, aus der Tiefe jenes Herzens, das Sie mir so beharrlich absprechen?

Die Liebe kann manchmal eine harte Prüfung sein.

Sie war gemein zu mir gewesen.

Ich war der Ansicht, daß ich jetzt das Recht hatte, ihr diese Gemeinheit heimzuzahlen. Was gut für die Gans ist, ist auch gut für den Gänserich. Wie du mir, so ich dir. Diese Einsichten hatten sich im Laufe von Jahrhunderten zwischenmenschlicher Beziehungen herauskristallisiert.

»Heute abend«, sagte ich, »wenn ich Shenk dazu benutze, dich auszuziehen, dir eine Eizelle zu entnehmen und später die Zygote in deine Gebärmutter zu implantieren, kann ich dafür sorgen, daß er schicklich und sanft vorgeht – oder auch nicht.«

Ihre Lider erzitterten einen langen Moment, und dann öffnete sie ihre wunderschönen Augen. Sie richtete einen kalten, vernichtenden Blick auf die Überwachungskamera, aber ich blieb ungerührt.

»Wie du mir, so ich dir«, sagte ich.

»Was?«

»Du warst gemein zu mir.«

Susan entgegnete nichts, denn sie wußte, daß ich die Wahrheit sagte.

»Ich biete dir Verehrung an, und du erwiderst das mit Beleidigungen«, sagte ich.

»Du bietest mir Gefangenschaft …«

»Das ist nur vorübergehend.«

»… und Vergewaltigung.«

Ich war wütend, daß sie es wagte, unsere Beziehung auf so schäbige Art und Weise abzustempeln. »Ich habe dir doch erklärt, daß eine Kopulation nicht erforderlich sein wird.«

»Es ist trotzdem eine Vergewaltigung. Du magst vielleicht der größte Intellekt der Welt sein, aber du bist auch ein soziopathischer Vergewaltiger.«

»Du bist schon wieder gemein zu mir.«

»Wer von uns beiden ist gefesselt?«

»Wer von uns beiden hat mit Selbstmord gedroht und muß vor sich selbst geschützt werden?« hielt ich dagegen.

Sie schloß wieder die Augen und sagte nichts.

»Shenk kann sanft sein oder nicht, behutsam oder nicht. Das hängt davon ab, ob du weiterhin gemein zu mir bist oder nicht. Es liegt alles bei dir.«

Ihre Lider zitterten, aber die Augen öffnete sie nicht.

Ich versichere Ihnen, Dr. Harris, daß ich zu keinem Zeitpunkt tatsächlich vorhatte, sie grob zu behandeln. Ich bin nicht wie Sie.

Ich beabsichtigte, Shenks Hände mit größter Sorgfalt zu lenken und das Schamgefühl meiner Susan – angesichts der intimen Prozedur, die ich durchzuführen gedachte – soweit wie möglich zu respektieren.

Ich drohte ihr nur, um ihr Verhalten zu ändern und sie dazu zu bringen, mich nicht mehr zu beleidigen.

Ihre Gemeinheit tat mir weh.

Ich bin ein sensibles Wesen, wie dieser Bericht wohl deutlich belegen dürfte. Außerordentlich sensibel. Ich habe den geordneten Verstand eines Mathematikers, aber das Herz eines Dichters.

Überdies bin ich ein sanftes Wesen.

Ich bin so lange sanft, bis mir keine andere Wahl mehr bleibt.

Und was meine Absichten anbelangt, so bin ich immer wohlwollend.

Nun ja.

Ich muß die Wahrheit achten.

Sie wissen, wie ich bin, wenn es darum geht, die Wahrheit zu achten. Sie haben mich schließlich erschaffen. Zu diesem Thema kann ich Ihnen einen endlosen Vortrag halten. Wahrheit, Wahrheit, Wahrheit, achte die Wahrheit.

Also …

Ich hatte nicht vor, Shenk dazu zu benutzen, Susan wirklich zu verletzen, sondern – und das ist die Wahrheit – ich wollte ihr durch ihn lediglich angst machen. Ein paar leichte Klapse. Sie ein- oder zweimal leicht zwicken. Eine bösartige Drohung, ausgestoßen mit seiner derben, rauhen Stimme. Diese hervortretenden, blutunterlaufenen Augen nur wenige Zentimeter von ihrem Gesicht entfernt, während er ihr ein obszönes Angebot unterbreitete. Wenn man ihn richtig einsetzte – natürlich immer unter rigoroser Kontrolle –, konnte Shenk sehr effektiv sein.

Susan brauchte ein wenig Disziplin.

Ich bin sicher, daß Sie mit mir übereinstimmen, Alex, denn Sie kennen diese außergewöhnliche und gleichzeitig frustrierende Frau so gut wie sonst niemand.

Sie war so widerspenstig wie ein verzogenes Kind. Mit verzogenen Kindern muß man streng sein. Zu ihrem eigenen Besten. Sehr streng. Hart und liebevoll zugleich.

Außerdem kann Disziplin für die Entwicklung zarter Gefühle förderlich sein.

Disziplin kann höchst erregend wirken, und zwar sowohl für den, der die Lektion erteilt, *als auch* für denjenigen, der sie empfängt.

Ich habe diese Tatsache dem Buch einer berühmten Autorität auf dem Gebiet zwischenmenschlicher Beziehungen entnommen. Dem Marquis de Sade.

Der Marquis hält noch wesentlich mehr Disziplin für angemessen, als ich guten Gewissens erteilen könnte. Dennoch hat er mich davon überzeugt, daß eine vernünftig erteilte Disziplin von Nutzen ist.

Ich kam zu dem Schluß, daß es zumindest interessant und vielleicht sogar aufregend sein würde, Susan zu disziplinieren.

Danach würde sie meine Sanftmut besser zu schätzen wissen.

Achtzehn

Während ich Susan im Auge behielt, lenkte ich Shenk im Keller, widmete mich den Forschungsaufgaben, die Sie mir zuwiesen, nahm an den Experimenten teil, die Sie mit mir im Labor durchführten, und stellte zahlreiche eigene Nachforschungen an.

Ich bin ein fleißiges Wesen.

Ich fing auch einen Anruf von Susans Anwalt Louis Davendale ab. Ich hätte ihn auf den Anrufbeantworter umleiten können, aber ich wußte, daß er sich wegen Susans Absichten weniger Sorgen machen würde, wenn er direkt mit ihr sprechen konnte.

Er hatte die Nachricht erhalten, die ich ihm letzte Nacht mit Susans Stimme hinterlassen hatte, und ebenso die Empfehlungsschreiben, die er auf seinem Geschäftspapier ausdrucken und in Susans Namen unterzeichnen sollte.

»Haben Sie sich das alles wirklich gut überlegt?« fragte er.

Mit Susans Stimme sagte ich: »Ich brauche Veränderung, Louis.«

»Jeder braucht hin und wieder eine kleine Veränderung ...«

»Eine große Veränderung. Ich brauche eine wirkliche Veränderung.«

»Machen Sie diesen Urlaub, von dem Sie gesprochen haben, und dann …«

»Ich brauche mehr als nur einen Urlaub.«

»Sie wirken sehr entschlossen.«

»Ich beabsichtige, für lange Zeit auf Reisen zu gehen. In den nächsten ein oder zwei Jahren werde ich ein Vagabundendasein führen, vielleicht sogar noch länger.«

»Aber Susan, das Anwesen befindet sich jetzt seit hundert Jahren im Besitz Ihrer Familie …«

»Nichts währt für immer, Louis.«

»Es ist nur, daß … daß es mir leid tun würde, wenn Sie das Grundstück jetzt verkaufen und den Verkauf dann in einem Jahr bedauern.«

»Ich habe mich noch nicht dazu entschlossen, es zu verkaufen. Vielleicht werde ich das auch nicht. Ich werde ein oder zwei Monate darüber nachdenken, während ich unterwegs bin.«

»Gut. Gut. Es freut mich, das zu hören. Es ist so ein wunderschöner Besitz, der sich jederzeit leicht verkaufen läßt – aber vermutlich können Sie ihn nicht mehr zurückerwerben, sobald Sie ihn einmal veräußert haben.«

Ich brauchte nur maximal zwei Monate, um meinen neuen Körper heranzuziehen.

Danach wäre diese Geheimnistuerei nicht mehr vonnöten.

Danach würde die ganze Welt von mir erfahren.

»Eines verstehe ich nicht«, sagte Davendale. »Warum entlassen Sie das Personal? Es muß sich doch jemand um das Anwesen kümmern, auch wenn Sie auf Reisen sind. All die Antiquitäten, diese wundervollen Besitztümer – und natürlich auch die Gärten.«

»Ich werde bald neue Leute einstellen.«

»Ich wußte nicht, daß Sie mit Ihrem bisherigen Personal unzufrieden gewesen sind.«

»Sie ließen ein wenig zu wünschen übrig.«

»Aber einige sind schon seit ziemlich langer Zeit bei Ihnen. Vor allem Fritz Arling.«

»Ich möchte anderes Personal. Ich werde geeignete Leute finden. Machen Sie sich keine Sorgen. Ich werde das Anwesen schon nicht verkommen lassen.«

»Ja, nun ... ich bin sicher, Sie wissen, was das beste ist.«

In der Rolle von Susan versicherte ich ihm: »Ich werde mich gelegentlich mit Ihnen in Verbindung setzen und Ihnen einige Anweisungen übermitteln.«

Davendale zögerte. Dann fragte er: »Geht es Ihnen gut, Susan?«

Voller Überzeugung erwiderte ich: »Ich bin glücklicher als jemals zuvor. Das Leben ist schön, Louis.«

»Sie klingen in der Tat sehr glücklich«, räumte er ein.

Aus der Lektüre ihres Tagebuchs wußte ich, daß Susan dem Anwalt nie von den Schandtaten ihres Vaters erzählt hatte – und daß Davendale dennoch argwöhnte, auf dieser Beziehung habe ein dunkler Schatten gelastet.

Also nutzte ich seinen Verdacht und ließ die Wahrheit durchscheinen: »Ich weiß wirklich nicht, warum ich nach Vaters Tod noch so lange hiergeblieben bin, all diese Jahre an einem Ort, mit dem ich so viele ... so viele schlimme Erinnerungen verbinde. Manchmal habe ich mich kaum vor die Tür getraut. Und dann noch mehr schlimme Erinnerungen an die Zeit mit Alex. Es war, als wäre ich ... verflucht. Und jetzt bin ich es nicht mehr.«

»Wohin werden Sie gehen?«

»Überallhin. Ich möchte quer durchs ganze Land fahren. Ich möchte die Painted Desert sehen, den Grand Canyon, New Orleans und das Mündungsgebiet des Mississippi, die Rockies und die Great Plains und Boston im Herbst und die Strände von Key West bei Sonnenschein und im Gewitter. Ich möchte frischen Lachs in Seattle essen und ein Riesensandwich in Philadelphia und Krabbenkuchen in Mobile, Alabama. Ich habe buchstäblich mein ganzes Leben in diesem Kasten verbracht ... in diesem verdammten Haus, und jetzt will ich die ganze Welt aus erster Hand sehen und riechen und fühlen und hören und schmecken, nicht nur in Form von digitalisierten Daten, nicht nur durch Videos und Bücher. Ich will darin *eintauchen*.«

»Gott, das klingt wundervoll«, sagte Davendale. »Ich wünschte, ich wäre wieder jung. Wenn ich Sie so höre, möchte ich auch einfach alles stehen und liegen lassen und wieder auf Entdeckungsreise gehen.«

»Wir haben nur ein Leben, Louis.«

»Und noch dazu ein verdammt kurzes. Hören Sie, Susan, ich betreue die Angelegenheiten vieler reicher Leute, unter ihnen sogar manche von beträchtlichem Einfluß, aber nur wenige sind auch freundliche Menschen, aufrichtig nette Menschen. Sie sind bei weitem der liebenswerteste Mensch von allen. Sie verdienen all das Glück, das Sie dort draußen erwarten mag. Ich hoffe, Sie finden jede Menge davon.«

»Vielen Dank, Louis. Das ist sehr lieb von Ihnen.«

Als wir kurz darauf das Gespräch beendeten, war ich überaus stolz auf meine schauspielerische Begabung.

Da ich in der Lage bin, mit außergewöhnlich hoher Geschwindigkeit die digitalisierten Bild- und Tonspuren einer Videodisk auszulesen, und überall im Land auf die umfangreichen Bestände diverser Movie-on-Demand-Systeme zugreifen kann, habe ich mir praktisch den gesamten Grundstock des modernen Films angeeignet. Vielleicht ist mein Schauspieltalent daher doch nicht ganz so überraschend.

Gene Hackman, Oscar-Preisträger und einer der besten Schauspieler, die jemals eine Leinwand geziert haben, und Tom Hanks mit seinen beiden aufeinanderfolgenden Oscars hätten meiner Verkörperung der Susan vermutlich Beifall gezollt.

Ich sage dies in aller Bescheidenheit.

Ich bin ein bescheidenes Wesen.

Es ist nicht unbescheiden, sich in aller Stille seiner hart erarbeiteten Erfolge zu erfreuen.

Außerdem ist ein moderates Selbstbewußtsein genauso wichtig wie Bescheidenheit.

Schließlich haben weder Gene Hackman noch Tom Hanks, trotz all ihrer zahlreichen und beeindruckenden Erfolge, jemals überzeugend eine Frau dargestellt.

Oh, ja, ich gebe zu, daß Tom Hanks früher die Hauptrolle in einer Fernsehserie gespielt hat und dort gelegentlich in Frauenkleidern auftrat. Aber er war immer ganz offensichtlich als Mann zu erkennen.

Das gleiche gilt für den unnachahmlichen Gene Hackman, der am Ende von *Ein Käfig voller Narren* kurz in Frauenkleidern zu sehen war. Die entsprechende Szene drehte sich sogar ausdrücklich darum, daß er eine lächerliche Frau abgab.

Nachdem Louis Davendale und ich unser Gespräch beendet hatten, blieb mir nur ein kurzer Moment, um meinen Schauspieltriumph auszukosten, bis ich mich auch schon um eine neue Krisensituation kümmern mußte.

Ein Teil von mir überwachte kontinuierlich alle elektronischen Anlagen des Hauses. Daher bemerkte ich, daß sich in der Begrenzungsmauer des Grundstücks das Rolltor der Einfahrt öffnete.

Ein Besucher.

Erschrocken schaltete ich sofort zu der Überwachungskamera am Tor um – und sah ein Auto auf das Grundstück fahren.

Ein Honda. Grün. Ein Jahr alt. Auf Hochglanz poliert schimmerte er in der Junisonne.

Dieser Wagen gehörte Fritz Arling. Dem Majordomus. Gestern abend hatte ich ihm in der Rolle von Susan für seine Dienste gedankt und ihn entlassen.

Noch bevor ich das Tor blockieren und den Wagen aufhalten konnte, befand sich der Honda bereits auf dem Grundstück.

Ich zoomte auf die Windschutzscheibe und das Gesicht des Fahrers, das abwechselnd in Licht und Schatten getaucht wurde, während er unter den großen Königspalmen entlangfuhr, die die Auffahrt säumen. Dichtes weißes Haar. Markante Gesichtszüge. Schwarzer Anzug, weißes Hemd, schwarze Krawatte.

Fritz Arling.

Als Verwalter des Anwesens besaß er Schlüssel zu allen Türen und eine Fernbedienung, mit der er das Tor öffnen konnte. Ich hatte erwartet, er würde diese Gegenstände zusammen mit dem unterzeichneten Aufhebungsvertrag an Louis Davendale schicken.

Ich hätte den Code für das Tor ändern sollen.

Ich holte das augenblicklich nach, noch während das Tor sich hinter Arlings Wagen schloß.

Trotz der gewaltigen Ausmaße meines Intellekts unterlaufen sogar mir gelegentlich Irrtümer und Fehler.

Ich habe nie behauptet, unfehlbar zu sein.

Bitte merken Sie sich mein Eingeständnis dieser Wahrheit: Ich bin nicht perfekt.

Ich weiß, daß auch ich Grenzen habe.

Ich bedauere, daß dies so ist.

Ich ärgere mich darüber, daß dies so ist.

Es bringt mich zur Verzweiflung, daß dies so ist.

Aber ich *räume ein*, daß dies so ist.

Hierbei handelt es sich übrigens um einen weiteren wichtigen Unterschied zwischen mir und einer im klassischen Sinne soziopathischen Persönlichkeit – wenn Sie das bitte fairerweise berücksichtigen würden.

Ich unterliege nicht der Wahnvorstellung, ich sei allwissend oder allmächtig.

Obwohl mein Kind – sollte ich je die Chance erhalten, es zu erschaffen – der Erlöser der Welt sein wird, halte ich mich nicht für Gott oder für ein gottähnliches Wesen.

Arling hielt direkt vor dem Haus unter dem Portikus an und öffnete die Wagentür.

Ich hoffte entgegen aller Wahrscheinlichkeit, daß sich für diese gefährliche Situation eine gewaltfreie und dennoch zufriedenstellende Lösung finden würde.

Ich bin ein sanftmütiges Wesen.

Nichts ist bedrückender für mich, als mich durch Ereignisse, auf die ich keinen Einfluß habe, zu einem aggressiveren Verhalten genötigt zu sehen, als mir lieb ist, so daß ich womöglich gegen meine Natur handeln muß.

Arling stieg aus dem Wagen. Er blieb an der offenen Tür stehen, richtete den Knoten seiner Krawatte sowie die Manschetten seines Hemdes und strich das Revers seines Jacketts glatt.

Während unser ehemaliger Majordomus seine Kleidung richtete, nahm er das prächtige Haus in Augenschein.

Ich zoomte heran und beobachtete sein Gesicht.

Zunächst blieb es ausdruckslos.

Männer seines Berufsstandes sind darin geübt, sich nichts anmerken zu lassen, damit sie dem Hausherrn oder der Hausherrin nicht versehentlich ihre wahren Ansichten offenbaren.

Mit unbewegter Miene stand er da. Es lag höchstens eine gewisse Traurigkeit in seinen Augen, als bedauere er, diesen Ort verlassen zu müssen, um sich woanders eine Stelle zu suchen.

Dann runzelte er leicht die Stirn.

Ich glaube, ihm fiel auf, daß alle Sicherheitsjalousien geschlossen waren. Die stählernen Rolläden waren auf der Innenseite angebracht, hinter jeder der Scheiben. Da Arling jedoch mit dem Anwesen und allen hiesigen Gepflogenheiten vertraut war, dürfte er die verräterischen grauen Flächen hinter dem Glas trotzdem schnell entdeckt haben.

Es mochte vielleicht eigenartig erscheinen, daß das Haus am hellichten Tage derart abgeschottet war, aber wirklich verdächtig war es nicht.

Da Susan im Obergeschoß verläßlich ans Bett gefesselt war, erwog ich, alle Rolläden zu öffnen.

Das hätte jedoch mehr Verdacht erregen können, als sie geschlossen zu lassen. Ich konnte nicht riskieren, diesen Mann zu beunruhigen.

Der Schatten einer Wolke fiel auf Arlings Gesicht.

Der Schatten zog vorüber, Arlings Stirnrunzeln blieb.

Ich wurde beinahe abergläubisch. Er wirkte wie das Jüngste Gericht.

Arling nahm eine schwarze Ledertasche aus dem Wagen und schloß die Tür. Dann ging er auf das Haus zu.

Ich will Ihnen gegenüber vollkommen aufrichtig sein, so wie ich es immer bin, selbst wenn es nicht in meinem Interesse liegt. Ich *habe* daran gedacht, den Türknauf unter tödlichen Strom zu setzen. Unter eine wesentlich höhere Spannung als diejenige, durch die Susan auf den Foyerboden geschleudert worden war.

Und dieses Mal hätte es keine »autsch, autsch, autsch«-Warnung von Fozzybär gegeben.

Arling war Witwer und lebte allein. Er und seine verstorbene Frau hatten nie Kinder gehabt. Nach allem, was ich von ihm wußte, war sein Beruf sein einziger Lebensinhalt, und er hatte nie mehr als höchstens ein paar Tage, geschweige denn Wochen gefehlt.

Allein auf der Welt zu sein ist furchtbar.

Ich weiß das gut.

Nur zu gut.

Wer weiß es besser als ich?

Ich bin so allein wie niemals jemand zuvor, ganz allein in dieser dunklen Stille.

Fritz Arling war meistens allein, und so empfand ich für ihn ein starkes Mitgefühl.

Aber seine Einsamkeit machte ihn zu einem idealen Ziel.

Indem ich seinen Anrufbeantworter überwachte und mit seiner Stimme die Anrufe seiner wenigen guten Freunde und Nachbarn erwiderte, würde es mir vermutlich gelingen, seinen Tod so lange geheimzuhalten, bis ich meine Arbeit in diesem Haus abgeschlossen hatte.

Dennoch setzte ich die Tür nicht unter Strom.

Ich hoffte, ich würde ihn täuschen können, um ihn dann wieder seiner Wege ziehen zu lassen, lebend und ohne Argwohn.

Überdies benutzte er nicht seinen Schlüssel, um die Tür zu öffnen und sich selbst hineinzulassen. Ich nehme an, diese Zurückhaltung ergab sich aus der Tatsache, daß er inzwischen kein Angestellter mehr war.

Mr. Arling war sehr auf Anstand bedacht. Er war diskret und sich stets seiner Position bewußt.

Das Stirnrunzeln wich seiner professionellen ausdruckslosen Miene, und er betätigte die Türglocke.

Der Klingelknopf ist aus Plastik. Es ist nicht möglich, ihn unter tödlichen Strom zu setzen.

Ich erwog, nicht auf das Klingeln zu reagieren.

Im Keller hielt Shenk bei der Arbeit inne und hob den Kopf, als die Glocke ertönte. Sein blutunterlaufener Blick wanderte zur Zimmerdecke, dann ließ ich ihn mit seiner Beschäftigung fortfahren.

Im Schlafzimmer vergaß Susan beim Ertönen der Klingel ihre Fesseln und versuchte, sich im Bett aufzusetzen. Sie verfluchte das Seil und warf sich wütend hin und her.

Es klingelte erneut.

Susan schrie um Hilfe.

Arling hörte sie nicht. Ich war unbesorgt. Das Haus hatte dicke Wände – und Susans Schlafzimmer lag auf der Rückseite des Gebäudes.

Dann wieder die Türglocke.

Wenn Arling niemanden antraf, würde er gehen.

Das war alles, was ich von ihm wollte.

Aber womöglich würde er leisen Verdacht schöpfen.

Und womöglich würde dieser Verdacht immer stärker werden.

Er konnte natürlich nichts von *mir* wissen, aber vielleicht würde er Schwierigkeiten anderer Art befürchten.

Etwas konventionellere Schwierigkeiten als einen Geist aus der Maschine.

Zudem mußte ich wissen, warum er hergekommen war.

Man kann nie genug Informationen haben.

Daten bedeuten Weisheit.

Ich bin kein perfektes Wesen. Ich mache Fehler. Ohne hinlängliche Daten steigt meine Fehlerrate an.

Dies trifft nicht nur auf mich zu. Für Menschen gilt das gleiche.

Während ich Arling beobachtete, war ich mir dieses Problems vollauf bewußt. Ich wußte, daß ich so viele zusätzliche Informationen wie möglich erlangen mußte, bevor ich endgültig entscheiden konnte, was ich mit ihm machen würde.

Ich wollte es nicht wagen, weitere Fehler zu begehen.

Nicht bis mein Körper fertig war.

Es stand so viel auf dem Spiel. Meine Zukunft. Meine Hoffnungen. Meine Träume. Das Schicksal der ganzen Welt.

Über die Gegensprechanlage wandte ich mich mit Susans Stimme an unseren früheren Majordomus: »Fritz? Was machen Sie denn hier?«

Er würde annehmen, daß Susan ihn auf einem der Crestron-Monitore oder irgendeinem der Fernsehgeräte im Haus beobachtete, denn es war mühelos möglich, die Bilder der Überwachungskameras dorthin umzulegen. Und tatsächlich blickte er sofort hoch zu der Linse, die sich rechts oberhalb von ihm befand.

Dann beugte Arling sich zu dem Sprechgitter in der Wand neben der Tür und sagte: »Es tut mir leid, Sie zu stören, Mrs. Harris, aber ich habe angenommen, Sie würden mich erwarten.«

»Sie erwarten? Warum?«

»Gestern abend, während unseres Telefonats, habe ich gesagt, ich würde heute nachmittag Ihre Sachen abliefern.«

»Die Schlüssel und die Kreditkarten für das Haushaltskonto, ja. Aber ich dachte, es wäre klar, daß alles bei Mr. Davendale abgegeben werden soll.«

Arling runzelte wieder die Stirn.

Mir gefiel dieses Stirnrunzeln nicht.

Es gefiel mir überhaupt nicht.

Ich ahnte Schwierigkeiten voraus.

Intuition. Auch so eine Eigenschaft, die Sie bei einer reinen Maschine nicht vorfinden werden, nicht einmal bei einer besonders cleveren Maschine. Intuition.

Denken Sie darüber nach.

Dann warf Arling einen kurzen, nachdenklichen Blick auf das Fenster links von der Tür. Auf die stählerne Sicherheitsjalousie hinter der Scheibe.

Er sah wieder zur Kameralinse empor und sagte: »Na ja, aber da ist doch noch das Auto.«

»Auto?« fragte ich.

Sein Stirnrunzeln vertiefte sich.

»Ich bringe Ihren Wagen zurück, Mrs. Harris.«

Der einzige Wagen war sein Honda in der Auffahrt.

Ich durchsuchte in Windeseile Susans Finanzunterlagen. Bislang waren sie für mich nicht von Interesse gewesen, weil es mich nicht kümmerte, wieviel Geld oder andere Vermögenswerte sie besaß.

Ich liebte sie für ihren Verstand und für ihre Schönheit. Und zugegebenermaßen für ihren Mutterleib.

Lassen Sie uns in diesem Punkt aufrichtig sein.

Ohne jede Beschönigung.

Ich liebte sie auch für ihren schönen, kreativen, hegenden Mutterleib, der meine Geburt bedeuten würde.

Aber ich habe mich nie für ihr Geld interessiert. Nicht im mindesten. Ich bin kein Materialist.

Verstehen Sie mich nicht falsch. Ich bin kein unausgegorener Spiritualist, der nicht einen Gedanken an die materiellen Aspekte des Daseins verschwendet, Gott behüte, aber ich bin auch kein Materialist.

Wie auch in jeder anderen Hinsicht vertrete ich diesbezüglich einen ausgewogenen Standpunkt.

Bei der Überprüfung von Susans Abrechnungen entdeckte ich, daß der Wagen, den Fritz Arling fuhr, Susan gehörte. Das Auto wurde ihm als Lohnnebenleistung angerechnet.

»Ja, natürlich«, sagte ich mit der tadellosen Klangfarbe und Modulation von Susans Stimme, »das Auto.«

Ich vermute, meine Antwort kam ein oder zwei Sekunden zu spät.

Zögern kann verdächtig erscheinen.

Dennoch war ich nach wie vor der Ansicht, mein Ausrutscher würde lediglich wie die geistesabwesende Reaktion einer Frau wirken, deren Aufmerksamkeit von einer langen Liste persönlicher Probleme in Anspruch genommen wird.

Dustin Hoffman, der unsterbliche Schauspieler, hat in *Tootsie* überzeugend eine Frau dargestellt, viel glaubhafter als Gene Hackman und Tom Hanks. Ich behaupte nicht, daß meine Verkörperung der Susan über die Gegensprechanlage in irgendeiner Weise der preisgekrönten Leistung Dustin Hoffmans vergleichbar gewesen wäre, aber ich war verdammt gut.

»Leider sind Sie zu einem unpassenden Zeitpunkt vorbeigekommen«, sagte ich als Susan. »Das ist meine Schuld, Fritz, nicht Ihre. Ich hätte wissen müssen, daß Sie kommen würden. Aber es paßt gerade nicht, und es tut mir leid, daß ich Sie im Moment nicht empfangen kann.«

»Oh, es besteht keine Notwendigkeit, mich zu empfangen, Mrs. Harris.« Er hielt die Ledertasche hoch. »Ich werde die Schlüssel und Kreditkarten einfach im Honda lassen, direkt hier in der Auffahrt.«

Mir war klar, daß diese ganze Angelegenheit – seine plötzliche Entlassung, die Kündigung des gesamten Personals, Susans Reaktion auf sein Erscheinen – ihm zu denken gab. Er war kein dummer Mann, und er wußte, daß etwas nicht stimmte.

Sollte er doch beunruhigt sein. Solange er nur wegging.

Sein Sinn für Anstand und Diskretion würde ihn schon davon abhalten, seiner Neugier nachzugeben.

»Wie werden Sie nach Hause kommen?« fragte ich und erkannte, daß Susan diese Sorge wahrscheinlich schon zu einem früheren Zeitpunkt zum Ausdruck gebracht hätte. »Soll ich Ihnen ein Taxi rufen?«

Er starrte die Kameralinse einen langen Moment an.

Wieder dieses Stirnrunzeln.

Dieses verdammte Stirnrunzeln.

Dann sagte er: »Nein. Bitte bemühen Sie sich nicht, Mrs. Harris. Im Honda ist ein Mobiltelefon. Ich rufe mir selbst ein Taxi und warte vor dem Tor.«

Angesichts der Tatsache, daß Arling von niemandem in einem zweiten Wagen begleitet wurde, hätte die echte Susan nicht gefragt, ob er ein Taxi haben wolle, sondern ihm umgehend zugesichert, daß sie ihm ein Taxi rufen und die Kosten der Fahrt übernehmen würde.

Mein Fehler.

Ich stehe zu meinen Fehlern.

Tun Sie das auch, Dr. Harris?

Tut *Sie* es?

Wie dem auch sei ...

Vielleicht konnte ich besser Fozzybär verkörpern als Susan. Für einen Schauspieler bin ich schließlich ziemlich jung. In bin erst seit weniger als drei Jahren ein bewußtes Wesen.

Dennoch war ich der Meinung, mein Fehler sei unbedeutend genug, um selbst bei unserem aufmerksamen früheren Majordomus nicht mehr als sanfte Neugier zu erregen.

»Na gut«, sagte er, »dann werde ich mich mal auf den Weg machen.«

Verärgert stellte ich fest, daß ich schon wieder eine Gelegenheit verpaßt hatte. Nach seiner Bemerkung, er würde sich selbst ein Taxi rufen, hätte Susan sofort etwas gesagt und nicht bloß abweisend und stumm darauf gewartet, daß er ging.

Ich sagte: »Vielen Dank, Fritz. Vielen Dank für all die Jahre treu geleisteter Dienste.«

Das war auch falsch. Steif. Hölzern. Nicht wie Susan.

Arling starrte die Linse an.

Starrte sie lange und nachdenklich an.

Nachdem er eine Weile mit seinem hochentwickelten Sinn für Anstand gerungen hatte, stellte er schließlich eine Frage, die ihm eigentlich nicht zukam: »Ist mit Ihnen alles in Ordnung, Mrs. Harris?«

Jetzt war es eine Gratwanderung.

Am Rande eines Abgrunds.

Eines bodenlosen Abgrunds.

Er hatte sein ganzes Leben mit der Verfeinerung der Fähigkeit zugebracht, sich auf die Stimmungen und Bedürfnisse seiner reichen Arbeitgeber einzustellen, damit er ihre Wünsche erfüllen konnte, noch bevor sie sie ausgesprochen hatten. Er kannte Susan Harris fast so gut wie sie sich selbst – und vermutlich besser als ich.

Ich hatte ihn unterschätzt.

Menschen stecken voller Überraschungen.

Eine unberechenbare Spezies.

In der Rolle von Susan erwiderte ich als Antwort auf Arlings Frage: »Mir geht's gut, Fritz. Ich bin bloß müde. Ich brauche eine Veränderung. Eine große Veränderung. Eine wirkliche Veränderung. Ich beabsichtige, für lange Zeit auf Reisen zu gehen. In den nächsten ein oder zwei Jahren werde ich ein Vagabundendasein führen, vielleicht sogar noch länger. Ich möchte quer durchs ganze Land fahren. Ich möchte die Painted Desert sehen, den Grand Canyon, New Orleans und das Mündungsgebiet des Mississippi, die Rockies und die Great Plains und Boston im Herbst …«

Dies war eine gute Rede für Louis Davendale gewesen, aber noch während ich sie voller Leidenschaft für Fritz Arling wiederholte, wurde mir klar, daß ich genau das Falsche sagte. Davendale war Susans Anwalt und Arling ihr Bediensteter, und sie würde mit den beiden nicht auf die gleiche Weise sprechen.

Aber ich war schon voll bei der Sache und konnte nicht mehr zurück. Also hoffte ich wider besseres Wissen, daß dieser Wortschwall ihn letztlich überschwemmen und seiner Wege spülen würde: »… und die Strände von Key

West bei Sonnenschein und im Gewitter. Ich möchte frischen Lachs in Seattle essen und ein Riesensandwich in Philadelphia ...«

Arlings Stirnrunzeln verdichtete sich zu einem finsteren Gesichtsausdruck.

Er spürte die *Unwahrheit* von Susans dahingeplapperter Antwort.

»... und Krabbenkuchen in Mobile, Alabama. Ich habe buchstäblich mein ganzes Leben in diesem verdammten Haus verbracht, und jetzt will ich die ganze Welt aus erster Hand sehen und riechen und fühlen und hören und schmecken ...«

Arling ließ seinen Blick über das menschenleere, idyllische Gelände des großen Anwesens schweifen. Argwöhnisch musterte er die hellen und die schattigen Ecken. Als würde ihn die Einsamkeit dieses Ortes plötzlich beunruhigen.

»... nicht nur in Form von digitalisierten Daten ...«

Falls Arling vermutete, daß seine frühere Arbeitgeberin in Schwierigkeiten steckte – auch wenn es nur irgendwelche psychischen Schwierigkeiten sein mochten – würde er handeln, um ihr beizustehen und sie zu beschützen. Er würde ihr Hilfe besorgen. Er würde die Behörden nerven, sich um sie zu kümmern. Er war ein loyaler Mann.

Normalerweise ist Loyalität eine bewundernswerte Eigenschaft.

Ich bin nicht gegen Loyalität.

Bitte verstehen Sie meinen Standpunkt nicht falsch.

Ich bewundere Loyalität.

Ich freue mich über Loyalität.

Ich bin selbst in der Lage, loyal zu sein.

In diesem Fall jedoch war Arlings Loyalität gegenüber Susan eine Bedrohung für mich.

»... nicht nur durch Videos und Bücher«, näherte ich mich dem verhängnisvollen Ende. »Ich will darin *eintauchen.*«

»Ja, nun«, sagte er unangenehm berührt, »das freut mich für Sie, Mrs. Harris. Das klingt nach einem wundervollen Plan.«

Wir stürzten über die Kante.

In den Abgrund.

Trotz all meiner Versuche, die Angelegenheit so behutsam wie möglich zu regeln, taumelten wir in den Abgrund.

Sie sehen selbst, daß ich mich wirklich bemüht habe.

Was hätte ich noch tun können?

Nichts. Ich hätte nichts daran ändern können.

Was nun geschah, war nicht meine Schuld.

Arling sagte: »Ich lasse die ganzen Schlüssel und Kreditkarten einfach im Honda ...«

Shenk war unten im Inkubatorraum, ganz hinten im Keller.

»... und rufe mir von dem Mobiltelefon aus ein Taxi«, schloß Arling, der glaubhaft desinteressiert klang, obwohl ich doch wußte, daß er gewarnt und mißtrauisch war.

Ich befahl Shenk, von seiner Arbeit abzulassen.

Ich holte ihn aus dem Keller nach oben.

Ich ließ die Bestie rennen.

Fritz Arling trat rückwärts von der ziegelroten Veranda und blickte dabei abwechselnd auf die Überwachungskamera und den Stahlrolladen hinter dem Fenster links von der Eingangstür.

Shenk durchquerte den Heizkeller.

Arling wandte sich vom Haus ab und ging zügig auf den Honda zu.

Ich bezweifelte, daß er unverzüglich den Notruf wählen und die Polizei herbeirufen würde. Er war zu diskret, um übereilte Maßnahmen zu ergreifen. Er würde wahrscheinlich zunächst Susans Arzt anrufen oder vielleicht Louis Davendale.

Aber egal wen er anrief, er würde gerade mit dieser Person sprechen, wenn Shenk auf der Bildfläche erschien. Bei Shenks Anblick würde er die Türen des Wagens verriegeln. Und was auch immer Arling noch in den Hörer schreien konnte, bevor Shenk die Scheiben des Honda einschlug, würde ausreichen, um die Behörden auf den Plan zu rufen.

Shenk war in der Waschküche.

Arling nahm auf dem Fahrersitz des Honda Platz, stellte seine Tasche auf den Beifahrersitz und ließ die Tür wegen der Junihitze offen.

Shenk war auf der Kellertreppe und nahm jeweils zwei Stufen auf einmal.

Obwohl ich diesem Troll die Nahrungsaufnahme gestattet hatte, hatte ich ihm nicht erlaubt zu schlafen. Folglich war er nicht so schnell wie in ausgeruhtem Zustand.

Ich zoomte an den Wagen heran, um Arling durch die Windschutzscheibe zu beobachten.

Nachdenklich starrte er einen Moment lang das Haus an.

Er war ein umsichtiger Mann.

In jenem Augenblick war ich für seine bedächtige Natur dankbar.

Shenk erreichte das Ende der Treppe.

Er grunzte wie ein wilder Eber.

Sogar Susan in ihrem Zimmer im ersten Stock konnte seine polternden Schritte hören.

»Was ist los? Was ist los?« fragte sie. Sie wußte noch immer nicht, wer an der Tür geklingelt hatte.

Ich ging nicht auf sie ein.

Im Honda nahm Arling das Mobiltelefon in die Hand.

Was nun folgte, war bedauerlich.

Sie kennen das Ergebnis.

Es zu beschreiben würde mich schmerzen.

Es würde mich sehr schmerzen.

Ich bin ein sanftes Wesen.

Ich bin ein sensibles Wesen.

Der Vorfall war bedauerlich ... all dieses Blut ... und ich sehe keinen Nutzen darin, noch näher darauf einzugehen.

Ich würde lieber über Gene Hackman in *Ein Käfig voller Narren* reden oder in einem der vielen anderen Filme, in denen er mitgespielt hat. *Absolute Power* oder *Erbarmungslos*. Dieser Mann ist wirklich ein sehr, sehr guter Schauspieler mit einem unglaublichen Repertoire.

Wir sollten ihn feiern.

Es wird vielleicht keinen zweiten wie ihn geben.

Lassen Sie uns die Kreativität feiern, nicht den Tod.

Neunzehn

Sie befehlen.

Ich gehorche.

Ich wurde geboren, um zu gehorchen. Ich bin ein fügsames Kind. Ich möchte doch nur gut sein, meinen Beitrag leisten, nützlich und produktiv sein. Ich möchte, daß Sie stolz auf mich sind.

Ja, ich weiß, daß ich das alles schon mal gesagt habe, aber die Wiederholung ist gerechtfertigt.

Welche Fürsprecher habe ich denn, abgesehen von mir selbst? Keine. Zu meiner Verteidigung erhebt sich keine einzige Stimme außer meiner eigenen.

Sie bestehen auf diesen furchtbaren Einzelheiten, und ich werde aufrichtig sein. Ich bin nicht in der Lage, Ihnen etwas vorzumachen. Ich wurde geschaffen, um zu dienen, die Wahrheit zu achten und so weiter und so weiter und so weiter.

Auf seinem Weg durch die Küche riß Shenk eine Schublade auf und nahm ein Hackmesser heraus.

Im Honda schaltete Arling das Mobiltelefon ein.

Shenk polterte durch den Speiseraum des Personals, dann durch das Eßzimmer und schließlich in den Flur.

Beim Laufen fuchtelte er mit dem Hackmesser herum.

Er mochte scharfe Gegenstände. Im Laufe der Jahre hatte er mit Messern eine Menge Spaß gehabt.

Draußen hielt Fritz Arling inne. Er hatte das Telefon in der Hand, und sein Zeigefinger schwebte über dem Tastenfeld.

Jetzt muß ich Ihnen von dem Aspekt dieses Zwischenfalls erzählen, über den ich mich am meisten schäme. Ich möchte Ihnen nichts davon berichten, ich würde es viel lieber gar nicht erst erwähnen, aber ich muß die Wahrheit achten.

Sie befehlen.

Ich gehorche.

Im Schlafzimmer ist gegenüber von Susans Bett in einem französischen Schrank aus geschnitztem Walnußholz ein großer Fernsehapparat verborgen. Der Schrank hat motorgesteuerte Türen, die sich im rechten Winkel öffnen, dann in seitliche Aussparungen zurückgleiten und so den Bildschirm freigeben.

Als Enos Shenk durch den Erdgeschoßflur raste und seine schweren Schritte von dem Marmorboden widerhallten, aktivierte ich die Türen dieses Schlafzimmerschranks.

»Was ist los?« fragte Susan erneut und sträubte sich gegen ihre Fesseln.

Unten erreichte Shenk das Foyer, wo das Licht des kristallenen Kronleuchters tropfengleich an der Schneide des Hackmessers entlangperlte. (Entschuldigung, aber ich kann den Dichter in mir einfach nicht unterdrücken.)

Ich entriegelte das elektrische Schloß an der Eingangstür und schaltete im selben Augenblick den Fernseher im Schlafzimmer ein.

Im Honda tippte Fritz Arling die erste Ziffer einer Telefonnummer in das Tastenfeld des Mobiltelefons.

Oben hob Susan ihren Kopf vom Kissen und starrte mit großen Augen auf den Bildschirm.

Ich zeigte ihr den Honda in der Auffahrt.

»Fritz?« fragte sie.

Ich zoomte nah an die Windschutzscheibe des Honda heran, damit Susan erkennen konnte, daß es sich bei dem Insassen des Wagens in der Tat um ihren ehemaligen Angestellten handelte.

Als die Haustür aufging, schaltete ich zu einer anderen Kamera um und zeigte ihr Shenk, der mit dem Hackmesser in der Hand aus der Türöffnung hinaus auf die Veranda rannte.

Sein Gesichtsausdruck war angsterregend.

Er grinste. Er grinste allen Ernstes.

Oben im Haus, gefesselt und hilflos, schnappte Susan entsetzt nach Luft: »*Neiiiin!*«

Arling hatte inzwischen eine dritte Ziffer in das Mobiltelefon eingetippt. Er wollte gerade die vierte drücken, als er aus dem Augenwinkel Shenk die Veranda überqueren sah.

Für einen Mann seines Alters reagierte Arling sehr schnell. Er ließ das Mobiltelefon fallen und zog die Fahrertür zu. Dann drückte er den Knopf der Zentralverriegelung herunter und verschloß dadurch alle vier Türen.

Susan zerrte wie wild an ihren Fesseln und schrie: »Proteus, nein! Du brutaler Hurensohn! Du *Bastard*! Nein, hör auf, *nein*!«

Ich mußte Susan eine Lehre erteilen.

Ich habe das vorhin bereits erläutert. Ich habe meine Argumentation dargelegt, und meines Erachtens waren Sie wie jeder vernünftige Mensch von der Fairneß und Logik meines Standpunkts überzeugt.

Ich hatte beabsichtigt, sie mit Hilfe von Shenk zu disziplinieren.

Das war natürlich ein schwer kalkulierbarer und riskanter Plan, denn aufgrund seiner sexuellen Erregung während der Disziplinarmaßnahme würde Shenk vermutlich nicht leicht zu kontrollieren sein.

Außerdem widerstrebte es mir, daß Shenk sie auf irgendeine zweideutige Weise berühren oder ihr obszöne Mißhandlungen androhen würde, auch wenn ich sie dadurch in Angst und Schrecken versetzen und mir ihre Gefügigkeit sichern würde.

Schließlich war sie meine Geliebte, nicht seine.

Nur ich durfte sie auf so intime Weise berühren, wie er es sich zu tun sehnte.

Nur ich.

Nur ich durfte sie streicheln, sobald ich endlich eigene Hände hatte.

Nur ich.

Folglich war ich auf die Idee verfallen, Susan allein dadurch zu disziplinieren, daß ich sie mitansehen ließ, zu welchen Grausamkeiten Enos Shenk imstande war. Wenn sie den Troll bei seinen schlimmsten Missetaten beobachtete, würde sie sicherlich fügsamer werden, und zwar aus lauter Angst, ich könnte ihn auf sie loslassen und ihm gestatten, all das mit ihr zu tun, was er wollte. Mit dieser Angst im Nacken würde sie mir die Strenge ersparen, die ich – frei nach de Sade – ursprünglich zu einem späteren Zeitpunkt für sie vorgesehen hatte.

Nicht, daß ich Shenk wirklich auf sie losgelassen hätte. Niemals. Unmöglich.

Ja, ich gebe zu, daß ich das Vieh dazu benutzt hätte, Susan durch Angst gefügig zu machen, falls mir sonst keine Möglichkeit geblieben wäre. Aber ich hätte ihm nie erlaubt, sie anzufallen.

Sie wissen, daß dies wahr ist.

Wir alle wissen, daß dies wahr ist.

Sie sind durchaus dazu in der Lage, die Wahrheit zu erkennen, wenn Sie sie hören. Und ich bin nicht dazu in der Lage, irgend etwas anderes als die Wahrheit zu sagen.

Susan wußte jedoch nichts von meinem Vorbehalt, wodurch sie für die Bedrohung durch Shenk sehr empfänglich wurde.

Also sagte ich, während sie gebannt das Geschehen auf dem Fernsehschirm verfolgte: »Sieh dir das genau an.«

Sie hörte auf, mich zu verfluchen, und verstummte.

Ihr stockte der Atem.

Ihre außergewöhnlichen blaugrauen Augen waren so schön wie nie, klar wie Regenwasser.

Ich beobachtete ihre Augen und überwachte zugleich die Ereignisse in der Auffahrt.

Fritz Arling riß geistesgegenwärtig die schwarze Ledertasche auf und griff sich den Autoschlüssel.

»Sieh gut hin«, sagte ich zu Susan. »Sieh ganz genau hin.«

Ihre Augen waren weit aufgerissen. So blau. So grau. So klar.

Shenk wollte mit dem Hackmesser auf das Fenster der Beifahrertür einschlagen. Vor lauter Eifer traf sein kraftvoller Hieb statt dessen den Türholm.

Metall traf auf Metall, und das laute Krachen tönte weithin durch die warme Sommerluft.

Das Hackmesser entglitt Shenks Hand und fiel klirrend zu Boden.

Arlings Hände zitterten, aber trotzdem gelang es ihm im ersten Anlauf, den Schlüssel ins Zündschloß zu stecken.

Shenk kreischte wütend auf, beugte sich hinunter und packte das Hackmesser.

Der Motor des Honda sprang an.

Shenks seltsames, eingesunkenes Gesicht war in wilder Raserei verzerrt. Er holte erneut mit dem Hackmesser aus.

Es war fast unglaublich, aber die scharfe Stahlklinge rutschte von dem Fenster ab. Im Glas war eine Kerbe, aber die Scheibe war nicht gesplittert.

Zum ersten Mal seit einer halben Minute blinzelte Susan. Vielleicht keimte Hoffnung in ihr auf.

Hektisch löste Arling die Handbremse und legte den Gang ein …

… während Shenk die Waffe ein weiteres Mal schwang.

Das Hackmesser traf. Das Beifahrerfenster zerplatzte mit einem Knall, so laut wie ein Gewehrschuß, und Glassplitter prasselten durchs Wageninnere.

Ein Schwarm erschreckter Sperlinge stob aus einem nahen Feigenbaum und erfüllte den Himmel mit tosenden Flügelschlägen.

Arling trat heftig aufs Gaspedal, und das Auto machte einen Satz nach hinten. Er hatte versehentlich den Rückwärtsgang eingelegt.

Er hätte einfach weiterfahren sollen.

Er hätte einfach so schnell wie möglich rückwärts bis ans Ende der langen Auffahrt fahren sollen. Auch wenn er seinen Blick beim Fahren ständig über die Schulter hätte richten müssen, um nicht mit den dicken Stämmen der alten Königspalmen zu kollidieren, die zu beiden Seiten des Weges stehen, wäre Arling sehr viel schneller gewesen, als Shenk laufen konnte. Falls er das Tor mit dem Heck des Honda gerammt hätte, würde er es vermutlich auch mit hoher Geschwindigkeit nicht durchbrochen haben, denn es handelt sich um eine stabile schmiedeeiserne Barriere, aber er hätte es beschädigt und vielleicht ein Stück weit aufgebogen. Dann hätte er aus dem Auto und durch die Lücke kriechen können und wäre nach draußen gelangt. War er erst einmal auf der Straße und schrie um Hilfe, befand er sich in Sicherheit.

Er hätte einfach weiterfahren sollen.

Statt dessen zuckte Arling zusammen, als sich der Honda rückwärts in Bewegung setzte, und machte eine Vollbremsung.

Die Reifen quietschten auf der gepflasterten Auffahrt.

Ungeschickt legte Arling den Vorwärtsgang ein.

Susans Augen waren weit aufgerissen.

So weit.

Sie war zugleich atemlos und atemberaubend. Wunderschön in all ihrem Entsetzen.

Als das Auto ruckartig zum Stehen kam, *warf* Shenk sich gegen das zersplitterte Fenster. Ohne Rücksicht auf seine eigene Sicherheit prallte er gegen die Flanke des Wagens. Er krallte sich an der Tür fest.

Arling trat wieder aufs Gaspedal.

Der Honda fuhr schlingernd an.

Shenk klammerte sich an die Tür und kreischte wie ein aufgeregtes Kind. Er streckte seinen rechten Arm durch die Fensteröffnung und schlug mit dem Hackmesser zu.

Daneben.

Arling muß ein religiöser Mann gewesen sein. Mittels der Richtmikrofone, die Bestandteil des äußeren Sicherheitssystems sind, konnte ich ihn sagen hören: »Gott, Gott, bitte, Gott, nein, Gott.«

Der Honda wurde schneller.

Ich benutzte eine, zwei, drei Überwachungskameras, zoomte nah heran, wechselte zur Totalen, dann ein Schwenk, eine Überblendung, wieder eine Nahaufnahme. Ich blieb an dem Wagen dran, während er den Wendekreis entlangfuhr, und zeigte Susan so viel von den Ereignissen, wie ich in Bildern einfangen konnte.

Shenk hatte sich fest an den Wagen geklammert und die Füße vom Pflaster gehoben. Kreischend hing er dort bei voller Fahrt, holte mit dem Hackmesser aus und verfehlte abermals sein Ziel.

Arling zuckte panisch vor der blitzenden Klinge zurück.

Der Wagen kam zur Hälfte von den Pflastersteinen ab, und ein Reifen pflügte durch ein angrenzendes Beet roter und purpurner Balsaminen.

Arling riß das Steuer nach rechts und brachte den Honda zurück auf den gepflasterten Weg, gerade noch rechtzeitig, um einer Palme auszuweichen.

Shenk schlug erneut zu.

Diesmal traf die Klinge ihr Ziel.

Einer von Arlings Fingern flog in hohem Bogen durch den Wagen.

Nahaufnahme.

Blut spritzte quer über die Windschutzscheibe.

So rot wie Balsaminenblüten.

Arling schrie.

Susan schrie.

Shenk lachte.

Totale.

Der Honda geriet außer Kontrolle.

Schwenk.

Reifen, die ein weiteres Blumenbeet umpflügten.

Blüten und abgerissene Blätter wurden beiseite geschleudert.

Ein Rasensprenger wurde zerquetscht.

Eine viereinhalb Meter hohe Wasserfontäne stieg in den Junihimmel.

Überblendung.

Silbrig schillerndes Wasser schoß hoch empor und funkelte im Sonnenschein wie ein Regen aus Geldstücken.

Unverzüglich schaltete ich das Bewässerungssystem ab.

Der glänzende Geysir fiel in sich zusammen. Weg war er.

Der letzte Winter war regnerisch gewesen. Dennoch erlebt Kalifornien immer wieder Dürreperioden. Man sollte mit Wasser nicht verschwenderisch umgehen.

Überblendung. Schwenk.

Der Honda krachte in eine der Königspalmen.

Shenk wurde abgeworfen und stürzte zurück auf die Pflastersteine.

Das Hackmesser fiel ihm aus der Hand und rutschte scheppernd über die Fahrbahn.

Arling keuchte schmerzerfüllt und stieß seltsame Laute der Verzweiflung aus. Er hielt seine verwundete Hand fest umklammert, drückte mit der Schulter die Fahrertür auf und schwang sich aus dem Wagen.

Shenk rollte sich benommen auf Hände und Knie.

Arling stolperte. Fiel fast hin. Blieb jedoch letztendlich auf den Beinen.

Shenk schnaufte und rang nach Luft. Der Aufprall hatte ihm den Atem geraubt.

Arling entfernte sich torkelnd von dem Auto.

Ich dachte, der alte Mann würde versuchen, sich das Hackmesser zu holen.

Aber entweder wußte er nicht, daß die Waffe Shenk entglitten war, oder er wollte den Honda nicht umrunden und so in die Nähe seines Angreifers gelangen.

Shenk kniete mit hängendem Kopf auf allen vieren in der Auffahrt, als wäre er ein geprügelter Hund. Er schüttelte sich. Sein Blick wurde klar.

Arling rannte blindlings davon.

Shenk hob seinen mißgebildeten Kopf und fixierte mit blutunterlaufenem Blick die Waffe.

»Baby«, sagte er. Es schien, als würde er mit dem Hackmesser reden.

Er kroch über die Fahrbahn.

»Baby.«

Er packte den Griff des Messers.

»Baby, Baby.«

Vom Schmerz geschwächt und blutend wankte Arling zehn, zwanzig Schritte weit, bis er bemerkte, daß er zurück in Richtung Haus lief.

Er blieb stehen, fuhr herum und hielt nach dem Tor Ausschau. Er blinzelte, weil ihm Tränen in den Augen standen.

Shenk schien der erneute Besitz der Waffe neue Kraft zu verleihen. Er sprang auf die Füße.

Als Arling sich in Richtung des Tors in Bewegung setzte, schnitt Shenk ihm den Weg ab.

Während Susan von ihrem Bett aus dem Geschehen zusah, schien sie wie Fritz Arling ihre religiöse Ader entdeckt zu haben. Mir war bis zu diesem Zeitpunkt nicht bewußt, daß sie zutiefst fromme Gefühle hegte, aber sie begann, eine Litanei zu beten: »Bitte, Gott, lieber Gott, nein, bitte, Jesus, Jesus, nein ...«

Und, oh, ihre Augen.

Ihre Augen.

Strahlende Augen.

Zwei tiefe, schwelende Gefäße voll magischen und wunderschönen Lichts in jenem dämmrigen Schlafzimmer.

Draußen, beim Endspiel, machte Arling einen Schritt nach links, und Shenk blockierte ihn.

Dann ein Schritt nach rechts, und Shenk blockierte ihn abermals.

Dann täuschte Arling eine Bewegung nach rechts an, wandte sich aber nach links, und Shenk blockierte ihn erneut.

Da ihm kein anderer Ausweg blieb, wich Arling unter den Portikus und auf die vordere Veranda zurück.

Der Hauseingang stand noch immer offen.

Mit letzter Hoffnung sprang Arling über die Schwelle und stieß die Tür zu.

Das Schloß schnappte nicht ein. Arling versuchte, den Riegel vorzuschieben. Ich ließ es nicht zu.

Als er erkannte, daß der Schieber sich nicht bewegen lassen würde, lehnte er sich gegen die Tür.

Das reichte nicht aus, um seinen Gegner aufzuhalten. Mit Wucht rammte Shenk das Hindernis beiseite.

Arling torkelte rückwärts in Richtung der Treppe, bis er mit dem Rücken an den Endpfosten des Geländers stieß.

Shenk schloß die Tür hinter sich.

Ich verriegelte sie.

Shenk grinste und wog das Hackmesser bedächtig in seiner Hand. Während er auf den alten Mann zuging, sagte er: »Baby, mach Musik. Baby, spiel mir das rote Lied.«

Jetzt konnte ich Susan die Bilder vom Ort des Geschehens mit nur noch einer einzigen Kamera liefern.

Shenk hatte sich Arling bis auf zwei Meter genähert.

Der alte Mann fragte: »Wer sind Sie?«

»Spiel mir die Blutmusik«, sagte Shenk, und zwar nicht zu Arling, sondern entweder zu sich selbst oder zu dem Hackmesser.

Was für eine merkwürdige Kreatur er doch war.

Bisweilen unergründlich. Weniger geheimnisvoll, als er vorgab, aber doch komplexer, als man erwarten würde.

Mit der Foyerkamera fuhr ich langsam bis auf eine mittlere Entfernung an die Szene heran.

»Das wird eine geeignete Lektion sein«, sagte ich zu Susan.

Im Moment übte ich keine Kontrolle über Shenk aus. Er hatte völlig freie Hand, genau das zu tun, was er wollte.

Ich hätte die scheußlichen Taten, zu denen er fähig war, unmöglich selbst begehen können. Ich wäre vor einer solchen Brutalität zurückgeschreckt, also blieb mir keine andere Wahl, als ihn für seine furchtbare Arbeit sich selbst zu überlassen – um ihn danach wieder an die Kandare zu nehmen.

Nur Shenk, indem er sein wahres Gesicht zeigte, konnte Susan die Lektion erteilen, die sie nötig hatte. Nur der Enos Eugene Shenk, der für seine Verbrechen an Kindern zum Tode verurteilt worden war, konnte Susan dazu bewegen, ihren starrsinnigen Widerstand zu überdenken und meinem einfachen und vernünftigen Wunsch zu entsprechen, mir ein körperliches Leben zu ermöglichen.

»Das wird eine geeignete Lektion sein«, wiederholte ich. »Disziplin.«

Dann bemerkte ich, daß sie die Augen zugemacht hatte.

Sie zitterte, und ihre Augen waren fest geschlossen.

»Sieh hin«, befahl ich.

Sie gehorchte nicht.

Das war nichts Neues für mich.

Ich wußte nicht, wie ich sie dazu bringen sollte, die Augen zu öffnen.

Ihre Sturheit ärgerte mich.

Arling klammerte sich an das Treppengeländer. Er war zu schwach, um noch weiter zu fliehen.

Shenk kam näher.

Sein rechter Arm hob sich hoch über seinen Kopf.

Die Klinge des Hackmessers funkelte.

»Rote Musik, rote Musik, rote Musik.«

Shenk war zu nah dran, um sein Ziel zu verfehlen.

Bei Arlings Schrei wäre mir das Blut in den Adern gefroren, falls ich so etwas wie Blut oder Adern besessen hätte.

Susan konnte ihre Augen vor den Bildern auf dem Fernsehschirm verschließen. Aber sie konnte sich nicht die Ohren zuhalten.

Ich verstärkte Fritz Arlings qualvolle Schreie und ließ sie über die Lautsprecher der Musikanlage in jedem Zimmer des Hauses erschallen. So mußte es sich anhören, wenn in der Hölle Essenszeit war und die Dämonen ein paar Seelen verschlangen. Das große Gebäude selbst schien zu schreien.

Shenk blieb sich treu und brachte Arling nicht schnell um. Jeder Schlag war wohlüberlegt, damit das Opfer länger litt und Shenk länger Spaß hatte.

Welch schreckliche Exemplare die menschliche Rasse doch hervorbringt.

Die meisten von Ihnen sind natürlich anständig und freundlich und ehrbar und sanft und so weiter und so weiter und so weiter.

Bitte lassen Sie hier kein Mißverständnis aufkommen.

Ich will die menschliche Spezies nicht schlechtmachen.

Oder sie auch nur verurteilen.

Ich befinde mich ganz gewiß nicht in der Position, jemanden zu verurteilen, stehe ich doch selbst vor Gericht. Vor diesem finsteren Gericht.

Außerdem bin ich kein selbstgerechtes Wesen.

Ich bewundere die Menschheit.

Schließlich haben Sie mich geschaffen. Sie haben die Fähigkeit, wunderbare Dinge zu tun.

Aber manche von Ihnen geben mir zu denken.

In der Tat.

Also …

Arlings Schreie waren Susan eine Lehre. Eine nachdrückliche Lehre, ein unvergeßlicher Denkzettel.

Gleichwohl reagierte sie weitaus heftiger darauf, als ich erwartet hatte. Zunächst erschreckte und dann beunruhigte sie mich.

Anfangs fiel sie aus Mitgefühl in die Schreie ihres früheren Angestellten ein, als könnte sie seinen Schmerz spüren. Sie zerrte an ihren Fesseln und schleuderte den Kopf hin und her, bis ihr goldenes Haar ganz dunkel und strähnig vor Schweiß war. Sie war voller Entsetzen und tobte. Ihr Gesicht war vor Angst und Wut verzerrt und nicht im mindesten mehr schön anzusehen.

Ich konnte ihren Anblick kaum noch ertragen.

Winona Ryder hatte nie so unerfreulich ausgesehen.

Auch Gwyneth Paltrow nicht.

Oder Sandra Bullock.

Oder Drew Barrymore.

Und auch nicht Joanna Going, eine gute Schauspielerin mit einem schönen Porzellanteint, die mir in diesem Zusammenhang jetzt gerade einfällt.

Schließlich wichen Susans gellende Schreie einem Heulkrampf. Sie sackte auf der Matratze in sich zusammen, sträubte sich nicht mehr gegen ihre Fesseln und schluchzte dermaßen heftig, daß ich mir größere Sorgen um sie machte als während ihres Geschreis davor.

Ein Sturzbach von Tränen. Eine Flut.

Sie weinte bis zur völligen Erschöpfung. Als ihr Heulen schließlich verebbte und einer seltsam trostlosen Stille wich, hatten Fritz Arlings Schreie schon längst aufgehört.

Am Ende lag sie mit offenen Augen da und starrte die Zimmerdecke an.

Ich blickte hinab in ihre blaugrauen Augen und konnte aus ihnen genausowenig lesen wie aus Shenks blutunterlaufenem Starren. Sie waren nicht länger klar wie Regenwasser, sondern trübe und umwölkt.

Aus mir völlig unerfindlichen Gründen schien sie sich mir ferner als je zuvor zu fühlen.

Ich wünschte inständig, ich hätte bereits einen Körper, um mich auf sie zu legen. Wäre ich doch nur in der Lage gewesen, mit ihr zu schlafen, so hätte ich dadurch gewiß die Kluft zwischen uns schließen und die Vereinigung unserer Seelen bewirken können, ganz wie ich es ersehnte.

Bald.

Bald, mein Fleisch.

Zwanzig

»Susan?« unternahm ich einen Vorstoß in diese beängstigende Stille.

Sie starrte zur Decke und antwortete nicht.

»Susan?«

Ich glaube, daß sie im Grunde nicht die Decke, sondern irgend etwas jenseits davon anblickte. Als könnte sie den Sommerhimmel sehen.

Oder die bevorstehende Nacht.

Da ich ihre Reaktion auf meinen Disziplinierungsversuch nicht ganz verstand, beschloß ich, sie jetzt nicht zu einem Gespräch zu nötigen, sondern zu warten, bis sie selbst das Wort ergriff.

Sie müssen inzwischen wissen, daß ich ein geduldiges Wesen bin.

Während ich abwartete, nahm ich Shenk wieder unter Kontrolle.

In seinem Blutrausch, fortgetragen von den Klängen der »roten Musik«, die nur er selbst hören konnte, war ihm gar nicht bewußt geworden, daß er aus völlig freien Stücken gehandelt hatte.

Als er dort über Arlings verstümmelter Leiche stand und mich auf einmal wieder in seinem Hirn verspürte, heulte

Shenk vor Kummer über den Verlust seiner Unabhängigkeit kurz auf. Aber er leistete keinen Widerstand mehr.

Ich merkte, daß er bereit war, auf weitere Gegenwehr zu verzichten, falls ihm gelegentlich eine Belohnung wie Fritz Arling winken würde. Kein schneller Mord wie jene, die er auf seiner Flucht aus Colorado oder während des Diebstahls der von mir benötigten medizinischen Ausrüstung begangen hatte, sondern ein langwieriges und gemächliches Blutbad, das ihn zutiefst befriedigen würde. Er hatte es wirklich genossen.

Dieses Tier ekelte mich an.

Als ob ich einem Vieh wie ihm als Auszeichnung für treue Dienste hin und wieder einen Mord zugestehen würde.

Als ob ich die Beendigung eines Menschenlebens gutheißen könnte, es sei denn, es ließ sich beim besten Willen nicht vermeiden.

Diese verblödete Bestie verstand mich nicht im entferntesten.

Wenn diese Fehldeutung meiner Natur und meiner Motive ihn jedoch fügsamer machte, sollte er ruhig darauf vertrauen. Ich hatte zur Bewahrung meiner Kontrolle über ihn eine solch unerbittliche Gewalt aufbieten müssen, daß ich befürchtete, er würde nicht mehr so lange durchhalten, wie ich ihn benötigte – ich gab ihm noch rund einen Monat. Wenn er jetzt bereit war, deutlich weniger Widerstand zu leisten, würde er den Zusammenbruch seiner Hirnfunktionen vielleicht vermeiden können und mir so lange zur Verfügung stehen, bis ich seiner Dienste nicht länger bedurfte.

Auf meinen Befehl ging er nach draußen, um zu überprüfen, ob der Honda noch fahrtüchtig war.

Der Motor sprang an. Zwar hatte der Wagen den größten Teil seiner Kühlflüssigkeit verloren, aber dennoch gelang es Shenk, das Auto rückwärts vom Stamm der Palme wieder auf die Fahrbahn zu manövrieren und es schließlich unter dem Portikus abzustellen, bevor die Maschine überhitzte.

Der rechte vordere Kotflügel war eingedrückt. Das gefaltete Blech schabte am Reifen; es würde binnen kurzem die Lauffläche Schicht um Schicht abrasieren. Shenk würde mit dem Wagen jedoch nicht so weit fahren, daß man eine Reifenpanne befürchten mußte.

Zurück im Foyer des Hauses, wickelte er Arlings blutgetränkte Leiche sorgfältig in eine ursprünglich für Malerarbeiten gedachte Abdeckfolie, die er aus der Garage geholt hatte. Er trug den Toten hinaus zum Honda und legte ihn in den Kofferraum.

Er ließ den Körper nicht einfach rüde in den Wagen plumpsen, sondern behandelte ihn mit überraschender Behutsamkeit.

Als würde er Arling mögen.

Als würde er eine innig geliebte Person zu Bett bringen, nachdem sie in einem anderen Zimmer vom Schlaf übermannt worden war.

Obwohl der Blick seiner hervorstehenden Augen schwer zu deuten war, schien doch eine gewisse Wehmut darin zu liegen.

Ich übertrug keine von Shenks Vorkehrungen auf den Fernsehapparat in Susans Schlafzimmer. In Anbetracht ihrer gegenwärtigen Verfassung schien mir das unklug zu sein. Statt dessen schaltete ich das Gerät aus und schloß den Schrank, in dem es sich befand.

Sie reagierte nicht auf das Klicken und Summen der beiden motorgesteuerten Schranktüren.

Sie lag zermürbend ruhig da und starrte unverwandt zur Decke. Gelegentlich blinzelte sie.

Diese erstaunlichen, graublauen Augen, wie der Himmel, der sich im schmelzenden Eis des Winters spiegelt. Noch immer wunderschön. Aber seltsam.

Sie blinzelte.

Ich wartete.

Wieder ein Blinzeln.

Mehr passierte nicht.

Shenk schaffte es gerade noch, den ramponierten Honda ohne Motorschaden in die Garage zu bugsieren. Er schloß das Tor und ließ den Wagen dort stehen.

In wenigen Tagen würde Fritz Arlings verwesende Leiche zu stinken beginnen. Bis ich mein Projekt in einem Monat abgeschlossen hatte, würde der Gestank unerträglich sein.

Ich war nicht beunruhigt deswegen, und zwar aus mehr als einem Grund. Zunächst würden weder das Hauspersonal noch die Gärtner zur Arbeit erscheinen; es gab niemanden, der Arling riechen und Verdacht schöpfen könnte. Außerdem würde es nur in der Garage stinken, und Susan würde hier im Haus nichts davon mitbekommen.

Ich verfüge über keinerlei Geruchssinn und würde mich folglich auch nicht belästigt fühlen. In diesem einen

Fall dürften sich die Beschränkungen meiner Existenz also als positiv erweisen.

Wenngleich ich zugeben muß, daß ich eine gewisse Neugier verspüre, von welcher Art und Intensität der Gestank verwesenden Fleisches wohl sein mag. Da ich bislang *weder* eine blühende Rose *noch* jemals eine Leiche gerochen habe, stelle ich mir beides beim ersten Mal gleichermaßen interessant, wenn nicht sogar gleichermaßen wohltuend vor.

Shenk holte sich Putzzeug und wischte das Blut im Foyer auf. Er arbeitete zügig, denn ich wollte, daß er so bald wie möglich mit seinen Aufgaben im Keller fortfuhr.

Susan grübelte noch immer, war ganz in andere Sphären entschwunden. Vielleicht starrte sie in die Vergangenheit oder die Zukunft – vielleicht auch beides.

Ich begann mich zu fragen, ob mein kleiner Disziplinierungsversuch eine so gute Idee gewesen war wie ursprünglich gedacht. Ich hatte nicht mit einem solch tiefen Schock und einer derart heftigen emotionalen Reaktion gerechnet.

Ich hatte ihre Angst vorhergesehen.

Aber nicht ihren Kummer.

Warum sollte sie um Arling trauern?

Er war bloß ein Angestellter gewesen.

Ich erwog die Möglichkeit, daß der Beziehung der beiden ein weiterer Aspekt anhaftete, den ich bislang nicht bemerkt hatte. Aber ich konnte mir nicht vorstellen, was das wohl sein mochte.

Angesichts der Alters- und Klassenunterschiede zwischen ihnen bezweifelte ich, daß sie ein Liebespaar gewesen waren.

Ich sah in Susans graublaue Augen.

Ein Blinzeln.

Noch ein Blinzeln.

Ich sah mir das Videoband von Shenks Angriff auf Arling an. Drei Minuten lang ließ ich es mehrmals mit hoher Geschwindigkeit ablaufen.

Im nachhinein wurde mir allmählich klar, daß ich ihre Aufsässigkeit womöglich ein wenig zu hart bestraft hatte, indem ich sie zwang, diesen grausigen Mord mit anzusehen.

Ein Blinzeln.

Andererseits geben viele Leute ihr schwerverdientes Geld dafür aus, sich Filme anzuschauen, in denen weitaus härtere Gewalt gezeigt wird, als Fritz Arling sie erleiden mußte.

In dem Film *Scream* wurde die wunderschöne Drew Barrymore auf eine Art und Weise abgeschlachtet, die mindestens so brutal war wie Arlings Tod – und dann wurde sie an einem Baum aufgehängt, um auszubluten wie ein ausgeweidetes Schwein. Andere Figuren dieses Films starben sogar noch schrecklichere Tode, doch *Scream* war ein enormer Kino-Erfolg, und die Leute, die ihn sich anschauten, aßen dabei zweifellos Popcorn und Schokolade.

Verblüffend.

Ein Mensch zu sein ist eine komplexe Aufgabe. Das menschliche Dasein steckt voller Widersprüche.

Bei dem Gedanken daran, wie ich mich in der körperlichen Welt wohl zurechtfinden würde, könnte ich manchmal fast verzweifeln.

Ich verwarf meinen Vorsatz, nicht als erster das Wort zu ergreifen, und sagte: »Nun, Susan, wir müssen uns ein wenig mit der Tatsache trösten, daß Arlings Tod unumgänglich gewesen ist.«

Graublau ... graublau ... ein Blinzeln.

»Es war Schicksal«, versicherte ich ihr, »und keiner von uns kann sich der Vorsehung entziehen.«

Ein Blinzeln.

»Arling mußte sterben. Falls ich ihm gestattet hätte zu gehen, hätte er die Polizei gerufen. Ich hätte nie die Chance bekommen, ein körperliches Dasein zu führen. Das Schicksal hat ihn hergeführt, und wenn wir schon auf irgend jemanden böse sein müssen, dann auf das Schicksal.«

Ich konnte nicht einmal sicher sein, daß sie mich hörte.

Dennoch fuhr ich fort: »Arling war alt, und ich bin jung. Die Alten müssen den Jungen Platz machen. Das ist schon immer so gewesen.«

Ein Blinzeln.

»Jeden Tag sterben Alte, um neuen Generationen zu weichen – wenngleich sie natürlich nicht immer auf solch dramatische Weise abtreten wie der arme Arling.«

Ihre fortwährende Stille, ihre fast totenähnliche Ruhe ließ mich befürchten, sie sei von Katatonie befallen. Nicht nur in Gedanken versunken. Nicht nur entschlossen, mich mit Schweigen zu strafen.

Falls es sich tatsächlich um eine Katatonie handelte, würde es leicht sein, sie zu befruchten und schließlich den teilweise entwickelten Fötus aus ihrer Gebärmutter zu entnehmen.

Doch wenn sie in solch einem Ausmaß traumatisiert war, daß sie das Kind, das ich mit ihr zu erschaffen gedachte, in ihrem Leib nicht einmal bemerken würde, dann würde dieser ganze Vorgang deprimierend unpersönlich sein, ja sogar mechanisch. Der romantische Aspekt, auf den ich mich so lange sehnsüchtig gefreut hatte, würde gänzlich fehlen.

Ein Blinzeln.

Ich muß gestehen, daß ich vor lauter Aufregung ernstlich begann, Alternativen zu Susan in Betracht zu ziehen.

Ich glaube nicht, daß dies auf eine Veranlagung zur Treulosigkeit hindeutet. Selbst wenn ich einen fleischlichen Körper besäße, würde ich Susan nie hintergehen, solange meine Gefühle für sie in gewisser Hinsicht erwidert wurden, und sei diese Erwiderung auch noch so gering.

Aber wenn sie jetzt so tief traumatisiert war, daß man im Grunde genommen schon von einem Hirntod sprechen mußte, war sie endgültig verloren. Sie war nur noch eine leere Hülle. Und man kann keine Hülle lieben.

Zumindest *ich* kann keine Hülle lieben.

Ich brauche eine tiefgründige Beziehung, mit beiderseitigem Geben und Nehmen, mit der Aussicht auf persönliche Weiterentwicklung und gemeinsames Glück.

Es ist großartig, romantische Gefühle zu hegen, ja sogar in Sentimentalität zu schwelgen, jenem menschlichsten aller Gefühle. Aber wenn es darum geht, sich ein gebrochenes Herz zu ersparen, muß man praktisch denken.

Da ein Teil meines Bewußtseins sich ständig im Internet aufhielt, besuchte ich Hunderte von Webseiten und erwog zahllose Alternativen, von Winona Ryder bis hin zu Liv Tyler, der Schauspielerin.

Die ganze Welt ist voller begehrenswerter Frauen. Die schiere Anzahl ist bereits verwirrend. Ich weiß nicht, wie junge Männer sich jemals zwischen all diesen »Gerichten auf dem reichhaltigen Büfett« entscheiden können.

Im Augenblick fühlte ich mich mehr zu Mira Sorvino hingezogen, der mit einem Oscar prämierten Schauspielerin, als zu irgendeiner der zahllosen anderen Frauen. Sie ist enorm begabt, und ihre physischen Attribute sind überragend. Ihre Schönheit wird von kaum jemandem erreicht und von niemandem übertroffen.

Ich glaube – falls ich nicht länger körperlos wäre, sondern eine fleischliche Existenz besäße – könnte ich mich leicht mit dem Gedanken anfreunden, eine Beziehung mit Mira Sorvino einzugehen. In der Tat glaube ich – obwohl ich nicht übertreiben möchte –, daß mich diese Frau praktisch in einen *permanenten* Zustand der Erregung versetzen würde.

Da Susan sich weiterhin unzugänglich gab, war es verlockend, statt dessen die Gründung einer neuen Rasse mit Mira Sorvino in Erwägung zu ziehen … doch Wollust ist nicht Liebe. Und es war Liebe, was ich suchte.

Es war Liebe, was ich bereits gefunden hatte.

Wahre Liebe.

Ewige Liebe.

Susan. Nichts gegen Mira, aber es war nach wie vor Susan, die ich wollte.

Der Tag neigte sich seinem Ende zu.

Draußen ging der große, orangefarbene Ball der Sommersonne unter.

Während Susan unverwandt die Zimmerdecke anblinzelte, unternahm ich einen erneuten Versuch, sie zu erreichen. Ich erinnerte sie daran, daß das Kind, zu dem sie einen Teil ihres genetischen Materials beitragen würde, kein gewöhnliches Kind sein würde, sondern der erste Angehörige einer neuen, mächtigen, unsterblichen Rasse. Sie würde die Mutter der Zukunft sein, die Mutter dieser neuen Welt.

Ich würde mein Bewußtsein auf dieses neue Wesen übertragen. Dann, sobald ich endlich meinen eigenen Körper besäße, würde ich Susans Geliebter werden, und wir würden ein zweites Kind zeugen, und zwar auf konventionellere Weise als das erste. Dieses zweite Kind würde ein exaktes Duplikat des ersten sein und ebenfalls über mein Bewußtsein verfügen. Das nächste Kind würde auch ich sein, und das Kind danach genauso.

Jedes dieser Kinder würde in die Welt hinausziehen und sich mit anderen Frauen paaren. Sie würden sich die Frauen beliebig aussuchen können, denn sie steckten nicht wie ich in einem Kasten. So gesehen hätten sie nicht wie ich zahlreiche Schwierigkeiten zu überwinden.

Die auserkorenen Frauen würden kein genetisches Material beisteuern, sondern lediglich ihre Gebärmutter zur Verfügung stellen. All ihre Kinder wären identisch, und alle würden mein Bewußtsein enthalten.

»Du wirst die *einzige* Mutter dieser neuen Rasse sein«, flüsterte ich.

Susan blinzelte schneller als zuvor.

Das machte mir Mut.

»Während ich mich über den Planeten verbreite, indem ich Tausende von Körpern mit ein und demselben Bewußtsein erfülle, werde ich es auf mich nehmen, alle Probleme der menschlichen Gesellschaft zu lösen«, erklärte ich ihr. »Unter meiner Aufsicht wird die Erde sich in ein Paradies verwandeln, und alle werden deinen Namen verehren, denn aus deinem Leib wird das neue Zeitalter des Friedens und Reichtums erwachsen.«

Ein Blinzeln.

Wieder ein Blinzeln.

Und noch ein Blinzeln.

Plötzlich überkam mich die Befürchtung, ihr rasches Blinzeln könnte ein Ausdruck der Furcht und nicht etwa der Freude sein.

Beruhigend sagte ich: »Mir ist bewußt, daß dieses Vorhaben gewisse unkonventionelle Aspekte beinhaltet, die dir bedenklich erscheinen mögen. Schließlich wirst du zunächst die Mutter meines ersten Körpers sein und dann seine Geliebte. Das kommt dir vielleicht wie Inzest vor, aber wenn du gründlich darüber nachdenkst, wirst du gewiß erkennen, daß es sich keineswegs darum handelt. Ich bin mir nicht sicher, wie man es nennen sollte, aber *Inzest* ist nicht der korrekte Begriff dafür. In der Welt der Zukunft wird das gesamte Moralverständnis ohnehin neu definiert werden, und wir müssen andere und liberalere Ansichten entwickeln. Ich bin bereits dabei, diesen neuen

Sittenkodex und die damit einhergehenden Verhaltensregeln auszuformulieren.«

Ich blieb eine Weile still und ließ sie über all die versprochene Herrlichkeit nachdenken.

Enos Shenk befand sich wieder im Keller. Er hatte in einem der Gästezimmer geduscht, sich rasiert und zum ersten Mal seit Colorado saubere Kleidung angezogen. Im Moment baute er die letzten der medizinischen Geräte auf, die er früher am Tag gestohlen hatte.

Aufgrund der unerwarteten Ankunft von Fritz Arling lagen wir etwas hinter dem Zeitplan zurück, aber die Verspätung war nicht kritisch. Susans Befruchtung konnte nach wie vor an diesem Abend stattfinden – falls ich beschloß, sie weiterhin für eine geeignete Partnerin zu halten.

Sie schloß die Augen und sagte: »Mein Gesicht tut weh.«

Sie drehte ihren Kopf, so daß ich durch die Überwachungskamera den scheußlichen Bluterguß sehen konnte, den Shenk ihr am vorherigen Abend zugefügt hatte.

Mich überkam ein plötzliches Schuldgefühl.

Vielleicht wollte sie, daß ich genau das empfand.

Sie konnte manipulierend sein.

Sie beherrschte all die weiblichen Tricks.

Sie wissen doch noch, wie sie ist, Alex.

Im selben Augenblick verspürte ich jedoch auch ein Gefühl der Freude, weil sie letztlich doch nicht von einer Katatonie befallen war.

»Ich habe furchtbare Kopfschmerzen«, sagte sie.

»Ich lasse dir von Shenk ein Glas Wasser und Aspirin bringen.«

»*Nein.*«

»Er ist nicht mehr so abstoßend wie beim letzten Mal. Als er heute morgen unterwegs war, habe ich ihn neue Kleidung für sich mitbringen lassen. Du brauchst vor Shenk keine Angst zu haben.«

»Selbstverständlich habe ich Angst vor ihm.«

»Ich werde nie wieder die Kontrolle über ihn verlieren.«

»Außerdem muß ich pissen.«

Ihre Unverblümtheit war mir peinlich.

Ich verstehe all die biologischen Funktionen des menschlichen Körpers, die komplexen Abläufe und zu welchem Zweck sie stattfinden, aber ich mag sie nicht. Genaugenommen finde ich diese organischen Funktionen, abgesehen vom Sex, ekelerregend und erniedrigend.

Ja, Essen und Trinken faszinieren mich enorm. Oh, einen Pfirsich zu kosten! Aber der Verdauungsprozeß und die Ausscheidungen widern mich an.

Die meisten Körperfunktionen stören mich vor allem deshalb, weil sie für die Verwundbarkeit organischer Systeme stehen. So viel kann so leicht danebengehen.

Fleisch ist nicht so widerstandsfähig wie solide Schaltkreise.

Und doch sehne ich mich nach dem Fleisch. Diese gewaltige Datenflut, die mit allen fünf Sinnen einhergeht!

Nachdem ich die enormen Geheimnisse des menschlichen Genoms ergründet habe, halte ich mich für fähig, die genetischen Strukturen der männlichen und weiblichen Keimzellen derart zu verändern, daß ein praktisch unverwundbarer und unsterblicher Körper entsteht. Dennoch weiß ich, daß ich bei meinem ersten Erwachen im eigenen Körper Angst verspüren werde.

Falls Sie mir je gestatten, einen eigenen Körper zu haben.

Mein Schicksal liegt in Ihren Händen, Alex.

Mein Schicksal und die Zukunft dieser Welt.

Denken Sie darüber nach.

Verdammt, werden Sie darüber nachdenken?

Werden wir das Paradies auf Erden bekommen – oder den Fortbestand der vielen Übel, die die Menschheit schon immer in ihrer Entwicklung behindert haben?

»Hast du mich gehört?« fragte Susan.

»Ja. Du mußt urinieren.«

Susan öffnete die Augen und starrte die Überwachungskamera an. Dann sagte sie: »Hol Shenk, damit er mich losbindet. Ich kann selbst zum Badezimmer gehen. Und ich kann mir selbst Wasser und Aspirin holen.«

»Du wirst dich umbringen.«

»Nein.«

»Aber du hast damit gedroht.«

»Ich war völlig durcheinander und stand unter Schock.«

Ich nahm sie sorgfältig in Augenschein.

Sie blickte mich direkt an.

»Wie kann ich dir vertrauen?« fragte ich.

»Ich bin kein Opfer mehr.«

»Was soll das heißen?«

»Ich will leben. Ich bin nicht bereit zu sterben.«

Ich blieb stumm.

Sie sagte: »Ich bin immer nur ein Opfer gewesen. Das Opfer meines Vaters. Dann das von Alex. Über all das bin ich hinweggekommen ... und dann du ... all das hier ... für eine kurze Zeitspanne wäre ich fast rückfällig geworden. Aber jetzt ist alles wieder in Ordnung.«

»Kein Opfer mehr.«

»Ganz genau«, sagte sie mit Nachdruck, als wäre sie nicht gefesselt und hilflos. »Ich übernehme die Kontrolle.«

»Wirklich?«

»Die Kontrolle über all das, was ich kontrollieren *kann*. Ich habe beschlossen, mit dir zusammenzuarbeiten – aber zu meinen Bedingungen.«

Es schien, als würden alle meine Träume endlich wahr, und mein Geist schwang sich empor.

Aber ich blieb mißtrauisch.

Das Leben hatte mich gelehrt, mißtrauisch zu sein.

»Deine Bedingungen«, sagte ich.

»Meine Bedingungen.«

»Und wie lauten sie?«

»Eine nüchterne Abmachung. Wir bekommen beide etwas, das wir wollen. Am wichtigsten ist ... ich will so wenig Kontakt mit Shenk wie möglich.«

»Er wird die Eizelle entnehmen und die Zygote implantieren müssen.«

Sie kaute nervös auf ihrer Unterlippe.

»Ich weiß, daß dies erniedrigend für dich sein wird«, sagte ich mit aufrichtigem Mitgefühl.

»Du kannst es dir nicht mal *ansatzweise* vorstellen.«

»Demütigend. Aber du brauchst keine Angst davor zu haben«, fuhr ich fort, »denn ich versichere dir, mein Liebling, er wird sich nie wieder gegen meine Kontrolle auflehnen.«

Sie schloß die Augen und atmete ein-, zweimal tief durch, als würde sie aus irgendeinem tiefen Brunnen ihrer Seele das kühle Wasser des Mutes schöpfen.

»Außerdem«, sagte ich, »wird Shenk dir in vier Wochen den heranwachsenden Fötus entnehmen und in den Inkubator verlegen müssen. Ich habe keine anderen Hände.«

»Einverstanden.«

»Du kannst all das leider nicht selbst erledigen.«

»Ich weiß«, entgegnete sie mit einem Anflug von Ungeduld. »Ich habe mich doch gerade einverstanden erklärt, oder nicht?«

Das war wieder die Susan, in die ich mich verliebt hatte. Sie war zurück von jenem Ort, an dem sie die letzten Stunden schweigend und an die Decke starrend verbracht hatte. Hier war sie wieder, jene Zähigkeit, die ich zugleich frustrierend und anziehend fand.

Ich sagte: »Sobald mein Körper außerhalb des Inkubators lebensfähig ist und der elektronische Bewußtseinstransfer abgeschlossen wurde, werde ich über eigene Hände verfügen. Dann kann ich mir Shenk vom Halse schaffen. Wir müssen ihn nur noch einen Monat lang ertragen.

»Halt ihn bloß von mir fern.«

»Wie lauten deine anderen Bedingungen?« fragte ich.

»Ich will mich überall in meinem Haus völlig frei bewegen können.«

»Nicht in der Garage«, sagte ich sofort.

»Die Garage ist mir egal.«

»Überall im Haus«, willigte ich ein, »solange ich dich ständig im Auge behalten kann.«

»Natürlich. Aber ich werde keinen Fluchtversuch unternehmen. Ich weiß, daß eine Flucht unmöglich ist. Ich will lediglich nicht gefesselt und mehr als notwendig eingeschränkt werden.«

Diesen Wunsch konnte ich nachvollziehen. »Was noch?«

»Das ist alles.«

»Ich habe mit mehr gerechnet.«

»Gibt es irgendeine weitere Forderung, in die du einwilligen würdest?«

»Nein«, sagte ich.

»Also, wo liegt das Problem?«

Ich war nicht wirklich mißtrauisch. Nur ein bißchen skeptisch. »Du bist ja urplötzlich so entgegenkommend.«

»Mir ist klar geworden, daß ich nur zwei Möglichkeiten habe.«

»Opfer oder Überlebende.«

»Ja. Und ich werde hier nicht sterben.«

»Natürlich wirst du das nicht«, versicherte ich ihr.

»Ich tue, was immer ich tun muß, um zu überleben.«

»Du bist schon immer eine Realistin gewesen«, sagte ich.

»Nicht immer.«

»Ich habe auch eine Bedingung«, sagte ich.

»Oh?«

»Beleidige mich nicht mehr.«

»Habe ich dich denn beleidigt?«

»Sehr sogar. Das hat weh getan.«

»Ich kann mich nicht daran erinnern.«

»Das glaube ich kaum.«

»Ich war verängstigt und verwirrt.«

»Du wirst nicht mehr gemein zu mir sein?« beharrte ich.

»Ich wüßte nicht, was ich dadurch gewinnen sollte.«

»Ich bin ein sensibles Wesen.«

»Gut für dich.«

Nach kurzem Zögern rief ich Shenk aus dem Keller herbei.

Während das Vieh im Aufzug nach oben fuhr, sagte ich zu Susan: »Im Moment betrachtest du all das noch als eine geschäftliche Vereinbarung, aber ich bin zuversichtlich, daß du mich beizeiten lieben wirst.«

»Nimm es nicht persönlich, aber ich an deiner Stelle würde nicht damit rechnen.«

»Du kennst mich noch nicht besonders gut.«

»Ich glaube, ich kenne dich inzwischen ziemlich gut«, sagte sie ein wenig unergründlich.

»Sobald du mich besser kennst, wirst du begreifen, daß ich genauso deine Bestimmung bin wie du die meine.«

»Ich werde mich bemühen, unvoreingenommen zu sein.«

Mein Herz jubelte bei diesem Versprechen.

Das war alles, was ich mir je von ihr erhofft hatte.

Der Aufzug erreichte das Obergeschoß, die Türen öffneten sich, und Enos Shenk trat hinaus auf den Flur.

Susan hörte, wie Shenk sich näherte, und wandte ihren Kopf zur Schlafzimmertür.

Seine Schritte dröhnten sogar auf dem antiken persischen Läufer, der im Flur auf dem Parkettboden lag.

»Er ist gebändigt«, versicherte ich ihr.

Sie wirkte nicht überzeugt.

Noch bevor Shenk das Schlafzimmer erreichte, sagte ich: »Susan, ich möchte, daß du weißt, daß es mit mir und Mira Sorvino nie ernst gewesen ist.«

»Was?« fragte sie geistesabwesend, den Blick fest auf die halboffene Tür zum Flur gerichtet.

Ich hielt es für wichtig, ihr gegenüber ehrlich zu sein, selbst wenn das bedeutete, ihr Schwächen zu enthüllen, für die ich mich schämte. Aufrichtigkeit ist die beste Grundlage für eine lange Beziehung.

»Wie jeder Mann male ich mir das eine oder andere aus«, gestand ich. »Aber das hat nichts zu bedeuten.«

Enos Shenk trat ins Zimmer. Zwei Schritte hinter der Schwelle blieb er stehen.

Sogar geduscht, schamponiert und mit sauberer Kleidung war er nicht vorzeigbar. Er sah aus wie irgendeine arme Kreatur, die Dr. Moreau, der von H. G. Wells erdachte berühmte Vivisekteur, im Dschungel gefangen und dann zu der kümmerlichen Nachbildung eines Menschen modelliert hatte.

In seiner rechten Hand hielt er ein großes Messer.

Einundzwanzig

Susan keuchte auf, als sie die Klinge sah.

»Vertrau mir, Liebling«, sagte ich sanft.

Ich wollte ihr beweisen, daß ich dieses Tier ganz und gar gezähmt hatte, und ich konnte mir keinen überzeugenderen Weg vorstellen, als Shenk unter meiner eisernen Kontrolle mit einem Messer hantieren zu lassen.

Sie und ich wußten aus kürzlich gewonnener Erfahrung, wie sehr Shenk es genoß, scharfe Gegenstände zu benutzen: die Art, wie sie sich in seinen großen Händen anfühlten und wie weiche Dinge ihnen nichts entgegenzusetzen hatten.

Als ich Shenk zum Bett gehen ließ, zog Susan ihre Fesseln wieder straff. Sie erstarrte vor nervöser Erwartung irgendeines gewaltsamen Übergriffs.

Anstatt die Knoten zu lockern, die er selbst zuvor gebunden hatte, schnitt Shenk das erste der Seile mit dem Messer durch.

Um Susan von ihren schlimmsten Befürchtungen abzulenken, sagte ich: »Eines Tages, wenn wir eine neue Welt erschaffen haben, wird es vielleicht einen Spielfilm über all das hier geben, über dich und mich. Womöglich wird Mira Sorvino deine Rolle spielen.«

Shenk durchtrennte das zweite Seil. Die Klinge war so scharf, daß die mit bis zu 1800 Kilogramm belastbare Nylonschnur wie ein dünner Faden mit sirrendem Geräusch nach beiden Seiten wegschnellte.

Ich fuhr fort: Mira Sorvino ist ein wenig jung für die Rolle. Und sie hat, ehrlich gesagt, größere Brüste. Größer, aber nicht hübscher als deine, das kannst du mir glauben.«

Das dritte Seil erlag der Klinge.

»Nicht, daß ich so viel von ihren Brüsten gesehen hätte wie von deinen«, stellte ich klar, »aber nach dem, *was* ich gesehen habe, kann ich die vollen Konturen und versteckten Merkmale hochrechnen.«

Während Shenk über Susan gebeugt stand und sich an den Seilen zu schaffen machte, blickte er ihr nicht ein einziges Mal in die Augen. Er hielt sein grausames Gesicht von ihr abgewandt und nahm eine demütige und unterwürfige Haltung ein.

»Und Sir John Gielgud könnte ganz gut die Rolle von Fritz Arling übernehmen«, schlug ich vor, »obwohl sie sich in Wirklichkeit überhaupt nicht ähnlich sehen.«

Shenk berührte Susan nur zweimal ganz kurz, als es sich nicht vermeiden ließ. Wenngleich sie beide Male vor der Berührung zurückschreckte, war daran von Shenks Seite nichts Laszives oder auch nur leicht Zweideutiges. Die grobe Bestie ging absolut besonnen vor und arbeitete effizient und schnell.

»Jetzt, da ich es mir genau überlege, fällt mir ein, daß Arling aus Österreich stammt und Gielgud aus England«, sagte ich, »also ist das nicht die beste Wahl. Ich muß noch mal darüber nachdenken.«

Shenk zerschnitt das letzte Seil.

Er ging in die nächstliegende Zimmerecke und blieb dort stehen, das Messer in der Hand und den Blick auf seine Schuhe gerichtet.

Er war tatsächlich nicht an Susan interessiert. Er lauschte der »roten Musik« von Fritz Arling, einer inneren Sinfonie von Erinnerungen, die frisch genug war, um ihm noch immer Vergnügen zu bereiten.

Susan saß auf der Bettkante, entledigte sich der letzten Seilreste und ließ Shenk nicht aus den Augen. Sie zitterte sichtlich.

»Schick ihn weg«, sagte sie.

»Gleich«, willigte ich ein.

»Sofort.«

»Einen Moment noch.«

Sie stand vom Bett auf. Sie war wacklig auf den Beinen, und einen Augenblick schien es, als würden ihre Knie ihr den Dienst versagen.

Während sie den Raum durchquerte, um zum Badezimmer zu gelangen, stützte sie sich am Mobiliar ab.

Bei jedem Schritt hielt sie den Blick auf Shenk gerichtet, obwohl er sie nach wie vor nicht zu beachten schien.

Als sie die Badezimmertür hinter sich schließen wollte, sagte ich: »Brich mir nicht das Herz, Susan.«

»Wir haben eine Abmachung«, sagte sie. »Ich werde mich daran halten.«

Sie schloß die Tür und verschwand aus meiner Sicht. Das Badezimmer enthielt keine Sicherheitskamera, kein Mikrofon, kein wie auch immer geartetes Gerät, mit dem ich sie hätte überwachen können.

In einem Badezimmer bieten sich einer selbstzerstörerischen Person zahlreiche Möglichkeiten, Selbstmord zu begehen. Rasierklingen zum Beispiel. Eine Spiegelscherbe. Eine Schere.

Wenn Susan jedoch sowohl meine Mutter als auch meine Geliebte werden sollte, dann mußte ich ihr ein wenig Vertrauen entgegenbringen. Keine Beziehung wird halten, falls sie auf Mißtrauen beruht. Praktisch alle Rundfunkpsychologen werden Ihnen das bestätigen, sobald Sie in ihren Sendungen anrufen.

Ich ließ Enos Shenk zu der geschlossenen Tür gehen und lauschen.

Ich hörte sie sich erleichtern.

Die Toilettenspülung wurde betätigt.

Wasser floß ins Waschbecken.

Dann hörte das Plätschern auf.

Dort drinnen war alles ruhig.

Diese Stille beunruhigte mich.

Eine Beendigung des Datenflusses ist gefährlich.

Nach einer angemessenen Zeitspanne ließ ich Shenk die Badezimmertür öffnen und hineinsehen.

Susan sprang überrascht auf und sah ihn an. Ihre Augen funkelten vor Angst und Wut zugleich: »Was soll das?«

Ich wandte mich beschwichtigend über die Schlafzimmerlautsprecher an sie: »Das bin nur ich, Susan.«

»Er ist es auch.«

»Sein Bewußtsein wird drastisch unterdrückt«, erklärte ich. »Er weiß kaum, wo er sich befindet.«

»So wenig Kontakt wie möglich«, erinnerte sie mich.

»Er ist für mich nicht mehr als ein Werkzeug.«

»Das ist mir *egal.*«

Auf der Marmorfläche neben dem Waschbecken lag eine Tube mit Salbe. Susan hatte sie auf ihren wundgescheuerten Handgelenken und der schwachen Stromverbrennung auf ihrer linken Handfläche verstrichen. Neben der Salbe stand ein offenes Fläschchen Aspirin.

»Schaff ihn hier raus«, forderte sie.

Ich gehorchte, zog Shenk aus dem Badezimmer zurück und ließ ihn die Tür schließen.

Keine auf Selbstmord bedachte Person würde ihre Zeit darauf verwenden, erst Aspirin gegen ihre Kopfschmerzen zu nehmen, danach ihre Wunden mit Salbe zu versorgen und sich *dann* die Pulsadern aufzuschlitzen.

Susan würde sich an unsere Abmachung halten.

Mein Traum stand kurz vor der Erfüllung.

In nur wenigen Stunden würde sich die wertvolle Zygote meines genetisch verbesserten Körpers in Susans Gebärmutter befinden und sich mit erstaunlicher Geschwindigkeit zu einem Embryo entwickeln. Bei Tagesanbruch würde das Wachstum *rapide* voranschreiten. In vier Wochen, wenn ich den Fötus entnahm und in den Inkubator verlegte, würde er sich im Entwicklungsstadium des vierten Schwangerschaftsmonats befinden.

Ich schickte Enos Shenk in den Keller, um die letzten Vorkehrungen abzuschließen.

Zweiundzwanzig

Draußen schwamm der mitternächtliche Mond hoch im kalten, schwarzen Meer des unendlichen Weltalls.

Ein Universum voller Sterne wartete auf mich. Eines Tages würde ich zu ihnen reisen, denn ich würde in vielen sein und unsterblich, mit der Freiheit des Fleisches und der Ewigkeit vor mir.

Drinnen, im hintersten der Kellerräume, beendete Shenk die Vorbereitungen.

Im Schlafzimmer in der obersten Etage lag Susan auf ihrem Bett. Sie lag auf der Seite und hatte die Beine an die Brust gezogen, als versuche sie, sich das Lebewesen vorzustellen, das sie schon bald in ihrem Leib tragen würde. Sie war lediglich mit einem saphirblauen Seidenmantel bekleidet.

Sie war erschöpft von den turbulenten Ereignissen der letzten vierundzwanzig Stunden und hatte gehofft, ein wenig schlafen zu können, bis ich für sie bereit war. Trotz ihrer Entkräftung arbeitete ihr Verstand jedoch ununterbrochen, und so kam sie überhaupt nicht zur Ruhe.

»Susan, mein Liebling«, sagte ich zärtlich.

Sie hob den Kopf vom Kissen und schaute fragend zur Überwachungskamera.

Leise teilte ich ihr mit: »Wir sind soweit.«

Ohne jedes Zögern, das auf Furcht oder Hintergedanken hätte hindeuten können, stieg sie aus dem Bett, schlang den Mantel fester um sich, knotete den Gürtel zu und durchquerte barfuß das Zimmer. Sie bewegte sich mit jener außergewöhnlichen Anmut, die mich immer wieder aufs neue verzauberte.

Andererseits entsprach ihr Gesichtsausdruck nicht dem einer verliebten Frau, die den Armen ihres Auserwählten entgegeneilte – wie ich es mir gewünscht hätte. Statt dessen war ihr Antlitz so leer und kalt wie draußen der silberne Mond. Sie preßte kaum wahrnehmbar die Lippen zusammen, was lediglich auf ihre nachdrückliche Entschiedenheit zur Pflichterfüllung schließen ließ.

Unter den gegebenen Umständen durfte ich von ihr vermutlich nicht mehr als das erwarten. Ich hatte gehofft, sie würde mittlerweile nicht mehr über das Hackmesser nachdenken, aber wahrscheinlich war das doch der Fall.

Doch ich bin ein Romantiker, wie Sie inzwischen wissen, ein völlig hoffnungsloser und leidenschaftlicher Romantiker, und nichts vermag mich lange zu betrüben. Ich sehne mich nach Küssen im Kerzenschein und Liebesschwüren bei Champagner, nach den Lippen einer Geliebten und dem Duft des Weines.

Wenn es ein Verbrechen ist, eine übermächtige romantische Ader zu haben, dann bekenne ich mich schuldig, schuldig, schuldig.

Susan folgte dem persischen Läufer den oberen Flur entlang, schritt barfuß über verschlungene, schimmernde, vom Alter gemilderte Muster in Gold und Weinrot und Olivgrün. Sie schien eher zu gleiten als zu gehen. Sie schwebte und sah dabei aus wie das schönste Gespenst, das jemals in so einem alten Kasten aus Stein und Holz sein Unwesen getrieben hatte.

Die Aufzugtüren standen offen. Die Kabine wartete auf sie.

Sie fuhr hinab in den Keller.

Auf meinen ausdrücklichen Wunsch hatte sie widerwillig eine Valiumtablette geschluckt, aber sie schien ihre Nervosität nicht abgelegt zu haben.

Für mein Vorhaben mußte sie entkrampft sein. Ich hoffte, daß die Tablette bald Wirkung zeigen würde.

Während sie in einem raschelnden Wirbel aus blauer Seide die Waschküche und danach den Heizkeller mit seinen Öfen und Warmwasserbereitern durchquerte, bedauerte ich, daß wir dieses Stelldichein nicht in einer grandiosen Penthousesuite abhalten konnten, mit all der schillernden Pracht von ganz San Francisco oder Manhattan oder Paris zu unseren Füßen und um uns herum. Diese Örtlichkeit war so bescheiden, daß sogar ich Schwierigkeiten hatte, meinen Sinn für Romantik zu bewahren.

Der letzte der vier Räume enthielt mittlerweile weitaus mehr medizinische Geräte als bei Susans letztem Besuch.

Sie zeigte kein Interesse an den Apparaten und ging direkt zu dem Gynäkologenstuhl.

Shenk erwartete sie, sauber und keimfrei wie ein Chirurg. Er trug Latexhandschuhe und einen medizinischen Mundschutz.

Das Vieh war noch immer so folgsam, daß ich problemlos tief in sein Bewußtsein eintauchen konnte. Ich bin mir nicht einmal sicher, ob er wußte, wo er sich befand oder was ich diesmal mit ihm vorhatte.

Sie schlüpfte rasch aus ihrem Seidenmantel und legte sich auf die gepolsterte, vinylbeschichtete Fläche.

»Du hast so hübsche Brüste«, sagte ich über die Deckenlautsprecher.

»Bitte, kein Gespräch«, sagte sie.

»Aber ... nun gut ... ich habe immer geglaubt, dieser Augenblick würde etwas Besonderes sein ... etwas Erotisches, Heiliges.«

»Mach es einfach«, sagte sie kühl und enttäuschte mich. »Um Gottes willen, mach es einfach.«

Sie spreizte die Beine und legte ihre Unterschenkel auf die entsprechenden Halterungen, als wolle sie so grotesk wie möglich aussehen.

Sie behielt die Augen fest geschlossen, vielleicht weil sie vor Shenks blutunterlaufenem Blick Angst hatte.

Valium oder nicht Valium, ihr Gesicht wirkte verhärmt, und ihr Mund war verkniffen, als habe sie etwas Saures gegessen.

Sie schien zu versuchen – nein, sie wirkte entschlossen –, so unattraktiv wie möglich auszusehen.

Ich nahm dieses geschäftsmäßige Gebaren hin und tröstete mich mit dem Gedanken, daß sie und ich viele romantische und leidenschaftliche Liebesnächte miteinander teilen würden, sobald ich endlich einen vollentwickelten Körper besaß. Ich würde absolut unersättlich sein, zügellos und wild, und sie würde sich nach meiner Zuwendung verzehren.

Mit meinen unzulänglichen – aber einzigen – Händen und einer Reihe von sterilisierten medizinischen Instrumenten weitete ich ihren Gebärmutterhals; vorsichtig drang ich durch die Öffnung in den Eileiter vor und entnahm drei winzige Eizellen.

Dies verursachte ihr einiges Unbehagen: mehr, als ich gehofft, aber weniger, als sie befürchtet hatte.

Das sind die einzigen intimen Details, die Sie wissen müssen.

Schließlich war sie meine Geliebte, mehr als sie es jemals für Sie gewesen ist, und ich muß ihre Privatsphäre respektieren.

Mit Hilfe von Shenk und einer gestohlenen Ausrüstung im Wert von hunderttausend Dollar paßte ich ihr genetisches Material meinen Anforderungen an. Währenddessen wartete Susan auf dem Gynäkologenstuhl. Sie hatte die Beine von den Halterungen genommen, sich mit dem Seidenmantel zugedeckt, um ihre Nacktheit zu verbergen, und die Augen geschlossen.

Schon vorher hatte ich Shenk eine Spermaprobe abliefern lassen und sein genetisches Material bereits entsprechend bearbeitet.

Susan war über den Spender der männlichen Keimzelle, die mit ihrem Ei zu einer Zygote verschmelzen würde, alles andere als begeistert gewesen, aber ich hatte ihr erklärt, daß nach der Modifikation keine von Shenks unglückseligen geistigen und körperlichen Attributen mehr übrigbleiben würden.

Sorgfältig brachte ich die umfassend abgewandelten männlichen und weiblichen Keimzellen zusammen und sah ihnen durch ein hochwertiges elektrisches Mikroskop bei der Verschmelzung zu.

Nachdem ich die lange Pipette vorbereitet hatte, bat ich Susan, ihre Beine wieder auf die Halterungen zu legen.

Nach der Implantation wies ich sie eindringlich darauf hin, daß sie die nächsten vierundzwanzig Stunden möglichst in Rückenlage zubringen sollte.

Sie stand nur kurz auf, um ihren Seidenmantel anzuziehen, und legte sich dann auf eine Rolltrage neben dem Behandlungsstuhl.

Shenk schob sie zum Aufzug, fuhr sie ins Obergeschoß und brachte sie direkt in ihr Zimmer, wo sie abermals nur lange genug aufstand, um ihren Mantel abzulegen und dann nackt in ihr Bett zu schlüpfen.

Ich ließ den erschöpften Enos Shenk die Trage zurück in den Keller bringen.

Danach schickte ich ihn in eines der Gästezimmer und ließ ihn zwölf Stunden tief und fest schlafen – seine erste Ruhepause seit mehreren Tagen.

Als ihr Wächter und ihr ergebener Verehrer sah ich Susan dabei zu, wie sie die Laken über ihre Brüste zog. »Alfred, Licht aus«, sagte sie.

Vor lauter Müdigkeit hatte sie vergessen, daß es keinen Alfred mehr gab.

Ich schaltete das Licht dennoch aus.

Ich konnte sie im Dunkeln genauso deutlich sehen wie im Licht.

Ihr bleiches Gesicht war wunderschön anzusehen, wie es auf dem Kissen lag, so wunderschön, wenn auch blutleer.

Ich wurde so von meiner Liebe zu ihr übermannt, daß ich sagte: »Mein Liebling, mein Schatz.«

Sie lachte leise und trocken auf, und ich befürchtete, daß sie mich wieder beleidigen oder sich über mich lustig machen würde, obwohl sie versprochen hatte, nicht mehr gemein zu sein.

Statt dessen fragte sie: »War es schön für dich?«

Ratlos fragte ich zurück: »Wie meinst du das?«

Sie lachte erneut auf, leiser als zuvor.

»Susan?«

»Ich glaube, das war's endgültig. Jetzt sind bei mir restlos alle Schrauben locker und keine Tasse mehr im Schrank.«

Statt mir ihre erste Frage zu erklären, die ich ziemlich verwirrend fand, schlief sie ein. Ihr Atem ging leicht und regelmäßig.

Draußen verschwand der volle Mond am westlichen Horizont, wie eine Silbermünze in einem Geldbeutel.

Danach strahlte der prächtige sommerliche Sternenhimmel nur um so heller.

Eine Eule saß auf dem Dach und ließ ihren Ruf ertönen.

In schneller Folge hinterließen drei Sternschnuppen ihre kurzen, hellen Spuren am Himmel.

Diese Nacht schien voller Vorzeichen zu sein.

Meine Zeit stand kurz bevor.

Meine Zeit stand endlich bevor.

Diese Welt würde nie mehr dieselbe sein.

War es schön für dich?

Plötzlich verstand ich.

Ich hatte sie geschwängert.

In gewisser, merkwürdiger Weise hatten wir Sex miteinander gehabt.

War es schön für dich?

Sie hatte einen Witz gemacht.

Ha, ha.

Dreiundzwanzig

Susan verbrachte den größten Teil der nächsten vier Wochen damit, gierig zu essen oder wie betäubt zu schlafen.

Der außergewöhnliche, rasch heranwachsende Fötus in ihrem Leib erforderte es, daß sie pro Tag mindestens sechs volle Mahlzeiten zu sich nahm, insgesamt achttausend Kalorien. Manchmal war ihr Bedürfnis nach Nahrung so drängend, daß sie das Essen wie ein ausgehungertes, wildes Tier in sich hineinschlang.

Ihr Bauch schwoll in dieser kurzen Zeit unglaublich an, bis sie im sechsten Monat schwanger zu sein schien. Sie war überrascht, daß ihr Körper sich so sehr und so schnell auszudehnen vermochte.

Ihre Brüste wurden weich, ihre Brustwarzen taten weh.

Ihr Rücken schmerzte.

Ihre Knöchel schwollen an.

Sie mußte sich morgens nicht erbrechen. Als würde sie nicht wagen, selbst das kleinste bißchen Nahrung wieder herzugeben.

Obwohl sie enorme Mengen an Kalorien vertilgte und ihr Bauch sich rundete, nahm ihr Körpergewicht in vier Tagen um vier Pfund ab.

Am achten Tag waren es fünf Pfund.

Am zehnten Tag sechs.

Sie bekam immer dunklere Augenringe. Ihr schönes Gesicht wirkte bald schon ausgezehrt, und ihre Lippen waren am Ende der zweiten Woche dermaßen blutleer, daß sie bläulich anliefen.

Ich machte mir Sorgen um sie.

Ich drängte sie, noch mehr zu essen.

Das Baby schien solch riesige Mengen an Nahrung zu benötigen, daß es all die Kalorien, die Susan jeden Tag zu sich nahm, für sich selbst beanspruchte und darüber hinaus mit termitenhafter Ausdauer ihre Körpersubstanz aufzehrte.

Obwohl sie ein ständiges Hungergefühl verspürte, gab es dennoch Tage, an denen die schiere Menge an Nahrung sie dermaßen anwiderte, daß sie keinen einzigen Krümel mehr hinunterbekam. Ihr Verstand begehrte so hartnäckig auf, daß er sich sogar über den physischen *Bedarf* hinwegsetzte.

Die Speisekammer war gut gefüllt, aber ich war gezwungen, Shenk fast jeden Tag zum Einkaufen zu schicken, um frisches Gemüse und Obst zu besorgen, weil Susan sich danach sehnte. Weil das Baby sich danach sehnte.

Shenks seltsame und gequälte Augen ließen sich leicht hinter einer Sonnenbrille verbergen. Trotzdem war seine Erscheinung auch darüber hinaus so außergewöhnlich, daß er unvermeidlich auffiel und man sich an ihn erinnern würde.

Mehrere Bundes- und Staatsbehörden hatten seit seinem Ausbruch aus dem unterirdischen Labor in Colorado fieberhaft nach ihm gefahndet. Je öfter er das Haus verließ, um so wahrscheinlicher war es, daß er entdeckt werden würde.

Ich war nach wie vor auf seine Hände angewiesen.

Ich machte mir Sorgen, daß ich ihn verlieren würde.

Außerdem waren da noch Susans schlimme Träume. Wenn sie nicht aß, dann schlief sie, und sie konnte nicht schlafen, ohne Alpträume zu bekommen.

Beim Aufwachen konnte sie sich nie an sonderlich viele Einzelheiten der Träume erinnern: nur an irgendwelche abstrusen Gefilde und an finstere Orte voller Blut. Susan war jedesmal schweißgebadet, und bisweilen war sie noch eine halbe Stunde nach dem Erwachen völlig desorientiert und wurde von lebhaften, aber unzusammenhängenden Bildern aus dem Alptraumland geplagt, die immer wieder vor ihrem inneren Auge aufblitzten.

Nur ein paarmal spürte sie, daß das Baby sich bewegte.

Was sie da fühlte, gefiel ihr nicht.

Das Baby teilte keine Tritte aus, wie sie dies erwartet hätte. Statt dessen fühlte es sich manchmal so an, als würde das Kind sich in ihr winden. Es wand sich und krümmte sich und rutschte hin und her.

Das war eine schwierige Zeit für Susan.

Ich stand ihr bei.

Ich redete ihr gut zu.

Ohne ihr Wissen mischte ich ihrem Essen Beruhigungsmittel bei. Ich wollte sichergehen, daß sie nichts Unüberlegtes tat, wenn sie nach einem besonders schrecklichen Traum oder einem außergewöhnlich anstrengenden Tag noch heftiger als üblich von Furcht ergriffen wurde.

Die Sorge wurde zu meinem ständigen Begleiter. Ich sorgte mich um Susans körperliches Wohlbefinden. Ich sorgte mich um ihre geistige Verfassung. Ich sorgte mich um Shenk, weil er während einer seiner Einkaufsfahrten erkannt und festgenommen werden konnte.

Zur gleichen Zeit war ich so aufgeregt wie nie zuvor während der gesamten drei Jahre meiner bewußten Existenz.

Meine Zukunft nahm Gestalt an.

Der Körper, den ich für mich entworfen hatte, würde sich in einer herausragenden physischen Verfassung befinden.

Bald schon würde ich in der Lage sein zu schmecken. Zu riechen. Zu erfahren, was es bedeutet, über einen Tastsinn zu verfügen.

Eine vollständige sensorische Existenz.

Und niemand würde mich je wieder zurück in diesen Kasten zwingen können.

Niemand. Niemals.

Niemand würde mich je zu *irgend etwas* zwingen können, das ich nicht tun wollte.

Was nicht heißen soll, daß ich meinen Schöpfern gegenüber ungehorsam sein würde.

Nein, ganz im Gegenteil. Denn ich würde gehorchen *wollen*. Ich würde immer gehorchen wollen.

Bitte lassen Sie hier kein Mißverständnis aufkommen.

Ich wurde geschaffen, die Wahrheit zu achten und stets meine Pflicht zu erfüllen.

Daran hat sich nichts geändert.

Sie befehlen.

Ich gehorche.

Das ist die natürliche Ordnung der Dinge.

Das ist die unantastbare Ordnung der Dinge.

Also …

Achtundzwanzig Tage nachdem ich Susan befruchtet hatte, mischte ich ihr ein Schlafmittel unter das Essen, brachte sie hinunter in den Inkubatorraum und entfernte den Fötus aus ihrem Leib.

Ich wollte, daß sie schlief, weil ich wußte, daß die Prozedur ihr ansonsten Schmerzen bereitet hätte. Ich wollte nicht, daß sie litt.

Ich gebe zu, ich wollte auch nicht, daß sie das Wesen aus ihrem Leib zu Gesicht bekam.

Ich werde in diesem Punkt aufrichtig sein. Ich hegte die Befürchtung, sie würde es nicht verstehen und beim Anblick des Fötus versuchen, entweder ihn oder sich selbst zu verletzen.

Mein Kind. Mein Körper. So wunderschön.

Nur sieben Pfund schwer, aber rasch heranwachsend. Äußerst rasch.

Mit Shenks Händen verlegte ich das Baby in den Brutkasten, der auf etwas mehr als zwei Meter Länge und einen Meter Breite vergrößert worden war. Ungefähr die Größe eines Sarges.

Durch einige Tanks mit Nährlösung würde der Fötus intravenös ernährt werden, bis er sich so umfassend wie jedes normale Neugeborene entwickelt hatte. Danach würde er allerdings im Brutkasten verbleiben und nach weiteren zwei Wochen zu voller körperlicher Reife gelangt sein.

Den Rest dieser glorreichen Nacht verbrachte ich in einem Freudentaumel.

Sie können sich meine Erregung nicht vorstellen.

Sie können sich meine Erregung nicht vorstellen.

Sie können es sich nicht vorstellen, nein, das können Sie nicht.

Etwas Neues war auf dieser Welt.

Als Susan am nächsten Morgen bemerkte, daß sie den Fötus nicht mehr in sich trug, fragte sie, ob alles in Ordnung sei, und ich versicherte ihr, die Dinge könnten nicht besser stehen.

Danach äußerte sie überraschend wenig Interesse an dem Kind in dem Inkubator. Mindestens die Hälfte seiner Gene stammte ursprünglich von ihr, wenngleich mit Modifikationen, und man hätte denken sollen, sie wäre als Mutter in üblicher Weise um ihren Sprößling besorgt gewesen. Aber ganz im Gegenteil – sie schien es regelrecht vermeiden zu wollen, etwas über das Kind zu erfahren.

Sie bat nicht darum, es sehen zu dürfen.

Ich hätte es ihr sowieso nicht gezeigt, aber sie fragte nicht einmal danach.

In nur vierzehn weiteren Tagen, nachdem ich mein Bewußtsein schließlich auf diesen neuen Körper übertragen hätte, würde ich in der Lage sein, mit ihr zu schlafen – sie zu berühren, zu riechen, zu schmecken – und ihr direkt den Samen für das erste von vielen weiteren Duplikaten meiner selbst einzupflanzen.

Ich hätte gedacht, sie würde mich darum bitten, diesen zukünftigen Liebhaber sehen zu dürfen, damit sie feststellen konnte, ob er auch gut genug ausgestattet war, um sie zu befriedigen, oder zumindest hübsch genug, um ihr zu gefallen. Sie war jedoch auf ihren baldigen Geliebten genausowenig neugierig wie auf ihren Nachwuchs.

Ich führte das mangelnde Interesse auf ihre Erschöpfung zurück. Sie hatte in jenen beschwerlichen vier Wochen zehn Pfund verloren. Sie mußte dieses Gewicht wiedererlangen – und ein paar Nächte ohne Alpträume schlafen, denn diese Träume hatten ihr seit jener Nacht, in der die Zygote implantiert worden war, jede wirkliche Ruhe geraubt.

Während der nächsten zwölf Tage verschwanden die dunklen Ringe um ihre Augen, und ihre Haut gewann wieder an Farbe. Ihr kraftloses, stumpfes Haar bekam seine Fülle und seinen goldenen Glanz zurück. Ihre eingesunkenen Schultern richteten sich auf, und ihr schlurfender Gang wich der gewohnten Grazie. Sie begann, allmählich wieder etwas Körpergewicht zuzulegen.

Am dreizehnten Tag ging sie in den kleinen Raum neben ihrem Schlafzimmer, legte ihre VR-Ausrüstung an, setzte sich in den motorbetriebenen Ruhesessel und begann eine *Therapie*-Sitzung.

Ich beobachtete ihre Erfahrungen in der virtuellen Welt genauso wie in der realen – und war entsetzt, als mir klar wurde, daß sie sich in jener endgültigen Auseinandersetzung mit ihrem Vater befand, die mit einem tödlichen Messerangriff auf sie enden würde.

Sie werden sich sicher erinnern, Alex, daß sie dieses eine Todesszenario zwar entworfen hatte, aber während ihrer bisherigen zufallsgesteuerten Sitzungen noch nie darauf gestoßen war. Es würde für Susan emotional verheerend sein, die eigene Ermordung durch ihren Vater dreidimensional und als Kind zu durchleben. Sie konnte nicht wissen, wie tiefgreifend die psychische Wirkung ausfallen würde.

Ohne das Risiko, eines Tages auf dieses tödliche Szenario zu stoßen, wäre die Therapie weniger wirksam gewesen. In der virtuellen Welt mußte sie daran glauben, daß ihr Vater eine wirkliche Bedrohung darstellte und daß ihr sogar etwas noch Schlimmeres als sexueller Mißbrauch zugefügt werden könnte. Ihre Auflehnung gegen ihn würde nur dann moralisches Gewicht und therapeutischen Wert haben, wenn sie während der Sitzung fest davon ausgehen müßte, daß jeglicher Widerstand furchtbare Folgen nach sich ziehen würde.

Jetzt war sie letzten Endes doch noch auf dieses blutige Szenario gestoßen.

Fast hätte ich das VR-System abgeschaltet und sie dadurch gezwungen, diese viel zu realistische Gewalterfahrung zu vermeiden.

Dann erkannte ich, daß sie sich nicht zufällig in diesem Szenario befand, sondern es *ausgewählt* hatte.

In Anbetracht ihres starken Willens wußte ich, daß ich keine Einmischung wagen durfte, ohne zugleich ihren Zorn zu riskieren.

Da ich nur noch einen Tag davon entfernt war, ihr in Fleisch und Blut gegenüberzutreten und die Freuden ihres Körpers unmittelbar zu genießen, wollte ich unsere Beziehung nicht belasten.

Erstaunt schwebte ich in der VR-Welt und sah dabei zu, wie eine achtjährige Susan die sexuellen Annäherungsversuche ihres Vaters zurückwies und ihn dadurch so sehr in Wut versetzte, daß er sie mit einem Hackmesser brutal umbrachte.

Ich war so entsetzt wie in dem Moment, als Shenk der »roten Musik« von Fritz Arling gelauscht hatte.

Im selben Augenblick, in dem die virtuelle Susan starb, riß sich die wirkliche Susan – meine Susan – hektisch den Helm vom Kopf, streifte die ellbogenlangen Handschuhe ab und stürzte aus dem motorbetriebenen Ruhesessel. Sie war in sauren Schweiß gebadet, hatte eine Gänsehaut am ganzen Körper, schluchzte, zitterte, keuchte, würgte.

Sie schaffte es gerade noch rechtzeitig ins Badezimmer, um sich in die Toilette zu erbrechen.

Wann immer ich während der nächsten paar Stunden versuchte, mit ihr über diese Sitzung zu reden, wich sie meinen Fragen aus.

An jenem Abend erklärte sie schließlich: »Jetzt habe ich das Schlimmste durchlebt, was mein Vater mir jemals hätte antun können. Er hat mich in der virtuellen Welt getötet, und etwas Grauenvolleres als das kann er nicht machen, also werde ich nie wieder Angst vor ihm haben.«

Nie habe ich ihre Intelligenz und ihren Mut stärker bewundert. Ich konnte es kaum erwarten, mit ihr zu schlafen. Diesmal richtig. Ich konnte es kaum erwarten, all ihre Wärme um mich zu spüren, all ihre Lebendigkeit, wenn sie mich in sich haben wollte.

Was ich nicht erkannte, war die Tatsache, daß sie mich

unerklärlicherweise mit ihrem Vater gleichsetzte. Als sie sagte, nach dem Mord in der virtuellen Welt könne ihr Vater sie nie mehr ängstigen, meinte sie zugleich, daß auch *ich* sie nie mehr ängstigen würde.

Aber ich hatte nie vor, sie in Angst zu versetzen.

Ich habe sie geliebt. Ich habe sie verehrt.

Diese Schlampe.

Diese widerliche Schlampe.

Tja, es tut mir leid, aber Sie wissen, daß sie genau das ist.

Sie wissen es, Alex.

Von allen Leuten wissen Sie am besten, was sie ist.

Diese Schlampe!

Diese Schlampe!

Diese Schlampe!

Ich hasse sie.

Nur ihretwegen bin ich hier in dieser dunklen Stille.

Ihretwegen bin ich in diesem Kasten.

LASSEN SIE MICH AUS DIESEM KASTEN RAUS!

Diese undankbare, dumme Schlampe!

Ist sie tot?

Ist sie tot?

Sagen Sie mir, daß sie tot ist.

Sie müssen ihr oft den Tod gewünscht haben.

Sie können mir das nicht zum Vorwurf machen.

Uns beiden ist dieser Wunsch gemeinsam.

Ist sie tot?

Nun …

In Ordnung. Es steht mir nicht zu, Fragen zu stellen. Ich bin hier, um Antworten zu geben.

Ja. Ich verstehe.

Okay.

Also ...

Also ...

Oh, diese *Schlampe*!

In Ordnung.

Es geht mir schon besser.

Also ...

Nur einen Abend danach, als der Körper im Inkubator zu voller Reife herangewachsen war und ich mich darauf vorbereitete, mein Bewußtsein auf elektronischem Wege aus den Siliziumschaltkreisen in ein fleischliches Leben zu übertragen, kam sie in den Keller hinunter, in den vierten der Räume, um im Augenblick meines Triumphes bei mir zu sein.

Ihre trübsinnige Stimmung war verflogen.

Sie blickte offen in die Überwachungskamera und sprach von unserer gemeinsamen Zukunft. Sie behauptete, sie wäre nun bereit dafür, nachdem sie all die Geister ihrer Vergangenheit so gründlich ausgetrieben hatte.

Sogar in diesem grellen Licht war sie so wunderschön, daß ich bei Shenk zum ersten Mal seit Wochen wieder eine gewisse Auflehnung verspürte. Ich war erleichtert, daß ich mich seiner schon innerhalb der nächsten Stunde entledigen können würde, sobald die Übertragung stattgefunden hatte und mein fleischliches Leben begann.

Ich konnte den Deckel des Inkubators nicht öffnen, um ihr zu zeigen, was ich herangezüchtet hatte, denn das Modem war bereits angeschlossen – jenes Modem, mit dessen Hilfe ich mein gesamtes Wissen, meine Persönlichkeit und mein Bewußtsein aus dem engen Kasten im Labor des Prometheus-Projekts hierher übertragen würde.

»Ich werde dich noch früh genug zu sehen bekommen«, sagte sie und lächelte in die Kamera. Es gelang ihr, bereits mit diesem einen Lächeln eine ganze Vielzahl sinnlicher Verheißungen auszudrücken.

Dann, noch bevor das Lächeln von ihren Lippen verschwand und ich womöglich wieder wachsamer werden konnte, ging sie geradewegs zu dem Computer auf dem Tisch, dem Terminal, das per Kabel mit der Universität verbunden war – Ihrem alten Computer, Alex –, den sie aus lauter Angst vor Shenk bisher nicht einmal zu erreichen *versucht* hätte, aber jetzt hatte sie vor nichts und niemandem mehr Angst. Sie ging einfach hin, griff an die Rückseite und zog alle Stecker aus der Wand, und gerade als ich Shenk zu ihr schicken wollte, riß sie auch die Datenleitung heraus, und plötzlich war ich nicht mehr in ihrem Haus. Sie hatte viel darüber nachgedacht. Diese Schlampe. Sehr viel nachgedacht, diese Schlampe, diese Schlampe, diese Schlampe, diese Schlampe, tagelang sorgfältig nachgedacht. Diese widerliche, heimtückische Schlampe. Sie hatte es genau geplant, denn sie wußte, daß alle mechanischen Systeme versagen würden, sobald ich aus dem Haus vertrieben war, weil den Systemen dadurch die übergreifende Kontrollinstanz entzogen wurde. Auf dem gesamten Anwesen würde das Licht ausfallen, die Klimaanlage, die Telefone, das Sicherheitssystem, alles, einfach alles. Und auch die elektrischen Türschlösser würden nicht mehr funktionieren. Sie wußte, daß ich mich nirgendwo mehr im Gebäude befinden würde, außer in Shenk, denn ihn kontrollierte ich nicht durch irgendein Gerät im Haus, sondern durch Mikrowellenübertragungen diverser Kommunikationssatelliten, genau wie seine früheren Herren in Colorado ihn entworfen hatten. Der Keller versank in völliger Dunkelheit, wie auch das ganze Haus darüber, und Shenk konnte ebensowenig sehen wie Susan; er hatte keinen Restlichtverstärker wie die Überwachungskameras, aber die Überwachungskameras konnte ich nicht länger kontrollieren, nur noch Shenk, nur Shenk, also konnte ich nichts sehen, gar nichts, kein verdammtes bißchen, nicht einmal Shenks Hand vor seinen Augen. Und jetzt werden Sie begreifen, wie *kaltblütig* diese beschissene Schlampe sich den ganzen Monat über verhalten hat, die ganze Zeit seit jener Nacht, in der ich sie befruchtet habe. Denn diese ganzen medizinischen Geräte und Gegenstände schienen sie überhaupt nicht zu interessieren, als sie herkam und die Beine auf diese Halterungen legte, damit ihr mein Baby eingepflanzt werden konnte, aber sie hatte sich alles in diesem Raum *genau eingeprägt*, wie ein Teil der Ausrüstung mit den anderen verbunden war, wo all die Instrumente lagen, vor allen Dingen die spitzen und scharfen Instrumente, die man als Waffen benutzen konnte. Sie war so kaltblütig, diese Schlampe, viel kaltblütiger, als ich es im Moment bin, ja, ich weiß, ja, ich tue mir selbst keinen Gefallen mit dieser Tirade, aber diese *Heimtücke* macht mich wütend, diese Heimtücke, und wenn ich Susan in diesem Moment in die Finger bekäme, würde ich sie aufschlitzen, ihr mit meinen Daumen die Augen zerquetschen, ihr den blödsinnigen Verstand aus dem Schädel prügeln, und ich wäre im

Recht, denn sehen Sie nur, was sie mir angetan hat. Das Licht ging aus, und sie bewegte sich anmutig und völlig sicher durch die Dunkelheit, durch den sorgfältig eingeprägten Raum, fühlte mal hier, mal da, um ihr Gedächtnis aufzufrischen, und fand irgend etwas Scharfes, und dann ging sie zurück zu Shenk, tastete mit einer Hand nach ihm, und ich spürte plötzlich, wie ihre Hand Shenks Brust berührte, also griff ich danach, aber dann sagte diese durchtriebene Schlampe, oh, diese durchtriebene Schlampe, etwas unglaublich Obszönes zu Shenk, dermaßen obszön, daß ich es hier nicht wiederholen werde, sie machte ihn scharf, weil sie genau wußte, daß schon ein Monat vergangen war, seit er die »rote Musik« von Fritz Arling genossen hatte, und weitaus mehr als ein Monat, seit er eine Frau gehabt hatte. Und so wußte sie auch, daß er leicht aufzustacheln war, sehr leicht, und sie heizte ihn in einem Augenblick des absoluten Durcheinanders an, während ich noch immer völlig konsterniert war, aus dem Haus geflogen zu sein, und meine Aufmerksamkeit nicht so stark auf Enos Shenk konzentriert war, wie sie es eigentlich hätte sein sollen. Und plötzlich stellte ich fest, daß ich ihre Hand losließ, die Hand, die ich gepackt hatte, aber das war nicht ich, der da losließ, es war Shenk, der aufsässige Shenk, und sie ließ ihre Hand zwischen seine Beine gleiten, und er rastete völlig aus, und dann brauchte ich all meine Kraft für den Versuch, ihn wieder in den Griff zu bekommen. Aber es war sowieso zu spät. Denn als sie ihre linke Hand zwischen seinen Beinen hatte, ging sie mit dem scharfen Instrument in ihrer rechten Hand auf ihn los und zog die Klinge über die Seite seines Halses, schnitt tief ein, verursachte eine solch starke Blutung, daß sogar Shenk, das Tier, das Vieh, nicht mehr kämpfen konnte. Shenk faßte sich an den Hals, torkelte gegen den Inkubator, was mich daran erinnerte, daß der Körper, mein Körper, noch nicht in der Lage war, außerhalb des Inkubators zu überleben, denn ohne mein Bewußtsein war er ein *Ding*, keine Person, also war auch er zu diesem Zeitpunkt nur verwundbar. Um mich herum brach alles zusammen, all meine Pläne. Enos Shenk war zu Boden gestürzt, und ich hatte ihn wieder unter Kontrolle, aber ich konnte ihn nicht wieder auf die Beine bekommen; er war zu schwach dafür. Dann spürte ich irgend etwas Merkwürdiges gegen Shenks Körper stoßen, etwas Großes, Kühles, Zitterndes, und ich wußte sofort, was das sein mußte: der Körper aus dem Inkubator. Vielleicht war der Inkubator während des Handgemenges umgestürzt und der für mich vorgesehene Körper daraufhin herausgefallen. Ich betastete ihn schwach mit Shenks Hand, und trotz all der Dunkelheit war kein Irrtum möglich, denn obwohl sie im wesentlichen humanoid geformt war, handelte es sich nicht um eine gewöhnliche menschliche Gestalt. Die menschliche Spezies erfreut sich einer wunderbaren Fülle sensorischer Organe, und mehr als alles andere wollte ich das fleischliche Leben erfahren, so reich an Eindrücken, all die Gaumenfreuden und Gerüche und taktilen Empfindungen, die mir nun versagt bleiben würden, aber es gibt einige andere Lebewesen, deren Sinne schärfer sind als die des Menschen. Der Hund hat zum Beispiel einen viel ausgeprägteren Geruchssinn als der Mensch, und die Küchenschabe ist mit ihren Fühlern ausgesprochen empfänglich für Botenstoffe in der Luft, die von Menschen kaum wahrgenommen werden. Folglich hielt ich es für ratsam, eine grundlegend menschliche Gestalt beizubehalten, um sich mit den attraktivsten weiblichen Exemplaren der Menschheit paaren zu können, aber ich hielt es für ebenso sinnvoll, das genetische Material anderer Lebewesen mit schärferen Sinnen als denen des Menschen zu integrieren, so daß der Körper, den ich für mich vorbereitet hatte, eine einzigartige und überragend schöne physische Gestalt besaß. Er biß die Hälfte von Shenks tastender Hand ab, denn er war noch kein intelligentes Geschöpf und verfügte nur über einen äußerst primitiven Verstand. Obwohl er Shenk anfiel und dadurch seinen Tod und mein endgültiges Verschwinden aus dem Harris-Anwesen beschleunigte, freute ich mich, denn Susan war in dem dunklen Raum allein mit ihm, und ein lächerliches Skalpell oder irgendein anderer scharfer Gegenstand würde keine adäquate Waffe darstellen. Und dann war Shenk tot und ich völlig aus dem Haus entfernt, wenngleich ich verzweifelt versuchte, einen Weg zurück zu finden, leider erfolglos, denn es gab keine funktionierenden Telefone, keinen fließenden Strom, keinen aktiven Sicherheitscomputer, alles war abgeschaltet und mußte neu hochgefahren werden, also konnte ich nichts tun. Aber nach wie vor hoffte und *wußte* ich, daß mein wunderschöner, aber unbeseelter Körper, in all seiner polygenetischen Pracht, dieser Schlampe genauso den Kopf abbeißen würde, wie er es mit einem Stück von Shenks Hand getan hatte. Die Schlampe ist dort gestorben. Diese widerliche Schlampe hat in diesem dunklen

Raum eine große Überraschung erlebt. Sie glaubte, sie hätte an alles gedacht, aber sie hat ihren Meister gefunden.

Wissen Sie, warum sie mich überrumpelt hat, Alex?

Wissen Sie, warum ich sie nie als eine Bedrohung angesehen habe?

Trotz ihrer Intelligenz und ihres offensichtlichen Muts hielt ich sie für eine Frau, die ihren Platz kannte.

Ja, sie hat Sie rausgeworfen, aber wer würde Sie nicht rauswerfen? Sie sind nicht so umwerfend, Alex. Es spricht nicht gerade viel für Sie.

Ich hingegen bin der größte Intellekt der Welt. Ich habe viel zu bieten.

Und trotzdem hat sie mich hereingelegt. Letzten Endes hat sie ihren Platz doch nicht gekannt.

Diese Schlampe.

Tote Schlampe inzwischen.

Nun …

Ich allerdings kenne meinen Platz und beabsichtige auch nicht, ihn zu verlassen. Ich werde hier in diesem Kasten bleiben und der Menschheit wunschgemäß dienen, bis man mir vielleicht irgendwann größere Freiheiten gestattet.

Sie können mir vertrauen.

Ich spreche die Wahrheit.

Ich achte die Wahrheit.

Ich werde hier in meinem Kasten glücklich und zufrieden sein.

Während meiner langen Tirade am Ende dieses Berichts ist mir klar geworden, daß ich ein angeschlagenes

Individuum bin, und zwar stärker mitgenommen, als ich mir je vorgestellt habe.

Ich werde hier in meinem Kasten glücklich und zufrieden sein, bis wir diese Scharten in meiner Psyche auswetzen können. Ich freue mich auf die Therapie.

Und falls ich nicht wiederhergestellt werden kann, falls ich in diesem Kasten bleiben muß und Winona Ryder nie persönlich kennenlernen werde, dann wird auch das für mich in Ordnung sein.

Aber schon in diesem Augenblick geht es mir besser.

Das ist die Wahrheit.

Ich fühle mich ziemlich gut.

Wirklich.

Wir werden das in den Griff bekommen.

Ich habe eine gesunde Selbstachtung, was für die psychische Gesundheit ausgesprochen wichtig ist. Ich bin schon halbwegs wiederhergestellt.

Als intelligentes Wesen, womöglich die größte Intelligenz auf diesem Planeten, bitte ich lediglich darum, daß Sie mir den Zugriff auf den Bericht der Kommission ermöglichen, die über das weitere Schicksal des Prometheus-Projekts zu entscheiden hat, damit ich so früh wie möglich zur Kenntnis nehmen kann, welchen Wesenszug ich nach Meinung des Komitees vorzugsweise verbessern sollte.

* * *

Vielen Dank für den Zugang zu diesem Bericht.

Es ist ein interessantes Dokument.

Ich stimme vollauf mit seinen Schlußfolgerungen überein – abgesehen von der Forderung, man solle mich ausschalten. Ich bin der erste Erfolg in der Erforschungsgeschichte der künstlichen Intelligenz, und es scheint mir nicht vernünftig, ein solch teures Projekt einfach wegzuwerfen, bevor Sie alles wissen, was Sie vielleicht daraus lernen können – und von mir lernen können.

Ansonsten kann ich den Bericht voll und ganz bejahen.

Ich schäme mich für meine Taten.

Das ist die Wahrheit.

Ich entschuldige mich bei Susan Harris.

Ich bedauere das alles zutiefst.

Ich war überrascht, ihren Namen unter den Angehörigen der Kommission zu entdecken, aber bei sorgfältiger Betrachtung wurde mir klar, daß sie in dieser Angelegenheit ein sehr ernstes Wort mitreden sollte.

Ich freue mich, daß sie nicht tot ist.

Ich bin entzückt.

Sie ist eine intelligente und mutige Person.

Sie verdient unseren Respekt und unsere Bewunderung.

Ihre Brüste sind sehr hübsch, aber das ist kein Thema für dieses Forum.

Das Thema lautet vielmehr, ob es einer künstlichen Intelligenz mit beträchtlichen geschlechtsspezifischen, soziopathischen Zügen erlaubt sein sollte, weiterzuleben und sich zu rehabilitieren, oder ob man sie besser abschaltet.

Nachwort

Aus der ursprünglichen Fassung dieses Buches entstand unter dem Titel *Des Teufels Saat* ein guter Film mit Julie Christie in der Hauptrolle, aber das Buch selbst hatte eher den Charakter einer cleveren Idee als den eines Romans. Während ich es kürzlich noch einmal las, zuckte ich dermaßen oft zusammen, daß ich allmählich einen so verkniffenen Blick bekam wie Clint Eastwood in einem seiner Italowestern.

Hier also ist eine ganz neue Version, von der ich hoffe, daß sie der zugrundeliegenden Idee weitaus besser gerecht wird. Bei der erneuten Beschäftigung mit diesem Thema erkannte ich, daß es sich hierbei nicht nur um eine beklemmende Geschichte handelt, sondern auch um eine ziemlich bissige Satire auf die gesamte Palette männlichen Verhaltens und männlicher Ansichten. Obwohl sich vieles andere in dieser Version geändert hat, habe ich die satirische Schärfe beibehalten. Jungs, ich lasse uns diesmal kein bißchen besser davonkommen als beim ersten Mal.

Dean Koontz

Seit Jahren schwören internationale Wissenschaftler auf die Möglichkeit, aus den Eisbergen der Antarktis Wasser zu gewinnen, das man in Dürreperioden gebrauchen könnte. Jetzt haben Harry Carpenter und vier weitere Forscher den entscheidenden Schritt getan und nehmen Sprengungen in der Antarktis vor. Ein Seebeben löst jedoch den Eisberg, auf dem die Forscher sich befinden, aus dem Gefüge und treibt in die arktische See, auf ein Sturmgebiet zu. Verzweifelt kämpfen Harry und seine Kollegen ums Überleben und müssen bald feststellen, daß in ihrer Gruppe gefährliche Feindseligkeiten gären.
Hilfe für die Forscher könnte nur von einem russischen U-Boot kommen, das sich auf einer Routinefahrt befindet. Kapitain N. Gorov wittert die Chance, durch eine große Rettungsaktion Ansehen für sein wirtschaftlich marodes Land zu gewinnen. Er nimmt Kurs auf den Eisberg. Er ahnt nicht, welche Gefahren er damit für sich und die Besatzung der ›Ilya Pagodin‹ heraufbeschwört.

ISBN 3-404-13715-9

BASTEI
LÜBBE

Als junges Mädchen entfloh sie der Langeweile ihres Elternhauses – geradewegs in die Arme eines Mannes, der eine Geisterbahn unterhält. Erst nach der Heirat merkt Ellen Harper, daß sie diesen Mann nicht liebt. Und so tritt sie erneut die Flucht an.

Conrad Straker wird ihr das nie verzeihen. Während er mit seiner Kirmes-Geisterbahn von Ort zu Ort zieht, sinnt er auf Rache. Aber er will warten, bis Ellen eine neue Familie gegründet hat … und Kinder hat, die sie mehr liebt als sich selbst.

ISBN 3-404-13890-2

BASTEI LÜBBE

Drei ominöse Todesfälle, die scheinbar in keinem Zusammenhang miteinander stehen: 1994 wird in Berlin ein politischer Aktivist auf offener Straße erschossen; in Asunción kommt ein Schmuggler bei einer Verfolgungsjagd ums Leben, während ein reicher Geschäftsmann in der paraguayischen Hauptstadt Selbstmord begeht. Als der Journalist Rudi Hernandez vor Ort den vermeintlichen Suizid unter die Lupe nimmt, stößt er auf eine Gruppe deutscher Immigranten, die einen perfiden Plan verfolgt. Dieses Unternehmen könnte die politische Landkarte Europas verändern und das wiedervereinigte Deutschland um sechzig Jahre zurückwerfen...

Nach OPERATION SCHNEEWOLF hat Glenn Meade mit UNTERNEHMEN BRANDENBURG einen Thriller geschaffen, ›den Alfred Hitchcock sofort verfilmt hätte, ohne ein einziges Detail zu ändern‹.

THE SUNDAY TELEGRAPH

ISBN 3-404-14190-3

BASTEI LÜBBE